Jessica Brody

Mein Leben voller Fragezeichen

Jessica Brody

Mein Leben voller Fragezeichen

Übersetzung aus dem Englischen
von Ann Lecker

Boje

MIX
Papier aus verantwortungsvollen Quellen
FSC® C014496
FSC
www.fsc.org

Dieser Titel ist auch als E-Book erschienen

Titel der US-amerikanischen Originalausgabe:
»My Life Undecided«

Umschlaggestaltung: Jeannine Schmelzer
Einband-/Umschlagmotiv: © shutterstock/gst, © shutterstock/Robj,
© shutterstock/KateMacate
Satz: Greiner & Reichel, Köln
Gesetzt aus der Goudy Oldstyle Std
Druck und Einband: GGP Media GmbH

Printed in Germany
ISBN 978-3-414-82448-6

1 2 3 4 5

Sie finden uns im Internet unter: www.boje-verlag.de
Bitte beachten Sie auch: www.luebbe.de

Für meine kleine Schwester Terra, weil sie schwere
Entscheidungen getroffen hat, und das mit Stil.

♥ ♥ ♥

Das Leben ist wie ein Kartenspiel.
Man bekommt zwar bestimmte Karten zugeteilt,
aber wie man sie ausspielt, bleibt einem selbst überlassen.

Jawaharlal Nehru (Erster Premierminister Indiens)

Prolog

Die Sirenen sind lauter, als ich erwartet habe.

Ganz abgesehen davon, dass ich am Anfang dieser Geschichte nie im Leben mit Sirenen gerechnet hätte. Sonst wäre ich natürlich nie damit einverstanden gewesen.

Hinterher ist man immer klüger.

Echt ätzend.

Aber selbst als meine beunruhigend ruhige beste Freundin Shayne mich darüber informierte, dass sie unterwegs waren, konnte ich nicht fassen, wie laut sie waren. Oder wie … na ja … *unübersehbar*. Wie Signalfeuer, die die Nacht zum Tag machen, die Nachbarn aus dem Schlaf reißen und jedem in einem Umkreis von acht Kilometern zurufen: »Hey! Ihr da! Schaut mal her! Brooklyn Pierce hat Mist gebaut … *mal wieder!*«

Warum schicken sie nicht auch noch gleich eine verdammte Pressemitteilung raus?

Andererseits wird diese Sache morgen sowieso für Schlagzeilen sorgen. Zumindest wird sie der meist angeklickte Post auf ein paar örtlichen Blogs werden. Denn, seien wir mal ehrlich, worüber könnte man sonst in dieser langweiligen, kleinen Stadt reden, in der nie irgendwas Aufregendes passiert? Dass die Kirchengemeinde vom Heiligen Soundso seit letzter Woche einen neuen Pastor hat?

Nein, das hier wird auf jeden Fall *die* Nachricht des Tages werden.

Und ich werde mit an Sicherheit grenzender Wahrscheinlichkeit das Epizentrum des Skandals sein … mal *wieder*.

Man könnte wohl sagen, dass ich negative Schlagzeilen wie ein Magnet anziehe. Zu Katastrophen neige, die einen gewaltigen Medienrummel nach sich ziehen.

Als ich zwei Jahre alt war, fiel ich in einen stillgelegten Schacht und steckte zweiundfünfzig Stunden darin fest, während Rettungshelfer rund um die Uhr daran arbeiteten, mich da herauszuholen. Sie mussten durch sechs Meter dickes Felsgestein bohren, weil das Loch im Boden offenbar groß genug für ein elf Kilo schweres Kleinkind war, aber nicht annähernd groß genug für einen fünfundneunzig Kilo schweren Feuerwehrmann in voller Montur.

Die Geschichte war überall in den Nachrichten. Laut Wikipedia war das ganze Land im Ausnahmezustand und verfolgte live im Fernsehen mit, als sie mich aus dem Schacht zogen und in Sicherheit brachten. Mein Fehltritt landete auf den Titelseiten von zwanzig verschiedenen Tageszeitungen und Zeitschriften, meine Eltern erhielten einen Anruf vom Präsidenten höchstpersönlich und es war sogar die Rede davon, aus dem Vorfall eine Miniserie fürs Fernsehen zu machen.

Von dem Moment an war ich landesweit als »Baby Brooklyn, das kleine Mädchen, das in einen Schacht fiel« bekannt. Ein unsicherer, kleinkindgroßer Schritt in die falsche Richtung, und mein Schicksal als Pechvogel war für immer besiegelt. Ich war für immer als Versagerin gebrandmarkt. Obwohl ich mich kein bisschen an den Vorfall erinnern kann, verfolgt er mich bis heute überallhin. Ich bin für etwas berühmt, an das ich mich nie werde erinnern können. Bin in die Geschichte eingegangen für einen sehr unglücklichen Fehltritt.

Meine Eltern erzählen mir seit Jahren, dass ich die falschen Entscheidungen treffe. Aber ich habe ihnen nie geglaubt. Weil, na ja, sie sind meine Eltern. Und seit wann haben Eltern jemals recht, ganz gleich, worum es geht?

Doch allmählich frage ich mich, ob ich vielleicht einfach so *geboren* wurde. Als wäre schlechtes Urteilsvermögen Teil meiner DNA oder so was. Als wäre ich genetisch darauf programmiert, bescheuerte Entscheidungen zu treffen.

Obwohl meine Mom sich immer die Schuld für den Unfall gegeben hat, war *ich* es, die es für eine gute Idee hielt – in den sieben verhängnisvollen Sekunden, die sie brauchte, um den Reißverschluss an der Jacke meiner Schwester hochzuziehen –, der kleinen grünen Eidechse vom Wanderweg direkt in den stillgelegten Schacht hinterherzurennen.

Und was habe ich seitdem gelernt? Dreizehn Jahre später? Also, der Anzahl von Einsatzfahrzeugen unterschiedlichster Art entlang der Straße nach zu urteilen … nicht besonders viel.

Daher ziehe ich erst in diesem Moment ernsthaft in Betracht – während ich von heulenden Sirenen, einer auf einen tratschwürdigen Blick erpichten Menschenmenge und dem allgemeinen Chaos einer guten Idee umgeben bin, die sich als sehr schlecht erwiesen hat –, dass meine Eltern möglicherweise doch nicht ganz falsch liegen.

Denn wenn man dir Handschellen anlegt und dich auf

den Rücksitz eines Polizeiwagens drückt, bleibt dir irgendwie nicht viel anderes übrig, als dein bisheriges Verhalten zu überdenken.

Völlig verkohlt

Die Polizeiwache riecht nach verbranntem Toast. Als hätte jemand eine Scheibe Brot zu lange getoastet. Vielleicht hängen noch Rußteilchen vom Feuer in meinen Nasenlöchern. Aufmüpfige blinde Passagiere, die sich in meinen Atemwegen festgesetzt haben, wie ein nerviger Gast, der sich lange, nachdem die Party vorbei ist, weigert zu gehen.

Und glaubt mir, die Party ist *so was von* vorbei.

Ich weiß nicht, wie viel von dem Haus die Feuerwehrleute haben retten können. Als man mich im Polizeiwagen wegbrachte, verschlangen die Flammen das Gebäude immer noch unbarmherzig.

Ich habe das Gefühl, schon seit Ewigkeiten in diesem stickigen kleinen Raum zu sitzen. Es ist wohl der Pausenraum, denn in der Ecke steht ein Tisch mit einer Kanne Kaffee auf einer rostigen elektrischen Heizplatte und alle fünf Minuten kommt ein Polizist herein, schenkt sich einen Styroporbecher voll und sieht mich mit hochgezogenen Augenbrauen an, die ausdrücken: »Mann, hast du einen Ärger am Hals.«

Hier drin gibt es absolut nichts zu tun. Nichts zu lesen und nichts anzuschauen außer der Uhr an der Wand. Und glaubt mir, die ist *hundertprozentig* kaputt. Sie tickt ungelogen nur alle fünf Sekunden.

Ein dicker Kerl mit schütterem Haar steckt immer wieder den Kopf herein, um mir zu versichern, dass er »sich um alles kümmert« und ich mir »keine Sorgen zu machen brauche«. Angeblich ist er der Sozialarbeiter, dem man meinen Fall zugewiesen hat. Und ich denke bloß: »Toll, jetzt bin ich ein *Fall*.«

Ich warte die ganze Zeit darauf, dass sie Shayne hereinbringen. Wenigstens könnte ich mich dann mit jemandem unterhalten. Sie stand direkt neben mir, als die Polizei auftauchte … und die Feuerwehrfahrzeuge, und die Krankenwagen, *und* die Kleinbusse mit den Fernsehteams. Ihre letzten Worte, bevor ich in Handschellen abgeführt wurde, waren: »Mach dir keine Sorgen, Brooks, wir stehen das zusammen durch.«

Aber in den letzten sechs Stunden scheine nur ich das durchzustehen. Oh, und Phil, der »Sozialarbeiter«, der viel zu froh darüber ist, so früh am Morgen hier sein zu müssen. Shayne sitzt vermutlich in einem anderen Raum. So machen sie das immer in Filmen – trennen die Kriminellen, um zu sehen, wer als Erster redet. Na ja, wenn sie glauben, dass ich meine beste Freundin verpfeife, können sie noch lange warten.

Okay, die ganze Sache *war* zugegebenermaßen ihre Idee. Doch ich habe Ja gesagt. Ich habe alle ins Haus gelassen. Ich habe den Ofen angemacht …

Zum Glück war es nicht *unser* Haus. Genau genommen war es niemandes Haus. Das war ja das Geniale an der Sache. Zumindest *hätte* es das Geniale an der ganzen Sache sein sollen. Es ist schon komisch, wie das Wort »genial« eine völlig neue Bedeutung bekommen kann, wenn man um sieben Uhr morgens auf einer Polizeiwache sitzt.

Perspektive.

Auch ätzend.

Denn laut Phil ist die Tatsache, dass es nicht mein Haus war, nicht unbedingt eine gute Sache. Es ist alles furchtbar verwirrend, und ich bin ein wenig überfordert. Alle haben mit Wörtern wie »unbefugtes Betreten«, »Brandstiftung«, »Gefängnisaufenthalt« und »Alkoholkonsum Minderjähriger« um sich geworfen, und ich habe keine Ahnung, was das alles bedeutet. Na ja, vom »Alkoholkonsum Minderjähriger« abgesehen. Damit bin ich leider ziemlich vertraut. Vor allem jetzt, da die Wirkung des Punschs anfängt nachzulassen und der Kater einsetzt. Glaubt mir, es macht diese Situation kein bisschen besser. In diesem Moment wünsche ich mir wirklich, ich würde Kaffee mögen. Sogar die abgestandene Kanne Kaffee auf dem Tisch in der Ecke scheint mir allmählich eine bessere Option als die wirbelsturmartigen Kopfschmerzen, die sich gerade über meinen Schläfen zusammenbrauen. Ich versuche zu schlafen, indem ich den Kopf auf die Tischplatte lege, aber die harte Holzoberfläche macht das Hämmern nur noch schlimmer. Würde es sie umbringen, mir eine Kopfschmerztablette zu geben? Oder ein Beruhigungsmittel?

Um kurz nach zehn öffnet sich noch einmal quietschend die Tür, und ich rechne schon mit einem weiteren missbilligenden Blick von einem von Colorados Freunden und Helfern. Der uniformierte Polizist, der dem eingravierten Namen auf seiner Dienstmarke zufolge »Banks« heißt, kommt herein, schaut erst auf das Klemmbrett in seinen Händen und dann zu mir und sagt: »Brooklyn Pierce?«

Ich nicke, den hämmernden Kopf weiterhin in die Hände gestützt. »Ja?«

Ich bete, dass er mir gleich mitteilt, dass ich nach Hause gehen kann. Oder dass Shayne im anderen Raum auf mich wartet. Oder dass die »Du kommst aus dem Gefängnis frei«-Fee gekommen ist, um ihren Zauberstab zu schwingen und mich von hier wegzuzaubern.

Aber er sagt nichts von alledem. Stattdessen runzelt er die Stirn und mustert mich mit verwirrter Miene, als würde er versuchen, sich an die Hauptstadt von irgendeinem unbekannten mittelamerikanischen Land zu erinnern. »Du bist nicht zufällig *Baby* Brooklyn, oder? Das kleine Mädchen, das vor vielen Jahren in einen Schacht gefallen ist?«

Klasse, denke ich mit einem Stöhnen. Genau, was ich jetzt brauche. Berühmt dafür, Schlagzeilen zu machen.

»Ja, das war ich.«

Officer Banks zieht die Augenbrauen hoch, scheinbar beeindruckt von meinem Promistatus. »Wow. Im Ernst? Wie war's denn so da unten? Hattest du Angst?«

»Ich kann mich nicht daran erinnern«, antworte ich zähneknirschend. »Ich war damals erst *zwei*.«

Er scheint meinen verärgerten Tonfall gar nicht zu bemerken, denn er redet einfach weiter. »Wie bist du noch mal da unten gelandet? Bist einem Kaninchen oder so was hinterhergerannt?«

»Eidechse«, murmele ich.

»Ich wette, du bereust das mittlerweile?«, bemerkt Banks mit einem Glucksen, das mir auf die Nerven fällt. »Nicht gerade die schlauste Entscheidung der Welt, was?«

»Wollten Sie mir irgendwas Bestimmtes mitteilen?« Ich zeige mit dem Kopf hoffnungsvoll auf sein Klemmbrett.

»Oh, ja«, antwortet er und kehrt in die Gegenwart zurück. »Gute Neuigkeiten. Wie's aussieht, kannst du nach Hause gehen.«

GOTT sei Dank!

Ich springe von meinem Stuhl auf und stürme auf ihn zu, weil ich am liebsten die Arme um seine korpulente Mitte schlingen und ihn drücken würde. Natürlich reiße ich mich zusammen.

»Danke, danke, danke!«, schreie ich. Es ist wirklich allerhöchste Zeit, dass sie mich aus diesem elenden Loch rauslassen.

Ich denke an mein weiches, bequemes Bett, mein flauschiges weißes Kissen, meinen sauberen Baumwollschlafanzug. Frische Unterwäsche. Zahnpasta und Mundwasser. All die Dinge, die man als selbstverständlich betrachtet, bis man sechs Stunden lang an einem Ort wie diesem festsitzt.

Aber meine Erleichterung ist nur von kurzer Dauer. Denn die nächsten Worte, die aus seinem Mund kommen, sind die furchterregendsten, die ich bisher in dieser Nacht gehört habe. Furchterregender als »Brandstiftung«, furchterregender als »unbefugtes Betreten«, sogar furchterregender als »Gefängnisaufenthalt«.

Officer Banks nimmt das Klemmbrett herunter und schenkt mir ein mitfühlendes Augenzwinkern. »Deine Eltern sind hier.«

Echte Freunde lassen ihre Freunde keine Fajitas kochen

Es ist nicht so, als hätte ich den elterlichen Faktor in dieser Gleichung nicht in Betracht gezogen. Ich habe mich bloß mit voller Absicht entschieden, *nicht* daran zu denken. Und es vorgezogen, in einer Welt zu leben (wenn auch nur in meiner Fantasie), in der es Eltern einfach nicht gibt.

Es gibt ein Wort für so ein Verhalten, wisst ihr. Man nennt es verleugnen.

»Sie haben noch einen frühen Flug aus Boston erwischt«, erklärt mir der Officer, als er die Tür öffnet und mich durch eine Reihe von Gängen führt.

Boston. Es hat alles mit Boston, Massachusetts, angefangen. Oder, wie mich meine perfekte und vernünftige ältere Schwester, die nie ein Haus niederbrennen würde, schnell verbessern würde, mit *Cambridge*, Massachusetts. Heimat der Harvard-Universität. Einer Uni für Leute, die *gute* Entscheidungen treffen. Entscheidungen, aufgrund derer man nicht auf nach verbranntem Toast riechenden Polizeiwachen landet.

Mit anderen Worten, einer Uni für Leute wie Isabelle Pierce.

Und Anfang Oktober findet jedes Jahr ein Wochenende statt, das besonders den stolzen Eltern dieser herausragenden Musterexemplare, die nie ein Haus niederbrennen würden, gewidmet ist. Es nennt sich »Familienwochenende«. Aber man hätte es genauso gut »*Eltern*wochenende« nennen können, denn ich kann mich als offizielles Mitglied der »Familie« nicht daran erinnern, eine Einladung erhalten zu haben. Nicht dass ich hingegangen wäre. Nicht dass es mir auch nur in den Sinn gekommen wäre, hinzugehen. Vor allem, als ich erfuhr, dass »Familienwochenende« auch »Brooklyn hat das ganze Haus für sich allein Wochenende« bedeutet. Obwohl ich mir vorstellen kann, dass irgendwann beide Bezeichnungen komplett gestrichen und einfach ersetzt werden durch »Das Wochenende, an dem Brooklyn ein Musterhaus niederbrannte«.

Ein Tag, auf den wir irgendwann einmal zurückblicken und gemeinsam darüber lachen können.

Alles klaaaar.

Ich gebe Izzy die Schuld. Wenn sie es nicht auf eine so angesehene und versnobte Uni geschafft hätte, wären meine Eltern nie übers Wochenende weggefahren, und ich hätte nie die Gelegenheit gehabt, Shaynes genialer Idee (jedenfalls schien sie das zu dem Zeitpunkt zu sein) zuzustimmen. Wenn meine Schwester einfach so eine tierische Versagerin wie ich wäre, würde sie vermutlich zu Hause wohnen, auf irgendein lahmarschiges Gemeinde-College im Stadtzentrum von Denver gehen, und nichts davon wäre passiert. Dann würde ich jetzt friedlich in meinem Bett schlafen und die letzten gesegneten Stunden des Wochenendes genießen, anstatt hier zu sitzen und die letzten paar Schritte zu meiner Hinrichtung zu machen.

»DU HAST MEIN MUSTERHAUS ABGEBRANNT?!«

Offensichtlich sieht mich meine Mutter, bevor ich sie sehe, und legt direkt los.

»Wie konntest du so etwas *tun*?«, brüllt sie, noch bevor ich mit beiden Beinen im Eingang stehe.

»Camille.« Mein Vater legt ihr sanft eine Hand auf die Schulter. »Wir haben uns versprochen, ruhig und vernünftig damit umzugehen.«

»Das war in einer Höhe von zehntausend Metern«, gibt meine Mom knurrend zurück. »Das hier ist der Eingang der Polizeiwache von Parker! Von vernünftig kann hier überhaupt nicht mehr die Rede sein!«

»Es war ein Unfall, ehrlich«, setze ich an, doch mein Dad bringt mich mit einem Blick zum Schweigen, der besagt: »Sei still, wenn du das überleben willst.«

»Ein Unfall?«, brüllt meine Mom. »Ein Unfall! Und in mein Büro zu schleichen, meine Schlüssel zu stehlen und einen Raver in dem Musterhaus meines bisher größten Bauprojekts abzuhalten, war dann wohl auch ein Unfall, ja?!«

Ich bin mir ziemlich sicher, dass meine Mom »Rave« meint, aber ich bin so schlau, sie nicht zu korrigieren. Vermutlich die erste *kluge* Entscheidung, die ich seit Langem getroffen habe.

Officer Banks räuspert sich, und wir drehen uns alle zu ihm um. Überraschenderweise scheint es ihn kein bisschen zu stören, unserem Familienstreit beiwohnen zu müssen. Vermutlich sieht er so was ständig. Schließlich ist es nicht so, als hätte die Polizei in dieser Stadt irgendetwas Besseres zu tun, als jugendliche »Ravers« zu beenden. Parker, Colorado, ist nicht gerade eine Hochburg des organisierten Verbrechens. Letztes Jahr wurde ein College-Student dabei erwischt, als er Gras aus dem Kofferraum des Geländewagens seiner Mutter verkaufte, und die ganze Stadt redet immer noch über diesen »unglaublichen Skandal«. Leider verheißt das nichts Gutes, was meinen Plan betrifft, diese ganze Angelegenheit einfach aus meinem Gedächtnis zu streichen.

»Lasst uns zu Hause darüber reden«, schlägt mein Dad vor und nickt dem Polizisten entschuldigend zu.

Ohne ein weiteres Wort wirbelt meine Mom herum und stürmt aus der Tür. Ich kann den Rauch praktisch sehen, den sie hinter sich herzieht.

»Wir werden Bob anrufen müssen«, sagt mein Dad, als er auf den Highway 83 fährt. Nachdem ich die ganze Nacht in der Polizeiwache eingesperrt gewesen bin, blendet mich die strahlende Morgensonne. Meine Mom starrt mit leerem Blick aus dem Beifahrerfenster. Eigentlich *wirkt* ihr Blick nur leer. Ich kenne sie gut genug, um zu wissen, dass Leere das Letzte ist, was gerade in ihrem Kopf herrscht. Diesen Gesichtsausdruck hat sie immer, wenn sie sich von jemandem hintergangen fühlt. Eine beunruhigende Mischung aus Wut, Traurigkeit und »Was habe ich getan, um das zu verdienen?«. Bei dem Blick möchte man sich regelrecht vor Schuldgefühlen übergeben.

»Wer ist Bob?«, melde ich mich mutig zum ersten Mal zu Wort, seit wir die Polizeiwache verlassen haben. Meine Mom hat zu meiner Überraschung noch keinen Ton gesagt.

»Unser Familienanwalt«, antwortet mein Dad.

»Oh«, murmele ich schwach, so niedergeschlagen und emotional erschöpft fühle ich mich. Aber was ich wirklich fragen will, ist: *»Wir haben einen Familienanwalt?«* Komisch, dass ich das bisher nicht wusste. Vermutlich, weil wir ihn bis jetzt nie wirklich brauchten. Vielleicht sollte ich vielmehr sagen ... bis *ich kam*.

»Ich hoffe, dass er die Anklage wegen Brandstiftung abschmettern kann«, denkt mein Dad laut nach. »Aber die wegen unbefugten Betretens wird sich nur schwer abstreiten lassen. Außer dir hatte sonst niemand Zugang zu den Schlüsseln des Musterhauses. Und was die Anklage wegen Alkoholkonsums Minderjähriger betrifft, lässt sich nichts machen. Als sie dich auf die Wache gebracht haben, war dein Blutalkoholgehalt jenseits von Gut und Böse. Zum Glück ist niemand verletzt worden. Sonst hätten wir jetzt wahrscheinlich auch noch eine ernstzunehmende Klage am Hals.«

Glück.

Es rauschen gerade Millionen unterschiedlicher Gefühle durch mich hindurch, aber »Glück« ist bestimmt nicht dabei.

Mein Dad fährt durch das Labyrinth von Straßen in unserer Siedlung, bis wir schließlich in unserer Garage parken. Er hat den Motor noch gar nicht abgeschaltet, als meine Mom ihren Gurt löst, die Tür öffnet und ins Haus stapft. Manchmal kommt mir ihr Schweigen schlimmer vor als ihr Geschrei. Und in diesem Augenblick wäre es mir fast lieber, sie würde mich weiter anschreien. Zumindest wüsste ich dann, was sie denkt.

Mein Dad hingegen ist wie immer völlig gefasst. Gelassen. Ausgeglichen. Ich kann an einer Hand abzählen, wie oft er im Laufe meines Lebens die Beherrschung verloren hat. Alle Leute sagen, dass sich meine Eltern perfekt ergänzen würden. Wie ein Luftballon, der an einen Stein gebunden ist. Bis zu diesem Moment hatte ich nie richtig verstanden, was sie damit meinten.

»Was genau bedeutet Brandstiftung?«, frage ich meinen Dad, während ich mich losschnalle, ohne mich vom Platz zu rühren. Obwohl ich es eigentlich kaum erwarten konnte, endlich zu Hause zu sein, habe ich es gerade absolut nicht eilig, reinzugehen.

Mein Dad atmet tief durch. »Es bedeutet, dass sie glauben, du hättest das Feuer absichtlich gelegt.«

Ich spüre, wie mir Panik die Kehle zuschnürt. »Das hab ich nicht!«, kreische ich. »Ehrlich!«

Mein Dad sieht mich im Rückspiegel an. Trotz der Enttäuschung, die seine Miene unübersehbar zeichnet, ist da auch eine Spur von Mitleid. »Ich weiß, Brooks«, sagt er mit einer beunruhigenden Schärfe in seinem sonst herzlichen Tonfall. »Genau deshalb brauchen wir einen Anwalt.«

Genau genommen *habe* ich das Feuer gelegt. Aber ich lüge nicht, wenn ich sage, dass es ein Unfall war. Auch wenn ich entscheidungstechnisch eine Niete sein mag, bin ich definitiv kein Feuerteufel. Ich dachte bloß, dass Fajitas die Party noch viel besser machen würden. Okay, ich geb's zu, ich war nicht ganz bei Sinnen, als ich zu diesem Schluss kam. Und ich habe wohl ein für alle Mal bewiesen, dass Punsch trinken und Fajitas kochen einfach nicht zusammenpassen. Vor allem, wenn sich herausstellt, dass das »frische Gemüse«, das man zum Kochen benutzt, aus Plastik ist, wie so viele andere Sachen in einem Musterhaus. Natürlich fingen die »grünen Paprika« und »Tomaten« ziemlich schnell an zu brennen, und die eleganten Stoffservietten, mit denen ich die verkohlten Requisiten aus der Pfanne holte, erwiesen sich als überraschend entzündlich.

Und bevor ich wusste, was los war, rannten hundert betrunkene Teenager um das Haus herum und schrien »Feuer!«, und im nächsten Augenblick legte man mir auch schon Handschellen an.

So sollte es eigentlich nicht ablaufen.

Es sollte die Party des Jahrhunderts werden … des *Jahrtausends*. Ein Ereignis, für das ich in die Geschichte eingehen würde. Das mir einen Platz in der Hall of Fame der Parker Highschool garantieren würde. Zumindest hatte Shayne mir das versprochen.

Oh Gott, Shayne. Ich hoffe, sie halten sie nicht mehr in der Polizeiwache fest. Ihre Eltern haben sie bestimmt schon vor Stunden dort abgeholt. Oder?

Ich schlappe ins Haus, schnappe mir das Telefon von der Ladestation in der Küche und nehme es mit nach oben. Ich habe meine Eltern noch nicht darüber informiert, dass ich ein neues Handy brauchen werde, weil meins unter einem Haufen verkohlter Trümmer inmitten einer unbewohnten, mehrere Millionen Dollar teuren Siedlung begraben ist. Irgendwie hatte ich das Gefühl, dass es nicht der richtige Zeitpunkt war, um Forderungen zu stellen.

Ich schließe meine Schlafzimmertür und wähle Shaynes Nummer. Nach dem zweiten Klingeln schaltet es direkt auf ihre Voicemail, weshalb ich eine schnelle und ziemlich hektische Nachricht hinterlasse.

»Shayne«, hauche ich in den Hörer, »ich habe dich auf der Polizeiwache nicht gesehen. Ich hoffe, es geht dir gut. Ich wollte dir nur Bescheid sagen, dass bei mir alles in Ordnung ist. Na ja, größtenteils. Ich bin jetzt zu Hause. Aber wie's aussieht, muss ich am Montagmorgen vor Gericht erscheinen. Ätzend, was? Es tut mir so leid. Diese ganze Sache ist total scheiße. Ich hoffe nur, dass du nicht zu viel Ärger hast. Wie auch immer, ruf mich an, damit wir über alles reden können. Oh, und ich habe mein Handy bei dem Brand verloren, du musst mich also zu Hause auf dem Festnetz anrufen. Okay. Tschüss.«

Ich lege auf und werfe das Telefon auf den Schreibtisch.

Bitte lass es ihr gut gehen.

Ich fühle mich hundeelend. Wegen allem. Wegen Shayne. Wegen des bevorstehenden Gerichtstermins morgen. Wegen des Musterhauses – oder was *einmal* das Musterhaus war. Dieses neue Siedlungsprojekt sollte eigentlich der Durchbruch meiner Mutter als Objektentwicklerin werden. Es sollte ihrer Firma den Weg zum Ruhm ebnen.

Vermutlich bin ich nicht die Einzige, die seit heute Abend weg vom Fenster ist.

Als ich schließlich auf meinem Bett zusammenbreche, quälen mich die Gedanken und Bilder, die mir durch den Kopf schwirren. Feuer und Schuldgefühle. Sirenen und Gewissensbisse. Uniformierte Polizisten und ihre missbilligenden Blicke. Obwohl ich völlig erschöpft bin, ist an Schlafen praktisch nicht zu denken. Und obwohl meine Augenlider schwer sind, bleiben sie für den Rest des Morgens offen.

Meine Schuldgefühle halten mich wach.

Nichts für ungut

Shayne sagt immer, dass nur faule Mädchen Pferdeschwanz tragen. Im Fitnessstudio oder zu Hause ist das okay, aber wer in der Schule mit Haaren auftaucht, die durch ein Gummiband gestopft sind, teilt der ganzen Welt mit: »Ich war heute Morgen zu müde, um mir Mühe zu geben.«

Die äußere Erscheinung ist ihr sehr wichtig. Der erste Eindruck zählt. Wie man sich der Öffentlichkeit präsentiert, bestimmt, was Leute von einem halten. Und da alle *große Stücke* auf Shayne halten, ist es schwer, nicht mitzuschreiben, wenn sie ihre wertvollen Weisheiten von sich gibt. Ich meine, wenn irgendjemand Perfektion und sicheres Auftreten verkörpert, dann Shayne.

Ich will am Montagmorgen nicht aufstehen und mich der Sache stellen, aber ich kann Shaynes Stimme in meinem Kopf hören, wie sie mich daran erinnert, dass es in der Welt des guten Eindrucks keine Feiertage gibt. Keine Krankheitstage. Keinen bezahlten Urlaub. Den Schein zu wahren ist ein Vollzeitjob. Denn wenn man das Glück hat, in Shaynes exklusive Gesellschaft aufgenommen zu werden, betrachten einen die Leute anders. Vermutlich sollte ich vielmehr sagen, dass sie einen *ständig* betrachten. Denn während all der Zeit, in der wir befreundet gewesen sind, kann ich mich nicht daran erinnern, *kein* Publikum gehabt zu haben. Shayne ist so was wie eine örtliche Berühmtheit. Die Leute achten auf alles, was sie tut. Und wenn du direkt neben ihr stehst, achten sie auch auf dich.

Wie an vielen anderen lustlosen Tagen ist das der Gedanke, der mich schließlich aus dem Bett und unter die Dusche treibt. Folglich ist das auch der Gedanke, der mich während meines täglichen neunzigminütigen Beauty-Programms anspornt. Die Auswahl des richtigen Outfits ist nur der Anfang. Und allein das kann eine beängstigende Aufgabe sein, weil es das Finden einer Kleiderkombi erfordert, die körperlich vorteilhaft ist, teuer aussieht, trendy, angemessen provokativ und doch für die Schule geeignet, auf keinen Fotos mit der Schlagzeile »Fashion-Polizei« oder Ähnlichem aufgetaucht ist, *sowie* nicht aus Teilen zusammengesetzt sein darf, in denen man in den letzten zwei bis drei Monaten gesehen worden ist. Dann kommt Make-up, Frisieren, Selbstbräuner auftragen, Polieren, Eincremen, Einsprühen, Bronzen, Augenbrauenzupfen, Feuchtigkeitscreme auftragen – während einem die ganze Zeit eine allumfassende Frage durch den Kopf geht: »Ist das gut genug?« Wenn die Antwort nicht mit einem Ausrufezeichen endet, sollte man schleunigst wieder von vorne anfangen und einen weiteren Versuch starten.

»Okay« reicht nie. »Hammer!« ist die einzige Option.

Und heute muss ich die zusätzliche Frage hinterherschieben: »Kann ich das vor Gericht tragen?«

Anwalt Bob behauptet, er würde mich seit meiner Kindheit kennen. Er sagt, meine Schwester und ich wären früher im Sommer immer zu ihm gekommen, um in seinem Swimmingpool zu schwimmen. Ich kann mich nicht daran erinnern. Und es gibt ihm bestimmt auch nicht das Recht, seine Hand auf mein Knie zu legen, wenn er mit mir spricht. Ich bin jetzt fünfzehn, nicht fünf. Vielleicht war das irgendwann mal eine liebenswerte Geste. Jetzt ist es einfach nur widerlich.

Doch ich beschwere mich nicht, weil er seinen Job, die Richterin davon zu überzeugen, dass ich keine Gefahr für die Gesellschaft darstelle und für meine »Verbrechen« leicht davonkommen sollte, offenbar ziemlich gut macht.

Mal ganz nebenbei, ich kann diesen Ausdruck – »Verbrechen« – wirklich nicht ausstehen. Ich wünschte, sie würden aufhören, ihn in Zusammenhang mit meinem Namen zu benutzen. Aber was kann ich schon tun? Wie sich herausstellt, ist es tatsächlich *illegal*, den Schlüssel zu einem Musterhaus zu klauen (unabhängig davon, ob deine Mutter die Bauherrin ist oder nicht). Es nennt sich »unbefugtes Betreten«, und dem nicht nachlassenden, finsteren Blick der Richterin nach zu urteilen vermute ich, dass es auch extrem verpönt ist.

Bob kommt offenbar gerade zum Ende seiner kleinen Rede. Er spricht von Feuerwehrberichten und fehlendem Vorsatz. Ich verstehe nur Bahnhof, doch es klingt beeindruckend, und darauf kommt es wohl an. Er endet mit einem gelassenen Kopfnicken und nimmt dann wieder neben mir Platz.

»Ich glaube, es läuft gut.« Bob beugt sich vor und keucht mir ins Ohr: »Der Brandursachenermittler hat bereits bestätigt, dass das Feuer nicht vorsätzlich gelegt wurde, und diese Richterin geht mit Ersttätern immer sehr milde um.«

Es gibt noch ein anderes Wort, das ich nach den vergangenen sechsunddreißig Stunden absolut nicht leiden kann:

»Straftäter«. Woher kommt dieser Begriff überhaupt? Es ist nicht so, als hätte ich irgendjemanden bestraft. In dem Haus hat noch nicht mal jemand gewohnt. Es war voller Plastikrequisiten und Fotorahmen mit Bildern von Katalogmodels. Niemand sollte sich von mir bestraft fühlen.

Na ja, außer meiner Mom vielleicht. Sie sitzt im Gerichtssaal in der ersten Reihe. Der »Blick« ist immer noch nicht von ihrem Gesicht verschwunden. Sie hat seit gestern Morgen kaum ein Wort mit mir gewechselt. Ich weiß nicht, ob sie wütend oder deprimiert ist oder einfach an Verstopfung leidet, weil sie in Boston zu viel Muschelsuppe gegessen hat.

Aber glaubt mir, ich habe das nicht getan, um sie wegen irgendwas zu bestrafen. Ehrlich. Ich habe nicht mal an sie gedacht, als ich Shaynes Bitte zustimmte, das Musterhaus für unsere Party zu benutzen. Und vielleicht war genau das das Problem. Vielleicht hätte ich an meine Mutter denken *sollen*.

Ich hätte wohl an viele Dinge denken sollen.

Wie zum Beispiel, ob ich die restliche Zeit meines zweiten Highschooljahrs hinter Gittern verbringen will.

Meine Mom umklammert fest den Arm meines Dads. Ich kann absolut nicht sagen, auf wessen Seite sie gerade ist. *Will* sie, dass ich ins Gefängnis gehe? Oder will sie, dass ich mit einer Verwarnung davonkomme? Könnte sie wirklich so wütend sein, dass sie mich hinter Gittern sehen will? Ich meine, ich weiß, dass ich Mist gebaut habe, aber ich bin immer noch ihre Tochter. Jedenfalls, soweit es *mich* betrifft.

»Brooklyn Pierce.« Die raue, heisere Stimme der Richterin lässt mich aufschrecken, und ich drehe mich wieder nach vorne. Es besteht für mich kein Zweifel, dass sie sich an mich richtet, weil sie mich direkt ansieht. Nicht meinen Anwalt. Nicht meine Eltern. Sondern mich.

Ich schlucke schwer und versuche das Hämmern in meinen Ohren auszublenden, während ich mein Schicksal erwarte.

»Ich habe viele Fälle gesehen, bei denen Alkoholkonsum Minderjähriger eine wesentliche Rolle gespielt hat«, setzt die Richterin an, wobei eine breite, zerklüftete Linie ihre Stirn zerfurcht, »aber ich habe in den fünfundzwanzig Jahren, in denen ich diesem Gericht vorsitze, noch nie einen so enttäuschenden, beklagenswerten und eklatanten Mangel an Urteilsvermögen seitens einer Jugendlichen erlebt.«

Also das kann nichts Gutes heißen.

Von irgendwo hinter mir höre ich ein Wimmern. Ich bin mir ziemlich sicher, dass es meine Mom ist. Das besänftigende Flüstern meines Dads kann sie kaum beruhigen.

Bob greift nach unten und legt mir wieder seine Hand aufs Knie. Es soll wohl eine beruhigende Geste sein, aber sie macht mich nur noch nervöser.

Die Richterin redet immer noch. »Wenn Sie Ihr Verhalten nicht ändern, junge Dame, und ein wenig gesunden Menschenverstand an den Tag legen, werden Sie mit Bestimmtheit bald wieder in diesem Gerichtssaal landen. Und glauben Sie mir, das nächste Mal werde ich *nicht* so nachsichtig sein.«

Nachsichtig? Hat sie gerade *nachsichtig* gesagt? Nachsichtig ist gut, oder? Nachsichtig ist das, worauf wir laut Bobs ständigen Versicherungen hoffen. Nachsichtig bedeutet, dass ich das nächste Jahr nicht in einem orangefarbenen Overall verbringen werde.

»Ich erteile Ihnen nur eine Verwarnung, Ms Pierce«, erklärt die Richterin streng. »Und die spreche ich hiermit aus.«

Juhu! Sie lässt mich mit einer Verwarnung davonkommen!

Innerlich sprudele ich über vor Freude. Ich springe fast übermütig und lachend von meinem Stuhl auf.

»Zweihundert Stunden gemeinnützige Arbeit, und ich will Sie nie wieder in meinem Gerichtssaal sehen.«

Moment mal, WAS?

Der Hammer knallt herunter, und bevor ich irgendetwas sagen kann, erhebt sich Bob von seinem Platz und tätschelt mir mit einem riesigen Grinsen im Gesicht unbeholfen den Kopf. »Wir haben es geschafft, Brooks! Glückwunsch!«

Glückwunsch?

»Aber was hat sie da am Schluss gesagt?«

»Gemeinnützige Arbeit!«, ruft Bob aus, als würde er seiner fünfjährigen Tochter einen Ausflug nach Disney World anpreisen. »Ist das nicht toll?«

»Zwei*hundert* Stunden gemeinnützige Arbeit?« Ich bringe die Worte kaum über die Lippen. »Aber das ist wie … lebenslänglich!«

Bob wischt meine Bedenken mit einer Handbewegung beiseite. »Oh, die werden wie im Flug vergehen. Du wirst schon sehen. Glaub mir, Brooks. Das ist ein *gutes* Ergebnis.«

»Wirklich?«

Er fängt energisch an zu nicken, während er seinen Ordner zuklappt und in seinen Aktenkoffer steckt. »Du solltest jetzt vor Freude auf und ab springen. Es hätte viel schlimmer kommen können.«

Vermutlich hat er recht. Ich sollte dankbar sein. Sogar

meine Mom scheint sich über dieses Urteil zu freuen. Sie schenkt mir ein angedeutetes Lächeln, bevor sie sich zum Gang dreht und den Gerichtssaal verlässt. Sie war wohl doch auf meiner Seite.

Zweihundert Stunden sind aber eine verdammt lange Zeit. Ich glaube, ich würde nicht mal so lange fernsehen wollen. Geschweige denn gemeinnützig arbeiten.

Während Dad Bobs Hand schüttelt und alle möglichen begeisterten Dankesfloskeln von sich gibt, schaue ich mich im Gerichtssaal um, in der Hoffnung, Shayne zu sehen. Sie hat sich immer noch nicht bei mir gemeldet. Ich kann nur *hoffen*, dass sie mit allen anderen in der Schule ist.

Aber was, wenn nicht?

Was ist, wenn sie irgendwo in einer dreckigen Gefängniszelle sitzt, weil *ihre* Richterin nicht so nachsichtig war? Ich weiß einfach nicht, ob ich in dem Fall noch mit mir leben könnte.

Meine Mom, mein Dad und ich verlassen das Gerichtsgebäude und laufen schweigend über den Parkplatz. Als ich im Wagen sitze, werfe ich sofort einen Blick auf die Uhr am Armaturenbrett. Es ist kurz nach zehn. Ich habe schon zwei Unterrichtsstunden verpasst.

Es ist irgendwie ironisch. Jedes Mal, wenn ich mir etwas Schlaues einfallen lassen wollte, wie ich den Unterricht schwänzen könnte, war mir *dieses* besondere Szenario nie in den Sinn gekommen.

Aber auch wenn es mir total davor graut, den Fuß in dieses Gebäude zu setzen und mich Tratsch, Blicken und Spott auszusetzen, möchte ich unbedingt herausfinden, ob Shayne dort ist. Ob es ihr gut geht. Doch als wir die Schnellstraße entlangfahren und uns der Antwort auf diese

Fragen immer weiter nähern, kommt mir ein beunruhigender Gedanke. Wenn sie dort *ist* – wenn es ihr gut *geht* –, warum habe ich dann nichts von ihr gehört?

Shaynes Welt

Shayne Kingsley ist der Mittelpunkt des Universums. Das strahlende, glänzende Objekt, um das alles andere kreist. Sollte ihr je etwas Schlimmes zustoßen, würde die Galaxie einfach in sich zusammenfallen. Alles wäre völlig aus dem Lot, und wir würden alle einfach in den Weltraum hinaustrudeln und von einem riesigen schwarzen Loch verschluckt werden.

Shayne und ich sind seit der fünften Klasse befreundet. Und die letzten fünf Jahre waren bei Weitem die besten meines Lebens. Denn wenn Shayne Kingsley einen in ihren Freundeskreis aufnimmt, wird alles einfach besser. Leute behandeln einen wie Adel. Jungs fragen, ob man mit ihnen ausgehen will. E-vites zu Partys von Leuten, die du noch nie getroffen hast, erscheinen auf einmal in deinem Posteingang. Es ist das tollste Gefühl der Welt.

Man könnte sagen, dass alles, was Shayne berührt, zu Gold wird. Wenn man ein Mädchen ist und sie freundet sich mit einem an, ist man praktisch automatisch in der Vorrunde für die Wahl zur Homecoming-Queen. Wenn man ein Typ ist und sie knutscht mit einem, hat man für den Rest seines Lebens keine Probleme mehr, ein Date zu finden.

So ist es gewesen, so lange ich mich erinnern kann. Sogar schon auf der Grundschule. Manche waren skeptisch, ob sie in der Highschool ihre Beliebtheit würde aufrechterhalten können, aber sie zeigte es ihnen allen sehr schnell. Shayne schaffte es schon in ihrem ersten Highschooljahr, das beliebteste Mädchen der Schule zu werden. Und zwar, indem sie mit einem Footballspieler aus der Oberstufe ausging, kaum dass sie einen Fuß in die Schule gesetzt hatte, nur um ihm ein paar Wochen später das Herz zu brechen, als sie ihn wie eine heiße Kartoffel fallen ließ. Doch das ist einfach Teil ihrer Vorgehensweise. Halte sie immer schön auf Abstand. So erweckst du den Eindruck, dass die Jungs hinter dir her sind.

Jetzt geht sie mit einem Studenten, der im zweiten Studienjahr an der Universität von Colorado Boulder ist. Er ist Mitglied in einer der beliebtesten Studentenverbindungen auf dem Campus und lädt sie ständig zu allen ihren fantastischen Partys und Bällen ein.

Aber egal, wen sie datet, Shayne ist schlicht wie ein Magnet. Leute werden einfach von ihr angezogen.

Es muss in der Familie liegen, denn Shaynes Vater ist wahnsinnig erfolgreich. Er ist bei Weitem der reichste Mann in der Stadt. Und einer der wohlhabendsten im ganzen Bundesstaat. Ich weiß nicht so recht, was er beruflich macht – und ehrlich gesagt, glaube ich nicht, dass Shayne es weiß –, doch ganz gleich, was es ist, er macht es gut. Er ist immer kurz vor irgendeinem »großen Abschluss«, über den er nicht reden kann. Und Shayne lehnt sich einfach zurück und schlägt Profit daraus. Sie hat nie zweimal um etwas bitten müssen, das sie wollte.

Ich komme zum Ende der dritten Stunde in der Schule an. Die Gänge füllen sich schnell, als ich mir einen Weg zu Mathe bahne. Zum Glück ist es eines der Fächer, die Shayne und ich zusammen haben. Ich spüre, wie mich Leute anstarren, als ich an ihnen vorbeieile. Sie wissen Bescheid. Sie wissen *alle* Bescheid. Wie könnte es auch anders sein. Solche Neuigkeiten machen extrem schnell die Runde.

Ich platze in den Raum, gerade als die Glocke läutet, bin aber total enttäuscht, als ich sehe, dass Shaynes Stammplatz leer ist. Ich schleiche zur letzten Reihe und schlüpfe hinter mein Pult. Ein schreckliches Gefühl breitet sich in meiner Magengrube aus. Irgendetwas stimmt nicht. Irgendetwas ist ganz fürchterlich schiefgelaufen.

Das Merkwürdigste ist, dass Mr Simpson Shaynes Namen auslässt, als er die Anwesenheitsliste durchgeht. Er springt direkt von Jason Kim zu Heidi Larson. Als wäre sie einfach ausradiert worden.

Mir kommt es so vor, als würde ich mich in einer Art Paralleluniversum befinden, in dem Shayne Kingsley nicht mehr der Mittelpunkt von allem ist. Eigentlich existiert sie nicht einmal mehr.

Nach der Anwesenheitskontrolle fängt Mr Simpson sofort mit dem Unterricht an und schwafelt aufgeregt über Gleichungen. Dass sie jeweils zwei Seiten haben und sich immer ausgleichen müssen. Ohne Ausnahme.

Doch ich höre kaum zu. In meinem Kopf überschlagen sich die Gedanken. Ich treffe eine schnelle Entscheidung, hebe explosionsartig die Hand und unterbreche Mr Simpson mitten im Satz.

»Ja, Brooklyn?«, sagt er. »Hast du eine Frage?«

»Ähm, ja«, setze ich zögerlich an. »Warum haben Sie Shaynes Namen bei der Anwesenheitskontrolle nicht genannt?«

Er ist offenbar enttäuscht, dass meine Frage nicht themenbezogen ist, antwortet aber trotzdem. »Sie ist in meinen Kurs in der sechsten Stunde gewechselt.«

Diese Information haut mich fast vom Stuhl. »Was? Wann?«

Mr Simpson gibt ein heiteres Lachen von sich, als würde er diesen ganzen Wortwechsel total absurd finden. »Sie hat heute Morgen mit mir darüber geredet. Es gab da irgendeine Überschneidung mit einem ihrer Wahlfächer.«

Das schreckliche Gefühl breitet sich jetzt in meinen Glieder aus, und ich habe Schwierigkeiten, aufrecht in meinem Stuhl sitzen zu bleiben.

»Können wir jetzt mit dem Thema Gleichungen weitermachen?«, fragt er mit einem amüsierten Grinsen.

Ich nicke wie benommen, während ich auf meinem Stuhl immer tiefer rutsche. Innerlich schreie ich.

Sie ist hier.

Ihr geht es gut.

Sie ist nicht im Gefängnis.

Das kann also nur eins bedeuten … sie hat mich *absichtlich* ignoriert.

Die Charade-Königin

Okay, es muss noch eine andere Erklärung geben. Vielleicht wurde ihr Handy bei dem Brand auch zerstört. Vielleicht hat sie von ihrer Mom Hausarrest bekommen, als diese von der Party erfahren hat, und konnte mit niemandem reden. Ich meine, es lassen sich hier noch *viele* andere Schlüsse ziehen. Es erscheint mir albern und unvernünftig, automatisch vom Schlimmsten auszugehen.

Ich muss mit ihr reden. Ich kann nicht einfach hier sitzen und wild herumspekulieren. Bis zum Beweis des Gegenteils muss ich einfach darauf vertrauen, dass es einen guten Grund für ihr Verhalten gibt, und ihr die Chance geben, sich zu erklären.

Und zum Glück weiß ich *genau*, wo sie nach der vierten Stunde sein wird.

Ihr kennt doch diese berühmten Restaurants in L. A. und New York, in die Prominente gehen, um von Paparazzi fotografiert zu werden? Na ja, das beschreibt so ziemlich unsere Highschool-Kantine. Im kleineren Rahmen natürlich.

Es ist der Ort, an dem man sieht und gesehen wird. Wenn man den Kapitän der Footballmannschaft datet, knutscht man dort vor aller Welt mit ihm rum, damit alle Bescheid wissen. Wenn man gerade mit seinem Freund

Schluss gemacht hat, setzt man sich dort demonstrativ neben den schärfsten Typen der Schule und flirtet schamlos mit ihm, um zu beweisen, dass man völlig über seinen Ex hinweg ist. Und genau inmitten des ganzen Trubels … steht Shaynes Tisch. Ich weiß nicht, ob sein Standort von Shaynes Wunsch herrührt, im Mittelpunkt des Interesses zu stehen, oder dem Wunsch der Schülerschaft, sie und ihre Freunde genau im Auge zu behalten. Es ist so eine typische Was-kam-zuerst-Geschichte: das Huhn oder das Ei. Aber wie auch immer, da steht er. Im Herzen der Kantine. Ein metaphorischer Scheinwerfer, der die ganze Zeit direkt auf sie gerichtet ist.

Wegen der ganzen, ihr wisst schon, Gerichtsgeschichte hatte ich keine Zeit, mir ein Pausenbrot zu machen, doch ich habe sowieso keinen großen Hunger. Deshalb umgehe ich die Essensschlange und steuere geradewegs auf den Tisch in der Mitte zu. Noch bevor ich ihn erreiche, sehe ich, dass Shayne schon dort sitzt.

Wie immer ist sie von einer Schar Leute umgeben und redet angeregt über die eine oder andere Sache.

Ich atme tief durch und bewege mich langsam auf den Tisch zu. Als ich näher komme, bemerke ich, dass mein Stammplatz auf Shaynes rechter Seite von irgendeinem Mädchen besetzt ist, das ich noch nie gesehen habe. Und ihr gegenüber sitzt noch ein anderes fremdes Mädchen. Als ich den Blick von Gesicht zu Gesicht schweifen lasse, stelle ich fest, dass der ganze Tisch praktisch *voller* Neulinge ist, von denen ich die meisten nicht einmal erkenne. Ja, da sind auch noch ein paar Leute von der Stammcrew, wie Bailey Reynolds, Krysta Garrett und Brittany Harlow (die ich gerne die siamesischen Drillinge nenne, weil sie *im-*

mer zusammen sind und *genau* dieselbe Frisur haben), aber alle anderen sind absolute Newcomer. Leute, die noch vor einer Woche nicht die *geringste* Chance gehabt hätten, an Shaynes Tisch zu sitzen.

Es ergibt überhaupt keinen Sinn.

Ich beschließe, dass es Zeit ist, ein paar Antworten zu bekommen. Sie kann nicht einfach meine Anrufe ignorieren, sich aus meinem Mathekurs versetzen lassen und einen Haufen Nobodys an unseren Tisch einladen, ohne sich zu erklären. Es ist mir egal, wer sie ist. Deshalb marschiere ich von hinten an sie heran und tippe ihr schroff auf die Schulter.

Sie dreht sich um, und als sie mein Gesicht erblickt, wirft sie mir eines ihrer perfekt einstudierten Schönheitswettbewerbslächeln zu. Ich habe dieses Lächeln bestimmt schon eine Million Mal gesehen. Und mein Herz macht einen Sprung.

Denn ich weiß viel zu gut, dass sie dieses Lächeln immer aufsetzt, um den Schein zu wahren. Es ist eine unaufrichtige, diplomatische Maske, die sie nur trägt, wenn sie besonders unehrlich ist. Dahinter befindet sich … nichts.

»Hey, Brooks«, sagt sie fröhlich, während ihr einstudiertes Lächeln keinen Moment nachlässt.

»Hi, Shayne«, antworte ich und werfe einen Blick auf unseren mir jetzt unvertrauten Tisch. »Ich habe dich gerade in Mathe vermisst.«

»Oh, ja!«, sagt sie und schlägt sich leicht mit der Handfläche gegen die Stirn. »Das hatte ich ganz vergessen, dir zu sagen. Ich musste meinen Stundenplan umstellen, damit ich dieses Eigenständiges-Lernen-Projekt machen kann.«

Voll gelogen.

Shayne würde nie im Leben irgendetwas eigenständig lernen.

Aber ich spiele mit, nicke und sage: »Oh, verstehe«, obwohl ich es nicht tue. *Was* ich allerdings sehr gut verstehe, ist, dass Shayne mich gerade mit allen nur erdenklichen Tricks abspeist. Allen heuchlerischen und gesichtswahrenden Taktiken, die sie in ihrem Waffenarsenal aufzubieten hat.

Eine Menge Leute bewundern Shayne aus der Ferne. Was sie allerdings nicht wissen – *ich* aber schon –, ist, dass es ein Vollzeitjob ist, das beliebteste Mädchen an der Schule zu sein. Ein Job, den Shayne mit ausgesprochenem Geschick leicht aussehen lässt.

»Und, wie läuft's bei dir so?«, fragt sie und fährt mit zwei Fingern durch eine Strähne ihres seidenblonden Haars.

Bei dieser Frage möchte ich nur noch losschreien: *Wie läuft's bei mir so? WIE läuft's bei mir so? Ich war auf der Polizeiwache und vor Gericht und wäre fast im Gefängnis gelandet! So läuft's bei mir!*

Aber ich schreie nichts von alledem. Ich reiße mich zusammen. Ich rufe mir meinen fünf Jahre andauernden Ausbildungskurs in »Die Welt aus der Sicht von Shayne Kingsley« in Erinnerung und schenke ihr mein natürlichstes Lächeln. »Gut.«

Sie lässt die Zunge gegen den Gaumen schnalzen und meint mit einem leichten Stirnrunzeln: »Ich habe von deinem kleinen Abstecher auf die Polizeiwache gehört. Wie hältst du dich?«

Mein Grinsen wird breiter. Es fühlt sich an, als würden meine Mundwinkel mit unsichtbaren Fäden in Richtung meiner Ohren gezogen, und ich bekomme langsam einen

Krampf in den Wangen. »Oh, war keine große Sache«, flöte ich und tue ihre vorgetäuschte Sorge mit einer Handbewegung ab. »Ich habe aber nie herausgefunden, was mit dir passiert ist.«

Shayne zieht fragend die Augenbrauen hoch, als hätte sie nicht die geringste Ahnung, wovon ich spreche. »Was meinst du?«

»Samstagabend. Nach der Party. Was ist mit *dir* passiert?«

Sie lacht, als wäre die Antwort auf diese Frage völlig offensichtlich und ich würde sie nur zum Scherz stellen. »Mann, war das eine abgefahrene Party. Ich hatte echt voll den Kater am nächsten Tag. Eigentlich war ich mit Jesse zum Brunch bei ihm im Wohnheim verabredet, aber ich konnte mich einfach nicht aus dem Bett bewegen!«

Ich kann es nicht fassen. Sie weicht der Frage *total* aus. Und lässt mich dabei wie eine Vollidiotin dastehen.

Aber wenn ich es mir noch einmal genauer überlege, *kann* ich es durchaus fassen.

Schließlich habe ich die letzten fünf Jahre meines Lebens damit verbracht, sie dabei zu beobachten, wie sie dasselbe mit anderen armen Idioten abgezogen hat, während ich daneben stand, genau wusste, was sie da trieb, und kein Problem damit hatte, verschwörerisch mit ihr zu kichern, sobald sie fertig war. Und doch hätte ich mir nie vorstellen können, dass sie *mir* das irgendwann antun würde.

»Was ist mit ›Ich stehe voll hinter dir‹ und ›Wir stehen das gemeinsam durch‹ passiert?«, frage ich und zucke zusammen, als ich die Verzweiflung in meiner Stimme höre. Definitiv nicht der Eindruck, den ich heute vermitteln wollte, doch das hält mich nicht davon ab, auf dieser Schiene weiterzumachen. »Hast du schon vergessen, dass die Party *deine* Idee war?«

Shayne legt den Kopf schief, schaut wie ein verirrtes Hündchen und antwortet: »Ich weiß gar nicht, wovon du sprichst.« Und noch bevor ich mir auch nur überlegen kann, was ich darauf erwidern könnte, lässt sie die Hand über den vollen Tisch schweifen und sagt mit einem makellosen Ausdruck gekünstelter Enttäuschung: »Ich würde dich ja bitten, dich zu uns zu setzen, aber wie du siehst, ist es heute hier sehr voll.«

Ich nicke, als würde ich verstehen, dabei versuche ich nur, die Tränen zu unterdrücken, die mir in die Augen treten. Ich will ihr auf keinen Fall die Genugtuung verschaffen, mich weinen zu sehen. Oder besser noch, ich weigere mich, ihr die *Munition* zu liefern.

Ich drehe mich zu den siamesischen Drillingen, in der Hoffnung, auch nur die kleinste Spur von Mitleid auf ihren Gesichtern zu entdecken, aber sie weigern sich, mich auch nur anzusehen und halten ihre Blicke auf ihre identischen Plastiksalatdosen gesenkt.

»Dann bis bald mal«, sagt Shayne ganz heiter und quirlig, als wäre sie die Assistentin in einer billigen Gameshow, die mir den grottigen Trostpreis, einen lebenslangen Vorrat an Gebissreiniger, überreicht.

Und bevor ich auch nur irgendwas erwidern kann, wendet sie sich wieder ihrem wartenden »Publikum« zu und fährt mit ihrer Geschichte an der Stelle fort, wo sie stehen geblieben ist.

Nahtlos.

Mich lässt sie einfach in der Mitte der Kantine stehen, während mir der imaginäre Scheinwerfer grell ins Gesicht scheint und meinen Schmerz und meine Erniedrigung erleuchtet, damit beides für alle sichtbar wird. Damit alle darüber reden können.

Mr Simpson hatte absolut recht. Jede Gleichung *hat* zwei Seiten. Sogar diese.

Denn so wie Shayne für die Fähigkeit berühmt ist, nichts in etwas zu verwandeln – Wasser in Wein, Stroh in Gold, C&A in Dolce und Gabbana –, trifft auch das Gegenteil zu. Nur ein Schwenk mit ihrem Zauberstab und sie nimmt einem alles wieder weg, was sie einem gegeben hat.

Southern Comfort

Ich stürme durch die Hintertür der Schule nach draußen und ringe nach Luft. Als hätte mich jemand kilometerweit gejagt. Nur dass in Wirklichkeit niemand hinter mir her ist. Da ist niemand auch nur in meiner Nähe. Ich bin allein. Unglaublich allein.

Ich breche auf dem kleinen Stück Gras zusammen, ziehe die Knie an die Brust und stecke den Kopf zwischen meine Beine, während ich mich langsam vorwärts und rückwärts wiege. Die Tränen fließen jetzt ungehindert, sprudeln hervor und tröpfeln seitlich an meinen Beinen herunter.

Wie kann Shayne mir das bloß antun? Wie kann sie mich so benutzen und dann einfach wegwerfen? Ich bin nicht irgendein namenloser Typ, den sie auf einer Party getroffen hat. Ich bin ihre beste Freundin. Zumindest war ich das *angeblich.*

Eine falsche Bewegung, ein Paar Handschellen, eine Verurteilung zu gemeinnütziger Arbeit, und schon werde ich abgelegt wie ein altes Paar Schuhe. Werde wie eine Aussätzige behandelt. Gelte nicht mehr als Bereicherung, sondern bin als Belastung abgestempelt – *gebrandmarkt.* Als Niete. So wie ich es immer gewesen bin. Nur dass jetzt die ganze Schule Bescheid weiß. Jetzt hat mich die Herrin über sie alle aus ihrem Reich verbannt.

Und während ich allein auf dem Rasen sitze und das rote Backsteingebäude hinaufstarre, das mich früher immer willkommen hieß, fühle ich mich ganz und gar zurückgewiesen. Wie eine Versagerin. Die Last meiner grottigen Entscheidungen wiegt schwer auf meinen Schultern.

Warum musste ich Ja zu dieser Party sagen? Warum hätten wir nicht einfach ins Kino gehen können? Oder zu einem Basketballspiel in der reservierten Club-Loge? Oder zu Hause bleiben und Kekse backen? Dann wäre nichts von alldem passiert. Alles wäre so wie früher. So wie es sein *sollte*.

»Du weißt schon, dass du nicht hier draußen sein solltest?«, sagt eine Stimme und bringt mich mit einem Schreck in die Gegenwart zurück.

Ich wirbele den Kopf herum und stelle fest, dass ich doch nicht allein bin. Ich habe Gesellschaft. Und er ist süß.

Richtig süß.

Groß und gut angezogen in dunklen Jeans und einem weißen Hemd mit Knopfleiste. Er lehnt lässig gegen einen nahe stehenden Baumstamm, eine Hand in der Hosentasche, eine halb aufgerauchte Zigarette in der anderen Hand. Seine halblangen dunkelblonden Haare sind theatralisch über seine Stirn gefegt und berühren knapp seine Wimpern. Und er hat durchdringende stahlblaue Augen, die wie Saphire funkeln.

Wer zum Teufel ist das?

Ich versuche schnell, mir die peinlichen Tränen vom Gesicht zu wischen, todsicher, dass ich unansehnliche Wimperntuschespuren hinterlasse, genau wie die, die über meine Kniescheiben verschmiert sind.

»Oh, hi«, murmele ich und würde am liebsten irgendwo unter einen Busch kriechen. »Ich habe dich gar nicht gesehen.«

Wenn ihm aufgefallen ist, dass ich gerade wie ein Baby geheult habe (und ich weiß nicht, wie es ihm hätte entgehen können), lässt er sich absolut nichts anmerken. Denn anstatt das Thema meines tränenverschmierten Gesichts (und meiner tränenverschmierten Knie) anzuschneiden, führt er einfach die Zigarette an den Mund, nimmt einen langen Zug und sagt mit einem geschmeidigen Südstaatenakzent, der mich zum Schmelzen bringt: »Du könntest ernsthaft Ärger dafür bekommen, dass du hier draußen bist.«

Ich muss darüber lachen. Das tut nach dem vielen Weinen gut. »Und du etwa nicht?«

Er bläst den Rauch aus und lächelt. Eigentlich ist es vielmehr ein vielsagendes Grinsen, gefolgt von einem gleichgültigen Schulterzucken. »Das könnte ich wohl. Aber Martin und ich verstehen uns.«

»Wer ist Martin?«

Er zieht noch einmal an seiner Zigarette. »Der Sicherheitswart der Schule.«

»Oh, *der*«, sage ich, die Geringschätzung ist deutlich in meinem Tonfall zu hören. Ich erinnere mich nur zu gut an ihn. Er erwischte Shayne und mich letztes Jahr, als wir während der Mittagspause vom Schulgelände schlichen. »Ich wusste gar nicht, dass er einen Namen hat.«

»Jeder hat einen Namen«, erwidert der gutaussehende Typ mit einem weiteren Grinsen.

»Hm, ja«, brabbele ich. »Ich meine, ich … wusste … nicht … du weißt schon …« Ich gebe schließlich auf und seufze genervt. »Wer bist du?«

Er lacht kurz auf, wirft seine Zigarette auf den Boden und zerdrückt sie mit dem Absatz seines dunkelbraunen Stiefels. »Hunter Wallace Hamilton … der Dritte«, sagt er, als würde er sich der königlichen Familie vorstellen.

Ich kichere. »*So* heißt du?«

»Na ja, das ist mein ganzer Name. Die meisten Leute nennen mich einfach Hunter.«

»Ich habe dich noch nie hier gesehen«, platze ich heraus und bereue es augenblicklich. Weil es eine unglaublich bescheuerte Aussage ist. Vor allem, wenn man mit jemandem spricht, der wie Hunter aussieht. Aber es ist wahr. Ein so scharfer Typ wäre mir bestimmt schon aufgefallen. Oder zumindest wäre er Shayne aufgefallen, und sie hätte mich auf ihn aufmerksam gemacht. Und hätte dann zwei Sekunden später ein Date mit ihm gehabt.

»Das liegt wahrscheinlich daran, dass ich neu bin«, teilt er mir schnell mit, während sein gedehnter Südstaatenakzent die Luft versüßt, wie der Duft von Zuckerwatte. »Bin gerade aus Atlanta hierhergezogen. Heute ist mein erster Tag.«

»Und du bist schon mit dem Wachmann per Du?«

»Hey«, sagt er und hebt eine Hand. »Ich setze einfach die richtigen Prioritäten. Wenn man mit bestimmten Sachen davonkommen will, sind das die Leute, mit denen man sich anfreunden muss.« Hunter stößt sich von dem Baum ab, macht ein paar Schritte auf mich zu und zieht eine Packung Zigaretten aus seiner Hosentasche. Er hält sie mir hin.

»Willst du eine?«

Als ich zögere, zeigt er mit dem Kopf auf meine geschwollenen Augen und sagt: »Es tut gut.«

In meiner Situation sollte ich wohl jedes bisschen Hilfe annehmen, das mir angeboten wird, deshalb ziehe ich eine Zigarette aus der Packung und stecke sie mir zwischen die Lippen. Hunter holt ein Feuerzeug aus der anderen Tasche, geht neben mir in die Knie und schnipst das Rädchen. Eine Flamme sprüht hoch.

Mir flattert das Herz in der Brust, als er seine Hand nur Zentimeter von meinem Gesicht hält. Aus der Nähe ist er sogar noch atemberaubender – mit diesem leichten Schatten um seine Wangen und sein Kinn herum. Er sieht so sexy aus, dass ich beinahe die Zigarette aus dem Mund fallen lasse.

Er ist bestimmt in seinem letzten Highschooljahr. Daran besteht kein Zweifel. Wie viele Jungs in den unteren Jahrgängen haben schon so eine Gesichtsbehaarung?

Als die Flamme das Ende der Zigarette berührt, versuche ich es den Rauchern gleichzumachen, die ich gesehen habe, und ziehe stark. Sofort füllt heißer Rauch meine Lungen, versengt mir den Hals und verschlingt den ganzen Sauerstoff in meinem Körper. Ich fange heftig an zu husten und spucke graue Schwaden aus. Ich habe das Gefühl, ein hundertvierzig Kilo schwerer Ringer würde auf meiner Brust stehen.

Hunter lässt sich neben mir auf den Rasen plumpsen und klopft mir auf den Rücken. »Ach, Kleine. Du hättest mir sagen sollen, dass es dein erstes Mal ist.«

Ich kann mit nichts anderem als noch mehr Gehuste antworten, während mich die volle Wucht meiner Blamage trifft. *Kleine?* Wenn das kein Tiefschlag ist.

»Du hast mir immer noch nicht gesagt, wie *du* heißt.«

Ich brauche eine Minute, bis ich antworten kann. Vor

allem, weil ich mir immer noch die Lunge aus dem Leib huste. Aber auch, weil dieser Kerl so unglaublich scharf ist, dass ich Schwierigkeiten habe, Wörter zu bilden.

»Äh, Brooklyn?«, kriege ich endlich heraus.

»Fragst du mich, oder sagst du mir das?«

Ich versuche, mir ein Lächeln abzuringen. »'tschuldige. Nein, es ist Brooklyn. Brooklyn Pierce. Aber die meisten Leute nennen mich Brooks.«

»Freut mich, dich kennenzulernen, Brooks«, sagt er höflich und reicht mir die Hand.

Wie eine Vollidiotin starre ich ihn verwirrt an.

»Vielleicht ist es so ein Südstaatending, aber wo ich herkomme, schütteln wir Leuten, die wir mögen, die Hand.«

Ich werde bei seiner Bemerkung sofort rot und lege dann meine Hand in seine. »'tschuldige«, sage ich noch einmal.

»Brooklyn Pierce«, wiederholt er nachdenklich. »Der Name kommt mir bekannt vor. Bist du für irgendwas berühmt?«

Ich keuche ein weiteres schroffes Husten hervor, versuche einen zweiten (geschickt aussehenden) Zug an der Zigarette und achte diesmal darauf, nicht zu inhalieren. »Ja. Dafür, eine Versagerin zu sein.«

Er scheint das lustig zu finden und stützt sich nach hinten auf seine Hände. »Das bezweifle ich schwer. Jetzt mal im Ernst, warum kenne ich den Namen?«

»Na ja«, fange ich zögerlich an. »Entweder hast du vor ein paar Minuten beobachtet, wie mich meine beste Freundin vor der gesamten Schule abserviert hat, oder du hast vor dreizehn Jahren im Fernsehen gesehen, wie zwanzig Feuerwehrleute mich aus einem stillgelegten Grubenschacht gezogen haben. Such dir was aus!«

Hunter nickt, und ich beobachte, wie ihm ein Licht aufgeht. »Oh, genau! Baby Brooklyn! Ich habe die Sondersendung gesehen, die sie vor ein paar Jahren über dich gemacht haben. ›Baby Brooklyn, zehn Jahre nach der Rettung.‹«

Ich seufze. »Genau. Das.«

»Das war eine Hammergeschichte.«

Ich nehme einen weiteren vorgetäuschten Zug von meiner Zigarette. »Ja.«

Offenbar spürt er meinen Widerwillen, diese bestimmte Reise in die Vergangenheit zu unternehmen, wischt sich das Gras von den Händen und hievt sich hoch. »Na ja, es sieht so aus, als könntest du ein wenig Zeit für dich allein gebrauchen. Ich lasse dich jetzt erst mal eine Weile in Ruhe. Nett, dich kennenzulernen.«

Ich halte mir die Hand vor die Stirn und schaue mit zusammengekniffenen Augen zu ihm hoch. Mit der grellen Mittagssonne, die eine Art Heiligenschein um seinen Kopf herum bildet, sieht er beinahe wie ein Engel aus. Wie ein sehr *scharfer* Engel. »Äh … freut mich auch, dich kennenzulernen«, kriege ich gerade so heraus.

Ohne ein weiteres Wort winkt er mir kurz zu und schlüpft durch die Hintertür der Schule. Um mich herum wird es still, und ohne die Ablenkung meines süßen Südstaaten-Freunds erinnere ich mich sofort wieder daran, warum ich überhaupt hier herausgekommen bin. Mir treten erneut Tränen in die Augen, und ich fange langsam an, wieder in Selbstmitleid zu zerfließen.

Ich versuche einen weiteren Zug an der Zigarette und huste um einiges weniger. Und gerade als ich glaube, dass ich jetzt wirklich allein *bin*, höre ich eine andere Stimme hinter mir. Die ist jedoch weder geschmeidig noch sexy.

Eigentlich ist es vielmehr ein furchterregendes, fieses Brüllen. Und mir wird schnell bewusst, dass dieser albtraumhafte Tag noch nicht vorbei ist.

»Was glaubst du eigentlich, was du da machst?!«

Zur Mittelmässigkeit verdammt

»Nachsitzen?«, brüllt meine Mom, als ich später am Nachmittag ins Auto steige. Das beantwortet wohl die Frage, ob sie wieder mit mir spricht oder nicht. »Als wäre alles andere, was passiert ist, nicht schon genug, hat man dir auch noch eine Woche Nachsitzen aufgebrummt?«

Ich sage nichts, weil ich weiß, dass Schweigen in diesem Moment vermutlich am klügsten ist. Vor allem, da alles, was ich sage, gegen mich verwendet werden kann und *wird.*

»Wegen *Rauchens*!« Sie schäumt vor Wut. »Meine fünfzehnjährige Tochter! Eine verkommene Göre *und* eine Raucherin!«

Ich breche mein Schweigegelübde, um mir selbst zur Rettung zu eilen. »Ich bin *keine* Raucherin. Ich schwöre hoch und heilig, dass es das erste Mal war, und es hat mir nicht mal gefallen.«

Meine Mom stöhnt. »Das erste Mal, dass du rauchst. Das erste Mal, dass du eine Party schmeißt. Das erste Mal, dass du ein Haus niederbrennst. Wow, Brooks, du bist gerade so richtig in Fahrt. Was ist *los* mit dir?«

Ich wünschte, ich wüsste es. Ich wünschte wirklich,

dass ich es wüsste. Denn vielleicht könnte ich es dann in Ordnung bringen. Es ist nicht so, als würde es mir *gefallen*, diesen ganzen Ärger am Hals zu haben. Es ist nicht so, als würde ich voll darauf abfahren, von Männern in Uniform abgeführt zu werden. Es war nicht gerade die Hammererfahrung, mich wieder mit Martin, dem Wachmann, rumärgern oder *drei* zusätzliche Stunden in der Schule bleiben und den Hinterkopf irgendeines kahlgeschorenen Typen anstarren zu müssen. Glaubt mir. Ich freue mich nicht darauf, *das* in den nächsten fünf Tagen jeden Tag aufs Neue durchzumachen.

»Ich weiß nicht, was wir mit dir machen sollen, Brooklyn«, schimpft meine Mom weiter. »Ich werde heute Abend ein langes Gespräch mit deinem Vater führen. Wir werden uns überlegen müssen, was zum Teufel wir unternehmen sollen. Dir fehlt es ernsthaft an Urteilsvermögen, und ehrlich gesagt, weiß ich nicht, von wem du das hast. Deine Schwester ist immer so …«

Und schon geht's wieder los. Das Geschwafel über meine immer perfekte, immer kluge, immer herausragende Schwester Isabelle. Ich blende sie sofort aus und konzentriere mich auf angenehmere Dinge, wie meine fünf kurzen und traumhaften Minuten mit Hunter Wallace Hamilton III. heute Nachmittag und seine atemberaubend schönen Augen, bis die Stimme meiner Mom nur noch ein fernes Dröhnen ist. Es ist nicht so, als würde ich ihr nicht zuhören. Ich weiß nur schon, was sie sagt. *Warum kannst du nicht mehr wie Izzie sein? Wenn sie es schafft, gleichzeitig den besten Abschluss ihrer Klasse zu machen, Kapitänin der Mädchentennismannschaft zu sein* und *in Harvard aufgenommen zu werden, sollte es auch für* dich *nicht so schwer sein.*

Nur verstehen meine Eltern einfach nicht, dass es für mich schwerer *ist*.

Ich habe mal diesen Artikel gelesen, in dem es hieß, dass jüngere Geschwister statistisch gesehen schlechter in der Schule (und im Leben) abschneiden als Erstgeborene. Denn erstgeborene Kinder beginnen ihr Leben als unbeschriebenes Blatt. Sie haben eine maßstabsfreie Existenz. Ganz gleich, was sie tun – ob sie Hervorragendes leisten oder kaum über die Runden kommen –, das ist der Maßstab, an dem die anderen Geschwister gemessen werden. Und wenn der Maßstab Izzie ist, kann man genauso gut gleich einpacken und sich an die Mittelmäßigkeit gewöhnen. Und genau das habe ich gelernt zu tun. Denn mal im Ernst, was soll es bringen, sich anzustrengen, wenn man laut den Forschern sowieso zum Scheitern verurteilt ist?

Die Standpauke meiner Mom dauert die gesamte Autofahrt bis nach Hause. Zum Glück teilt sie mir am Ende mit, dass sie zu wütend ist, um noch weiter mit mir zu sprechen, und ich verziehe mich in mein Zimmer und schließe die Tür. Ich schwöre euch, sie ist kurz davor, mich zu verstoßen. Ich wüsste zu gern, ob das überhaupt möglich ist. Ist es legal, seine *eigenen* Kinder zu verstoßen? Ich würde das ja googeln, aber sobald mein Dad nach Hause kommt und meine Eltern ihr kleines *Gespräch* unter vier Augen beendet haben, werden sie meinen Computer konfiszieren, ihn in den Hobbyraum stellen, und ich habe bis auf weiteres Internetverbot. Das Verbot bezieht sich auch auf Handybenutzung (wenn ich noch eins hätte), Fernsehen, Ausgehen und darauf, ein normales Leben zu führen.

Ich habe praktisch Hausarrest bis zu meinem vierzigsten Lebensjahr. Und ich sage nur deshalb »bis zu meinem vierzigsten Lebensjahr« und nicht »lebenslang«, weil meine Eltern bis dahin vermutlich so alt und senil geworden sind, dass sie vergessen haben werden, warum ich überhaupt Hausarrest bekommen habe.

Das Haus ist wie ein Gefängnis. Kein Handy. Keine Textnachrichten. Kein *Instant* Messaging. Kein Facebook. Kein Twitter. Kein Fernsehen. Keine Filme. Keine Dates. Und anstatt mich zur Schule zu fahren, so wie sie es immer getan haben, zwingen mich meine Eltern, jeden Tag den *Bus* zu nehmen.

Bob hatte also recht. Es *gibt* Schlimmeres als gemeinnützige Arbeit.

Und da dachte ich doch tatsächlich, dass ich keine Haftstrafe würde absitzen müssen.

Aber als wäre das nicht schon übel genug, haben meine Eltern auch noch beschlossen, dass ich zweimal in der Woche auf der Baustelle des brandgeschädigten Musterhauses arbeiten muss, sobald die Baufirma mit dem Neuaufbau beginnt. Das ist ihre Vorstellung von einer Strafe, die dem Verbrechen gerecht wird, und sie sind beide besonders stolz auf diesen Einfall. Also sobald die Sachverständigen meiner Mom grünes Licht geben, werde ich knochenharte, kleiderverschleißende, Nägel hämmernde und große Gegenstände schleppende Schwerstarbeit tätigen … ohne Lohn.

Das ist bestimmt illegal, aber was soll ich tun? Sie verklagen?

Im Laufe der Woche wird alles nach und nach nur noch schlimmer. Die Schule ist im Grunde ein Albtraum, der Wirklichkeit geworden ist. Ich bin über Nacht unsichtbar geworden. *Unbedeutend.* Von angesagter Person zum Niemand. Leute beachten mich auf den Gängen kaum, geschweige denn erkennen mich. Sie rempeln mich an, als wäre ich gar nicht da. Als hätten sie mich gar nicht direkt vor ihnen stehen sehen. Denn wie sich herausstellt, bin ich ohne Shayne an meiner Seite ein Nichts. Die ganze Zeit hatte ich gedacht, ich wäre wichtig. Ich dachte, ich wäre an dieser Schule *Jemand*, dabei existierte ich eigentlich nur als eine Erweiterung von ihr. Ein Anhängsel. Wie ein Arm oder ein Bein oder eine Haarsträhne. Nicht als eigenständige Person. Zusammen mit Shayne war ich eine Göttin. Auf mich allein gestellt bin ich nichts weiter als eine Leerstelle.

Aus Shaynes Stiletto-Clique verstoßen worden zu sein hat aber auch was Gutes: Ich kann unter der Woche tatsächlich ausschlafen. Ich muss nicht mehr im Morgengrauen aufstehen, um mich Shaynes idiotisch hohem Standard gemäß zu verschönern. Ich meine, warum sollte ich mich noch darum kümmern, was ich anziehe oder ob ich genug Lipgloss aufgetragen habe oder mein Lidschatten meinen Teint zur Geltung bringt, wenn ich nicht mehr im Mittelpunkt irgendeines Interesses stehe? Wenn sich alle nur noch einen Dreck um mich scheren? Nur um meine Rebellion offen zu zeigen, *entscheide* ich mich bewusst dafür, *jeden einzelnen Tag* dieser Woche einen Pferdeschwanz zu tragen und meine bequemsten (und somit *un*trendigsten) Jeans anzuziehen. Und wisst ihr was? Es fühlt sich verdammt klasse an.

Jetzt, da Shayne sich aus unseren drei gemeinsamen Kursen hat versetzen lassen, ist die Schule besonders langweilig. In Englisch gibt uns Mrs Levy die Wahl zwischen zwei Lektüren: *Der alte Mann und das Meer* von Ernest Hemingway oder *Früchte des Zorns* von John Steinbeck. Und wenn ihr mich fragt, klingen beide Bücher wie die reinsten Schlafmittel. Vor allem, da Shayne und ich sonst immer die gleiche Lektüre auswählten und dann Inhaltsangaben aus dem Internet herunterluden. Jetzt sieht es so aus, als würde ich alleine schummeln müssen.

Ich habe mir alle Mühe gegeben, mich in der Schule unverdächtig zu verhalten. Was vermutlich auch der Grund ist, warum ich Hunter Wallace Hamilton III. zu meiner großen Enttäuschung nicht wiedergesehen habe. Denn glaubt bloß nicht, dass ich mich nicht nach ihm umgesehen hätte. Das habe ich nämlich. So ziemlich jedes Mal, wenn ich den Gang hinunterschleiche. Wahrscheinlich verbringt er den Großteil seiner Zeit im Oberstufenraum mit den anderen coolen Leuten (also *nicht* mir). Und ohne einen Passierschein hat man absolut keinen Zutritt zum Oberstufenraum. Keinen echten, körperlichen Passierschein, wie einen fürs Klo oder so was, sondern nur bildlich gesprochen. Also so was wie einen Freund, der im letzten Highschooljahr ist, oder eine anerkannte Beziehung zu jemandem, dem lebenslanger, unbegrenzter Zugang gewährt wurde. Jemandem wie Shayne Kingsley.

Und ich glaube, wir haben ein für alle Mal klargestellt, was mit *dieser* speziellen »Beziehung« passiert ist.

Ein positiver Aspekt ist allerdings, dass sich mein Hausaufgabenberg bedeutend verringert hat. Denn wenn man in Shaynes Welt lebt, gibt es zwei unterschiedliche Arten von Hausaufgaben. Die Art, die man für die Schule macht, und die Art, die man für sie macht. Oder vielmehr, um weiter von ihr akzeptiert zu werden. Man muss nämlich nicht nur ständig atemberaubend aussehen, man muss auch auf dem neuesten Stand sein, was jede Reality-Show, jeden Promi-

Blog, jede Modezeitschrift, jede Plattenveröffentlichung, jede Filmpremiere, jede Preisverleihung und alles andere betrifft, das Shayne als »wichtig« erachtet. Das ist extrem zeitaufwändig.

DishnDiss.com ist die Bibel, die ultimative Quelle für jeden klatschwürdigen Leckerbissen, der an die Öffentlichkeit verfüttert wird (wobei manche Dinge eigentlich *nicht* für die Öffentlichkeit gedacht sind). Shayne liest diese Website gewissenhaft. Sie lebt nach ihr. Und daher muss man es auch tun, wenn man zu ihrem inneren Kreis gehören will.

Aber jetzt habe ich keinen Grund mehr, mich über diese Dinge auf dem Laufenden zu halten. Shayne redet nicht einmal mehr mit mir, geschweige denn testet mein Erinnerungsvermögen. Daher war ich seit Sonntagabend kein einziges Mal mehr auf dem Blog. Nicht dass ich momentan viel Zugang zum Internet hätte. Eigentlich fast nur noch, wenn ich in der Mittagspause in der Bibliothek auf Tauchstation gehe.

Ich habe dort ein dauerhaftes Versteck ausgekundschaftet, damit ich nicht alleine in der Kantine sitzen muss. Das einzige Problem ist, dass man in die Bibliothek nichts zu essen mitnehmen darf, weshalb mein Magen ab der sechsten Stunde anfängt zu knurren und mein Blutzucker in den Keller sackt. Und zusammen mit den zusätzlichen Nachsitzstunden nach der Schule diese Woche hängt mir der Magen praktisch bis zu den Kniekehlen, wenn ich zu Hause ankomme.

Ganz zu schweigen von der Totalblamage, tatsächlich in dem Nachsitzzimmer *sitzen* zu müssen.

Als sich die Woche endlich dem Ende zuneigt und meine Mom mich am Freitagabend nach der Schule abholt, freue ich mich daher schon auf den ersten Tag meiner gerichtlich angeordneten gemeinnützigen Arbeit morgen – ob ihr's glaubt oder nicht. Denn wenn ihr mich fragt, ist bestimmt alles besser als *das*.

Gemeinnützig arbeiten

Ich hatte unrecht.

Als ich am Samstagmorgen die Eingangshalle des Jahrhundert-Altenpflegeheims betrete und mit eigenen Augen sehe, wo ich zweihundert wertvolle Stunden meines Lebens verbringen werde, gehen mir sechs kleine Wörter durch den Kopf: *Das soll wohl ein Scherz sein*.

Anwalt Bob hat mir versichert, dass das *die* »1A«-gemeinnützige-Arbeitsstelle ist. Ein Kinderspiel. Ich müsste nichts weiter tun, als ein wenig Bingo und vielleicht ein paar Partien Dame zu spielen, und das Ganze wäre im Handumdrehen vorbei.

Allerdings hat er mit keinem Wort den Geruch dort erwähnt.

Dieser Ort *stinkt* total nach alten Leuten. Und das liegt vermutlich daran, dass sie *überall* sind. Sie blockieren in Rollstühlen vornübergebeugt ganze Korridore, sitzen im Eingang auf dem Sofa und murmeln vor sich hin, bewegen sich mit ihren Gehhilfen im Schneckentempo die Flure hinunter. Und um ehrlich zu sein, treibt mich das in den Wahnsinn. Ich meine, es ist nicht so, als hätte ich nie etwas mit alten Leuten zu tun gehabt. Ich *habe* Großeltern. Es ist nur so, dass ich nie mit so *vielen* auf einmal zu tun hatte. Und eine Menge dieser alten Leute erwecken den

Eindruck, dass sie nicht mehr alle beisammen haben … buchstäblich. Dem Typen, der in der Ecke sitzt und aussieht, als hätte er sich seit Wochen nicht bewegt, fehlt vom Knie abwärts ein Bein. Ich frage mich, ob er es bei irgendeinem tragischen Unfall oder vielleicht bei einem Haiangriff verloren hat.

Ich atme lange und tief durch – *okay, bringen wir das hinter uns* – und fange an, mir einen Weg durch den Hindernisparcours aus geparkten Rollstühlen und Gehhilfen zu bahnen, die zwischen mir und dem Empfang stehen. Plötzlich packt mich wie aus dem Nichts eine raue und schwielige Hand am Oberarm. Ich lasse einen Schrei fahren, wirbele herum und stelle fest, dass sich ein alter Mann mit einem Verband über einem Auge an mir festklammert, als würde er ertrinken und ich wäre ein Rettungsring.

»Ha duu ma Zi-gahe mitgebaht?«, fragt er, sein eines Auge ganz angespannt und entschlossen.

Ich starre ihn entsetzt an. »W-w-was?«

»Ha duu ma Zi-gahe mitgebaht?«, wiederholt er, diesmal ein bisschen lauter. Als wäre Lautstärke das Problem.

»Tut mir leid«, sage ich und blicke ängstlich auf den eisernen Griff, mit dem er meinen Arm festhält. Man würde nicht meinen, dass sich ein so gebrechlicher Mann mit so viel Kraft an irgendetwas festklammern kann. »Ich verstehe nicht, was Sie sagen.«

»Er hat gefragt, ob du seine Zigarre mitgebracht hast«, übersetzt eine hilfreiche Krankenschwester, während sie näher kommt und behutsam die Hand des Mannes aufstemmt. Ich spüre sofort, wie das Blut wieder in meine Finger rauscht. »Jede Woche geht eine junge Ehrenamtliche in den Tabakladen und bringt ihm eine Zigarre mit«, erklärt sie. »Sie sieht ein bisschen aus wie du.« Dann wendet sie sich an den Mann und spricht laut und langsam. »Das ist nicht Betsy, Mr Jacobson.«

»Wa?«

»Das. Ist. Nicht. Betsy!«

Während sie fortfährt, ihm den Unterschied zwischen mir und irgendeinem Mädchen namens Betsy zu erklären, nähere ich mich der Empfangstheke und stelle mich der jungen Asiatin dahinter vor. Auf ihrem Namensschild steht »Carol Yang«.

Sie schenkt mir ein herzliches Lächeln. »Guten Morgen! Wie kann ich dir helfen?«

»Ähm, ja, hi«, sage ich. »Ich bin Brooklyn Pierce. Das Gericht hat mich hierhergeschickt, um gemeinnützige Arbeit zu leisten. Das ist mein erster Tag.«

Und genauso schnell, wie es erschienen ist, verschwindet ihr Lächeln auch wieder. Jetzt sieht sie mich an, als wäre ich irgendeine gewalttätige Verbrecherin, die weggesperrt und nie wieder auf freien Fuß gelassen werden sollte.

»Oh, okay«, sagt sie pikiert und abweisend. »Na schön, hast du deine Unterlagen dabei?«

Ich hole die Unterlagen heraus, die Bob vom Gericht erhalten hat, und lege sie auf die Empfangstheke.

Aber Carol seufzt und schiebt sie mit der Fingerspitze zurück, als ob die Delikte, die in den Unterlagen aufgeführt sind, irgendwie ansteckend wären. »Ehrenamtliche müssen sich bei Gail melden. Ich werde sie ausrufen.«

Sie nimmt den Hörer von einem Telefon in der Nähe ab und schreit praktisch hinein. »Gail Goldstein. Gail Goldstein, bitten kommen Sie zur Empfangstheke.« Ich zucke bei dem schrillen Quietschen zusammen, das aus den Lautsprechern dröhnt und genau dieselben Worte mit einem gurgelnden Unterwassereffekt wiederholt. Es ist für die Ohren ungefähr so angenehm wie Metall, das über Glas schrabbt. Doch anscheinend bin ich die Einzige, die es gehört hat, weil im Raum sonst niemand aufschreckt.

Was mich nicht wirklich überrascht.

Ein paar Augenblicke später watschelt eine kleine, rundliche Frau mit dunklen graumelierten Haaren und einer schwarzen Hornbrille in den Raum. Sie mustert mich von Kopf bis Fuß, wie einen Gaul auf dem Pferdemarkt. Auch wenn sie sich nicht vorstellt, gehe ich davon aus, dass es sich um Gail handelt. Sie fängt sofort an zu reden. Unglaublich schnell und mit einem sehr breiten Ostküsten-Akzent. Ich verstehe sie nur ein kleines bisschen besser als den einäugigen Typen, der immer noch darauf wartet, dass sich seine Zigarre materialisiert.

»Du musst dich bei mir melden, sobald du hier ankommst, und abmelden, bevor du gehst. Ich muss dem Gericht deine Stunden mitteilen, daher muss ich genau wissen, wann du hier eintriffst und wann du gehst.« Obwohl sich diese fünfzig Wörter oder so wie ein Sturzbach aus ihrem Mund ergießen, schaffe ich es, das Wesentliche aufzuschnappen, und nicke.

Sie nimmt meine Unterlagen von Carols Tisch, macht sie an dem Klemmbrett in ihrer Hand fest und kritzelt etwas auf die obere Seite. Dann bedeutet sie mir, ihr zu folgen, und marschiert den Gang hinunter, während sie wie ein Auktionator auf Speed Regeln herunterrattert. »Wasch dir immer die Hände, nachdem du mit einem Heimbewohner zu tun hattest. Versuche nicht, einem Heimbewohner in oder aus einem Rollstuhl zu helfen. Gib einem Heimbewohner nie etwas zu essen oder zu trinken. Ganz egal, wie nett er dich darum bittet. Und versuche, Floskeln zu vermeiden wie ›Wie geht es Ihnen?‹, wenn du mit Heimbewohnern sprichst. Es sei denn, du willst wirklich wissen, wie es ihnen geht. Und ich versichere dir, dass du das nicht willst.«

»Warum nicht?«

Gail bleibt vor einer Tür mit der Aufschrift »Beschäftigungsraum« stehen. Sie wirft mir einen strengen und warnenden Blick zu. »Das ist ein Altenpflegeheim. Leute kommen nicht hierher, um gesund zu werden. Sie kommen hierher, um zu sterben. Daher kannst du dir bestimmt vorstellen, dass die meisten nicht gerade in bester Verfassung sind. Als Beschäftigungsmanager dieser Einrichtung ist es meine Aufgabe, ihre letzten Tage – Wochen, Monate, was auch immer – so unterhaltsam wie möglich zu gestalten.«

Ich schlucke schwer, unterdrücke ein Schaudern und bete, dass niemand ins Gras beißt, während ich in der Nähe bin.

Gail ignoriert meine Reaktion und schiebt die Tür auf. »Komm schon«, befiehlt sie. »Finden wir etwas für dich zu tun.«

Das ist aber leichter gesagt als getan, weil ziemlich schnell offensichtlich wird, dass gemeinnützige Arbeit nicht gerade meine Stärke ist, und das ist milde ausgedrückt. Im Laufe der nächsten paar Stunden werde ich von der Bingo-Bühne gebuht, weil ich die Zahlen zu schnell ausrufe (anscheinend ist eine Bingo-Kugel pro Stunde die gängige Geschwindigkeit hier), ich bringe einen Mann mit Diabetes fast um, weil ich ihm ein Glas Limonade gebe, und verursache unabsichtlich einen Aufstand im Beschäftigungsraum, als ich vorschlage, Monopoly anstatt Rummikub zu spielen. Denn laut dem heutigen Beschäftigungsplan wird um elf Rummikub gespielt, und vorzuschlagen, den Plan zu ändern, kommt einem Aufruf zu Anarchie gleich.

Ich kann offenbar nicht anders, als alles, was man mir aufgibt, in den Sand zu setzen. Es ist, als würde ich alles zerstören, was ich anfasse. Gail wird schon heiser von den vielen Rüffeln, die Krankenschwestern werfen mir überall böse Blicke zu, und um dem Ganzen noch die Krone aufzusetzen, hat ein total krank aussehender Mann mich gerade angeniest.

»Tja, Brooklyn«, sagt Gail mit einem frustrierten Seufzer, nachdem sie erfolgreich den Großen Rummikub-Aufstand des Jahrhundert-Altenpflegeheims, wie er jetzt in die Geschichte eingehen wird, abgewendet hat, »was soll ich bloß mit dir anstellen?«

Als ich dem leisen Klirren der Rummikub-Plättchen lausche, die über die Tische hinter uns geschoben werden, hoffe ich mehr oder weniger, dass sie einfach aufgeben und in die Gerichtsunterlagen schreiben wird, dass ich meine zweihundert Stunden erfolgreich absolviert habe, damit ich meiner Wege gehen kann. Doch dem entschlossenen Blick auf ihrem Gesicht nach zu urteilen wird das wohl nicht passieren.

Die Sprechanlage erwacht quietschend zum Leben und unterbricht ihre Gedanken, als dieselbe schrille Stimme von vorhin verkündet: »Gail Goldstein, bitte melden Sie sich in Zimmer 4A. Gail Goldstein, bitte melden Sie sich in Zimmer 4A.«

Ich weiß nicht genau, was in Zimmer 4A vor sich geht, aber so wie Gail die Schultern hängen lässt und das Gesicht zu einer bitteren Grimasse verzieht, tippe ich darauf, dass es nichts Gutes ist. Oder zumindest nichts, womit sie sich jetzt auseinandersetzen will.

Doch dann verändert sich auf einmal ihre ganze Haltung. Ihre Augen erstrahlen, ihre Lippen verziehen sich zu einem durchtriebenen Lächeln, und ich kann ihr beinahe ansehen, wie sie eine Erleuchtung hat. »Eigentlich«, setzt sie an, wobei sie verdammt stolz auf sich zu sein scheint, »glaube ich, dass ich *genau* den richtigen Job für dich habe.«

»Und der wäre?«, frage ich misstrauisch, weil mir dämmert, dass meine Zukunft düster aussieht.

»Du kannst der Bewohnerin von 4A vorlesen.«

»*Vorlesen?*«, hake ich nach und fühle mich bei dieser Antwort ein wenig erleichtert. Ich kann mir viel schlimmere Dinge vorstellen, die ich an einem Ort wie diesem tun könnte. »Wie in laut vorlesen ... aus Büchern?«

Gail wackelt zweideutig mit dem Kopf. »Also ... ja. Größtenteils.«

Sie gibt mir ein Zeichen, ihr wieder auf den Gang zu folgen. »Komm«, sagt sie fröhlich – fast *zu* fröhlich –, »ich stelle dich Mrs Moody vor.«

Mit einem skeptischen Stirnrunzeln und widerwilligen Schritts folge ich ihr nach draußen durch die Tür und den langen Korridor mit Räumen hinunter. Ich lasse den Blick über die Schilder schweifen, auf der Suche nach dem Zimmer, das mit 4A gekennzeichnet ist, und frage mich die ganze Zeit, ob der Name »Mrs *Moody*« ein wirklicher Name oder irgendein bezeichnender Spitzname für eine launische Person ist.

Stimmungs-schwankungen

»Mrs Moody«, gurrt Gail sanft, während sie dreimal an die Tür klopft.

»Was wollen Sie?«, dringt eine raue, mürrische Stimme von der anderen Seite zu uns und beweist sofort, dass »Moody« sowohl ein Name *als auch* eine Gemütsverfassung ist.

»Wie ich höre, bereiten Sie den Krankenschwestern wieder Ärger.« Gails Tonfall ist jedoch das genaue Gegenteil. Sanft und friedlich wie ein Wiegenlied. Was in keinerlei Weise der Art ähnelt, wie sie mit *mir* spricht.

»Sie versuchen mich zu vergiften!«, heult die alte Frau daraufhin.

Gail geht ins Zimmer, aber ich entscheide mich, auf dem Gang zu bleiben. Aus irgendeinem Grund fühlt es sich dort sicherer an.

»Oh, Mrs Moody«, höre ich Gails besänftigende Stimme, während ich beobachte, wie sie alle möglichen Gegenstände vom Boden aufhebt und auf eine Kommode legt, die von der Tür aus zu sehen ist. »Niemand versucht Sie zu vergiften.«

»Ich kann es in ihren Augen sehen«, beharrt die krächzende Stimme. »Man kann *alles* in den Augen sehen, wissen Sie? Und es steckt Böses in ihnen. Böses, glauben Sie mir!«

»Also«, ändert Gail unverzüglich das Thema, »ich habe jemanden mitgebracht, der Sie besuchen will.«

Gails Hand erscheint von hinter der Tür und winkt mich nach vorne. Ich trete schüchtern in den Raum und erwarte fast, ein fauchendes und mit Warzen bedecktes Monster auf der anderen Seite vorzufinden. Doch stattdessen erblicke ich eine kleine, extrem zerbrechliche weißhaarige Frau, die in ihrem Bett liegt und sich die Decke schützend bis zu ihrem knochigen, schlaffen Kinn hochzieht.

»Wer bist du?« Die Augen der Frau verengen sich, als sie mich ansieht. »Ich hab dich nicht herbestellt. Verschwinde.«

»Aber, aber, Mrs Moody«, redet Gail auf sie ein. »Seien Sie doch nicht so. Diese nette junge Frau ist gekommen, um Zeit mit Ihnen zu verbringen.«

Wie bitte?

Sie will, dass ich Zeit mit *dieser* verrückten alten Schabracke verbringe? Nein. Auf keinen Fall. Das ist NICHT mein Job.

Mrs Moody sieht mich mit zusammengekniffenen, kleinen Knopfaugen an und mustert mich wachsam, bevor sie schließlich erklärt: »Ich traue ihr nicht. Lassen Sie sie nicht an meine Sachen ran.«

Ich fasse das als eindeutiges Zeichen auf, dass ich gehen soll, und steuere wieder auf die Tür zu. Aber Gail ist zu schnell, und bevor ich mich auch nur einen Zentimeter vom Fleck bewegt habe, umschließt ihre Hand meinen Ellbogen und hält mich an Ort und Stelle.

»Sie will eindeutig keine Gesellschaft«, zische ich leise.

»Gib ihr einfach ein bisschen Zeit«, beschwichtigt Gail mich.

Doch als ich wieder zu Mrs Moody schaue, deren mörderischer Blick nach wie vor nicht weicher geworden ist, macht mich das noch nervöser.

»Mrs Moody«, sagt Gail, während sie sich dem Bett nähert und die Laken um den zierlichen kleinen Körper arrangiert, »das ist Brooklyn Pierce. Sie gehört ab heute zu unserem ehrenamtlichen Personal und hat den Wunsch geäußert, Ihnen vorzulesen.«

Nein. Nein, das habe ich nicht. Ich kann mich ÜBERHAUPT NICHT erinnern, das gesagt zu haben.

»Brooklyn Pierce?« Die Schärfe in Mrs Moodys Stimme weicht jetzt einer kühlen Neugierde.

»Genau«, bestätigt Gail.

»Das kleine Mädchen, das in den Grubenschacht gefallen ist?«

Ich verdrehe die Augen. *Klasse*. Sogar *diese* alte Irre weiß über meine heikle Vergangenheit Bescheid.

Gail sieht mich an, als wollte sie fragen: »Ist das wahr?«

Ich nicke widerwillig und grummele: »Jep, das war ich.«

Mrs Moody kneift noch einmal die Augen zusammen und verzieht den Mund, während sie mich eindringlich von oben bis unten mustert. »Das kann nicht sein«, beteuert sie schließlich mit finsterem Blick. »Das Mädchen war erst zwei Jahre alt.«

Gail gibt ein herablassendes Lachen von sich, und ich frage mich sofort, ob Spott in diesem Moment wirklich angebracht ist. Ich meine, diese Frau scheint nicht gerade psychisch stabil zu sein. »Na ja, Mrs Moody«, antwortet Gail, als würde sie mit einem kleinen Kind sprechen. »Das war vor über zehn Jahren. Mittlerweile ist das kleine Mädchen groß geworden, oder? Sie wäre jetzt …« Sie sieht sich zu mir um, damit ich den Satz beende.

»Fünfzehn«, antworte ich.

»Fünfzehn Jahre alt«, wiederholt Gail.

Mrs Moody schaut noch einmal streng und mit durchdringendem Blick in meine Richtung. Nach ein paar qualvollen Sekunden muss ich wegsehen.

»Ah, ja«, erwidert sie mit einem langsamen Nicken. »Ich erkenne die Ähnlichkeit in den Augen. Man kann alles in den Augen erkennen, wissen Sie? Ich weiß noch, wie ich im Fernsehen gesehen habe, als sie dich aus dem Loch geholt haben. Da war Angst in deinen Augen.«

Vermutlich die gleiche Angst, die ich gerade empfinde, weil ich hier bei Ihnen bin.

Gail macht ein Daumen-hoch-Zeichen in meine Richtung. Nur verstehe ich nicht ganz, wie die Situation so eine Geste rechtfertigen könnte. Diese Frau ist offensichtlich verrückt … um nicht zu sagen die totale Querulantin. Ich mache nicht gerade Luftsprünge bei der Vorstellung, Zeit mit ihr allein zu verbringen.

»Also was sagen Sie, Mrs Moody?«, fragt Gail in demselben herablassenden Tonfall. »Darf Brooklyn Ihnen ein wenig vorlesen?«

Die alte Frau schnalzt mit der Zunge gegen den Gaumen, während sie darüber nachdenkt. Dann zuckt sie schließlich mit den Schultern und sagt: »Na schön, wenn es sie glücklich macht …«

Gail strahlt. »Fantastisch!« Ich hingegen bin über diese Entscheidung nicht annähernd so begeistert. Und ich will gerade meinem alles andere als begeisterten Gefühl Ausdruck verleihen, als mir klar wird, dass ich keine Wahl habe. Gail hat sich bereits einen Plastikstuhl aus der Ecke geschnappt und schiebt ihn ans Bett heran. Als Nächstes holt sie einen Stapel kleiner, abgegriffener Taschenbücher aus einem nahe gelegenen Regal und gibt sie mir. Dann bugsiert sie mich zu dem Stuhl und drückt mich an den Schultern nach unten, bis ich meinen Widerstand aufgebe und mich auf ihn pflanze.

»Okay, ihr zwei. Viel Spaß!«, sagt sie, bevor sie aus dem Raum eilt.

Ich glaube wirklich nicht, dass sie noch schneller hätte verschwinden können.

Ich blicke nervös auf den Stapel Bücher auf meinem Schoß. So zerfleddert und abgenutzt, wie die Einbände aussehen, könnten sie locker weit über hundert Jahre alt sein. Und die Unmengen an Eselsohren sind ein deutliches Zeichen, dass diese Bücher viele Male gelesen – nein, vielmehr *verschlungen* – worden sind. Ich werfe einen Blick auf die Bücher im Stapel (insgesamt vier) und bemerke, dass sie sich alle recht ähnlich sind. Derselbe weiße Einband, dasselbe blaue Banner oben, derselbe Schriftsteller. Lediglich die Titel und die bunten Illustrationen darunter sind anders. Diese Bücher sind offensichtlich Teil einer Reihe, von der ich aber noch nie gehört habe.

»*Du bestimmst die Geschichte?*«, frage ich skeptisch, als ich die Überschrift lese, die auf allen Buchdeckeln steht.

Sie bestätigt mit einem Ächzen.

»Sie möchten, dass ich Ihnen *das* vorlese?«

Auf einmal tritt Wut in ihre Augen, und sie wendet sich ab und starrt die Wand an. »Mach, was du willst. Du wolltest hierherkommen.«

»Also, ja schon«, sage ich vorsichtig. »Aber würden Sie, na ja, nicht lieber etwas lesen, das Ihrem Alter entspricht? Die sehen wie Kinderbücher aus.«

Sie gibt ein weiteres primitives Ächzen von sich und befiehlt: »Jetzt lies schon!«

»Okay.« Ich gebe mich geschlagen und öffne das erste Buch des Stapels. »Wie Sie wünschen.«

Ich fange lustlos an, laut zu lesen. »Du bist ein berühmter Schatzsucher und erforschst gerade eine unbewohnte Insel inmitten des Karibischen Meers. Seit die Insel entdeckt worden ist, haben viele die Reise dorthin angetreten, aber nur wenige sind zurückgekehrt. Es wird gemunkelt, dass die Insel eine Zuflucht für Vampire ist. Ein geheimes Versteck für die Untoten. Doch du hast Grund zu der Annahme, dass dort lang verschollene Schätze vergraben sind. Gold und Diamanten, die die spanischen Eroberer vor Jahrhunderten beiseitegeschafft haben ...«

Es dauert nicht lange, bis Mrs Moody sich wieder zu mir umdreht. Sie scheint aufmerksam zu lauschen. Und ich bin einfach froh, dass wir nicht versuchen müssen, Konversation zu treiben, denn darin ist sie eindeutig die totale Niete. Ab Seite drei wird deutlich, warum diese Bücher *Du bestimmst die Geschichte* heißen. Am Ende der Seite wird die Erzählung auf einmal unterbrochen, und man kann sich zwischen zwei Handlungssträngen entscheiden, welche die Geschichte jeweils in eine andere Richtung lenken.

»Wenn du dich entscheidest, den unheilvollen schwarzen Rauch zu ignorieren und an Land zu gehen, blättere auf Seite 4. Wenn du im Boot warten und die Insel aus der Ferne beobachten willst, blättere auf Seite 7.« Ich sehe vom Buch auf. »Hey, das ist voll cool«, sage ich erstaunt, während ich gegen den Drang ankämpfe, einen Blick nach vorne zu werfen.

Mrs Moody legt sofort Einspruch gegen die zweite Wahlmöglichkeit ein, und so springen wir in das kleine Ruderboot und steuern auf die Insel zu, indem wir uns einen Weg durch den dichten schwarzen Rauch bahnen, der uns umgibt.

Wir machen zehn Minuten lang so weiter. Ich lese, Mrs Moody wählt die Handlungsstränge aus und gibt den Ton mit beeindruckendem Selbstvertrauen und Eifer an. »Stiehl den Stein mit den Heilkräften!« »Zerstöre die Statue mit der Laserkanone!« »Spring in die Schlucht!« Und je weiter wir in der Geschichte vorwärtskommen, umso mehr scheint sich Mrs Moodys *Laune* zu verbessern. Aber ich kann ihr das nicht verübeln. So ungern ich es zugebe, nach einer Weile fange ich an, Spaß an der Sache zu haben. Ich meine, natürlich würde ich lieber fernsehen oder im Einkaufszentrum abhängen oder so was, doch in Sachen gemeinnützige Arbeit ist das gar nicht so übel. Viel besser als von der Bingo-Bühne gebuht zu werden oder zu versuchen, das Gemurmel eines einäugigen Mannes zu verstehen.

»Okay«, sage ich, als wir vor brandneuen Wahlmöglichkeiten stehen. »Möchtest du eine Pause einlegen und die rätselhaften Beeren essen, die dir vielleicht magische Kräfte verleihen werden, oder möchtest du die Höhle direkt erkunden?«

Wie jedes Mal überlegt Mrs Moody nicht einmal. »Die Beeren essen«, befiehlt sie wie ein böser Diktator.

»Sind Sie sicher?«, frage ich skeptisch. »Denn der alte Yogi, den wir vorhin am Strand getroffen haben, hat uns gewarnt, keine hiesigen Früchte zu essen.«

Sie tut meine Bemerkung ächzend ab. »Unsinn. Er hat keine Ahnung. Er arbeitet für die Vampire! Wenn wir die Beeren essen, können wir in der Dunkelheit sehen. Wir brauchen diese Fähigkeit, bevor wir die Höhle erkunden. Ich hab da so eine Ahnung.«

Ich bin nicht wirklich überzeugt, aber ich habe bereits gelernt, dass es sinnlos ist, sich mit Mrs Moody zu streiten, deshalb blättere ich auf Seite neunundsiebzig und lese weiter. »Du pflückst behutsam eine Beere und isst sie. Zuerst ist der rote Saft der Frucht süß und erfrischend und erfüllt dich mit einem erbaulichen, nahezu schwebenden Gefühl. Aber kurz darauf werden deine Beine taub. Die Taubheit breitet sich in deinem ganzen Körper aus, und du brichst auf dem Boden zusammen. Du bist völlig gelähmt, dazu verdammt, für den Rest deines Lebens in einem Wachkoma zu liegen … oder zumindest bis die Vampire dich finden. Ende.«

»Noch mal«, befiehlt sie, sobald ich die Worte ausgesprochen habe.

»Okay.« Ich blättere ein paar Seiten zurück. »Wollen Sie die Beeren essen oder die Höhle direkt erkunden?«

»Nein!«, bellt sie. »Von Anfang an!«

»Echt? Wollen Sie nicht lieber ein anderes Buch ausprobieren?« Ich nehme ein anderes aus dem Stapel und halte es ihr hin. »Bei dem hier geht es um Zeitreisen.«

Aber sie schüttelt den Kopf. »Wir müssen den vergrabenen Schatz finden.«

Mit einem Seufzer füge ich mich, lege das Zeitreisebuch weg, blättere wieder auf Seite eins und lese denselben Anfang zum zweiten Mal. »Du bist ein berühmter Schatzsucher und erkundest gerade eine unbewohnte Insel inmitten des Karibischen Meers …«

Im Laufe der nächsten Stunde fange ich an, Mrs Moodys Urteilsvermögen ernsthaft infrage zu stellen. Das Alter hat wirklich ihr logisches Denken beeinträchtigt. Bisher hat ihre sogenannte Ahnung dafür gesorgt, dass wir ins Koma gefallen, Sklaven des mächtigen Vampirkönigs Iblier geworden sind und von einem Rudel hungriger Werwölfe gefressen wurden.

Und ich dachte, *ich* würde schlechte Entscheidungen treffen.

Aber jedes Mal, wenn wir den Tod finden, besteht Mrs Moody darauf, dass wir wieder ganz vorne anfangen und es noch einmal versuchen, wild entschlossen, diesen versteckten Schatz zu entdecken, von dem wir so viel gehört haben.

Und jedes Mal, wenn wir auf Seite eins zurückblättern und von vorne anfangen, mit der felsenfesten Absicht, diesmal völlig andere Entscheidungen zu treffen, denke ich: *Wenn das Leben doch genauso wäre.* Wenn wir einfach umkehren und nach jeder falschen Entscheidung wieder von vorne anfangen könnten.

Man kann wohl sagen, dass ich, wenn mein Leben ein *Du-bestimmst-die-Geschichte-*Roman wäre, entscheidungstechnisch genauso beschränkt wäre wie Mrs Moody. Ich stolpere planlos durch mein Leben, in der Hoffnung, irgendeinen (metaphorischen) verborgenen Schatz zu finden, und lande dabei immer wieder in enttäuschenden Sackgassen.

Ich meine, man sieht ja, in welche Situationen mich meine Entscheidungen bisher gebracht haben. Meine beste Freundin – oder das Mädchen, von dem ich dachte, dass sie meine beste Freundin wäre – hat mich fallen lassen, die gesamte Schule hat vergessen, dass ich überhaupt existiere, ich habe für den Rest meiner ersten Lebenshälfte Hausarrest, werde zu Schwerstarbeit auf der Baustelle meiner Mutter gezwungen und verbringe meine Samstagnachmittage damit, einer senilen, alten Frau, die nicht genug gesunden Menschenverstand besitzt, um zu wissen, dass man keine mysteriösen Beeren auf einer von Vampiren bewohnten Insel essen sollte, Kinderbücher vorzulesen!

Und das bezieht nicht einmal den ganzen Einer-Eidechse-in-einen-Schacht-hinterherrennen-Vorfall mit ein. Wir wissen ja alle, wie bescheuert *das* war.

Mrs Moody schläft schließlich während eines ihrer dem Untergang geweihten Abenteuer ein. Ich werfe einen Blick auf meine Uhr und stelle fest, dass mir noch zwei Stunden bleiben, bevor ich erlöst werde. Ich *könnte* natürlich Gail aufsuchen, damit sie mir etwas anderes zu tun gibt, aber ich möchte sie wirklich nicht stören. Sie ist bestimmt superbeschäftigt. Daher stütze ich stattdessen die Füße an den Rand des Betts, lehne mich zurück und schließe die Augen, fest entschlossen, ein wenig Schlaf nachzuholen, bis es Zeit ist, nach Hause zu gehen.

Wendepunkt

Aber so läuft es nicht ganz.

Als Gail mich dabei erwischt, wie ich in Mrs Moodys Zimmer döse, wird sie stinksauer und verdonnert mich dazu, in den letzten eineinhalb Stunden Bettpfannen zu schrubben. Ja, ihr habt richtig gehört. *Bettpfannen.* Wie in ›Für Patienten, die es nicht mehr bis zum Klo schaffen‹.

Echt. Nicht. Cool.

Und es ist auch nicht so, als könnte ich mich weigern. Denn Gail lässt mich deutlich spüren, dass sie jederzeit das Gericht anrufen und ihm mitteilen könnte, dass ich nicht kooperiere. Ich brauche wohl nicht zu erwähnen, dass ich keine Nickerchen mehr im Jahrhundert-Altenpflegeheim machen werde.

Ich kann so nicht weiterleben. Das ist die reinste Tortur. Meine Wochenenden in einem Heim voller Hundertjähriger zu verbringen, die jeden Augenblick den Löffel abgeben könnten, ist kein Leben.

Und das Schlimmste daran ist … ich muss *morgen* wieder hierher!

Ich habe es übrigens genau ausgerechnet, und es ist total deprimierend. Bei acht Stunden am Tag jeden Samstag und Sonntag ohne Pausen werde ich meine Strafe in – Achtung jetzt kommt's … DREI Monaten abgearbeitet haben! Drei verdammte Monate! Könnt ihr das fassen? Das heißt, ich muss ein ganzes *Viertel*jahr mit Leuten abhängen, die sechsmal so alt sind wie ich.

Das kann nicht gut für mich sein.

Aber eins sage ich euch. Etwas muss passieren. Etwas muss sich ändern. Ich kann nicht weiter so behämmerte Fehler machen. Die Folgen sind einfach viel zu traumatisch. Wenn ich so weitermache wie bisher, werde ich nie wieder ein vernünftiges Leben führen.

Doch das Problem ist, dass ich keine Ahnung habe, wie ich das alles wieder auf die Reihe kriegen kann. Ich tue, was ich kann. Lebe mein Leben auf die einzige Art, die ich kenne. Aber ganz gleich, was ich tue, ganz gleich an welchem Scheideweg ich stehe, ich entscheide mich offenbar jedes Mal für den falschen Pfad. Ich wähle immer den *falschen* Handlungsstrang.

Warum tue ich mich damit so schwer, während das allen anderen so leichtfällt?

Ich habe letztens in einer Zeitschrift einen Artikel über ein Mädchen gelesen, das nur zwei Jahre älter ist als ich und irgendeine riesige, erfolgreiche Online-Community gegründet hat, mit dem Ziel, das Karma von Leuten zu verbessern.

Wer sind diese Leute? Und wie schaffen sie es, so unglaubliche Dinge zu tun, wenn ich es nicht mal vermeiden kann, Nachsitzen aufgebrummt zu bekommen? Warum gibt es fast vierhundert Schüler in meinem Jahrgang – ganz zu schweigen von den Millionen Menschen überall auf der Welt –, die erfolgreich durch den Tag kommen, ohne auf dem Rücksitz eines Polizeiwagens zu landen? Warum bin ich die Einzige, die ein offensichtliches Problem damit hat, die richtigen Entscheidungen zu treffen?

Wenn es doch nur einen Weg gäbe, meine Entscheidungsvollmacht an sie abzugeben! An die Leute, die jeden Tag alles richtig machen. In deren Akte nicht »Verdacht auf Brandstiftung« steht.

Wenn es doch nur eine Möglichkeit gäbe, sie *alle* meine Entscheidungen für mich treffen zu lassen …

Der Gedanke haut mich am Samstagabend beim Abendessen fast vom Stuhl. Mir rutscht die Gabel aus der Hand, und sie fällt klirrend zu Boden. Meine Eltern werfen mir beide einen fragenden Blick zu, aber ich bin zu abgelenkt, um überhaupt darauf zu achten.

Vor Aufregung überschlagen sich die Gedanken in meinem Kopf. Das Adrenalin lässt mein Herz schneller schlagen. Eine Idee nimmt Gestalt an. Eine Idee, die möglicherweise die beste Idee sein könnte, die ich je hatte. Und ja, ich weiß, das will nicht viel heißen.

»Mom!«, platze ich plötzlich heraus, schiebe meinen Stuhl zurück und stehe auf.

Sie sieht mich mit zusammengekniffenen Augen an, während sie sich mental höchstwahrscheinlich auf meinen nächsten großen Flop vorbereitet. »Was? Was ist jetzt schon wieder?«

»Ich muss heute Abend ins Internet.«

Sie schüttelt bestimmt den Kopf und konzentriert sich wieder auf ihren Salat. »Nein, Brooks. Wir haben schon darüber geredet. Kein Facebook. Kein Twitter. Kein …«

»Nein«, unterbreche ich sie schnell. »Es ist für ein … Schulprojekt.«

Mein Dad blickt aufrichtig interessiert auf. »Was für ein Schulprojekt?«

Ich zermartere mir den Kopf, mir eine glaubwürdige

Lüge einfallen zu lassen. »Ähm, Recherche«, antworte ich schnell, »für einen Geschichtsaufsatz. Über die Amerikanische Revolution.«

Ich weiß, dass lügen im Moment vermutlich nicht die beste Strategie ist, weil ich mich schon auf *extrem* dünnem Eis bewege, aber ich habe keine Wahl. Ich kann ihnen nicht sagen, was ich wirklich vorhabe, weil ich mir nicht ganz sicher bin, dass ich selbst es komplett verstehe. Ich weiß nur, dass es die eine Sache sein könnte, die mich retten wird. Die eine Sache, die mein Leben zum Besseren wenden kann.

»Okay«, willigt meine Mom schließlich ein. »Du hast eine Stunde.«

Und bevor einer von ihnen noch mehr Fragen stellen kann, bin ich auch schon aus dem Zimmer. Ich renne mit meinem schmutzigen Teller zum Spülbecken, spritze etwas Wasser darauf und springe die Treppe zum Hobbyraum hoch, in den mein Dad meinen Laptop bis zu dem noch festzulegenden Ende meines Hausarrests gestellt hat.

Ich schalte ihn ein und hüpfe ungeduldig auf und ab, während ich warte, dass er hochfährt. Sobald ich einen Internetbrowser offen habe, kann ich die Webadresse nicht schnell genug eingeben. Ich lande auf der Homepage einer beliebten Blogging-Website und klicke die Taste an, um einen neuen Blog einzurichten. Ich hatte noch nie einen Blog. Bisher hatte ich nie das Bedürfnis dazu verspürt.

Bis zu diesem Moment.

Denn die Richterin hatte recht. Ich muss mein Verhalten ändern. Ich muss gesunden Menschenverstand entwickeln. Sonst werde ich wieder genau dort enden, wo ich mich jetzt befinde … ganz unten.

Ich glaube, ich habe mittlerweile jedem, mich selbst inbegriffen, bewiesen, dass ich unfähig bin, gute Entscheidungen zu treffen. Dass es mir hammermäßig an Urteilsvermögen mangelt. Und dass ich praktisch dazu verdammt bin, bei allem zu scheitern, was ich unternehme.

Es ist also höchste Zeit, damit aufzuhören. Höchste Zeit, damit aufzuhören, überhaupt irgendwelche Entscheidungen zu treffen.

Von jetzt an hat die Welt das Sagen. Die Leute da draußen sind meine Blindenhunde. Und ich werde alles tun, was sie sagen. Ohne viele Fragen zu stellen.

Ich lege mein Leben in ihre Hände.

Von jetzt an werden *sie* meine Geschichte bestimmen.

MEIN LEBEN VOLLER FRAGEZEICHEN

RETTET MICH!

Geposted am: *Samstag, den 16. Oktober um 21.09 Uhr von* BB4-Life

ALLE BLOG-LESER/INNEN AUFGEPASST!
ICH BRAUCHE UNBEDINGT EURE HILFE!!!!
ICH MEIN'S ERNST!!!!

Mein Leben ist schlicht gesagt der reinste Schlamassel. Eigentlich wäre die reinste Katastrophe zutreffender. Und ja, ich weiß, die meisten Highschool-Schüler beklagen sich darüber, wie ätzend ihr Leben ist. Doch bevor ihr wegklickt und das als weitere Selbstmitleidstour eines ahnungslosen Teenagers abtut, dem man zu viel durchgehen lässt, möchte ich euch versichern, dass ich diesen Blog nicht schreibe, um jemand anderem die Schuld zu geben. Ich werde nicht hier sitzen und über meine Eltern, meine Lehrer oder meinen Versager-Exfreund (den ich auch gar nicht habe) jammern. Ich weiß, dass alles, was mir zugestoßen ist, ganz allein meine Schuld war. Eine unmittelbare Folge meiner falschen Entscheidungen. Mit anderen Worten, ich bin die Einzige, der ich Vorwürfe machen kann. (Mir ist klar, dass das eine schockierende Aussage von einer Fünfzehnjährigen ist.)

Aber fangen wir ganz vorne an. Ich werde versuchen, euch ins Bild zu setzen, ohne euch mit zu vielen Details zu langweilen. Mein extremer Mangel an Urteilsvermögen hat zu einem Paar Handschellen, einem Ausflug auf eine Polizeiwache, einer Gerichtsverhandlung und einer Verurteilung zu lebenslänglicher gemeinnütziger Arbeit geführt. Und sagen wir mal, es ist nicht das erste Mal, dass ich die Folgen einer schlechten Entscheidung tragen muss. Man könnte sogar sagen, ich habe einen *Hang* zu schlechten Entscheidungen.

Und genau das ist der Grund, warum ich mich an euch wende. Ja, an euch alle da draußen, die das (hoffentlich) lesen. Ich habe, glaube ich, hinlänglich bewiesen, dass man mir nicht zutrauen kann, eigene Entscheidungen zu treffen. Und deshalb brauche ich EUCH, damit ihr das für mich übernehmt. Genau. Jeden einzelnen von euch. Ich bin fertig damit. Ich bin mit alldem fertig. Von jetzt an werde ich jede Entscheidung, die ich treffen muss, hier posten. Auf diesem Blog. Gefolgt von einer einfachen Multiple-Choice-Abstimmung. Dann stimmt ihr darüber ab, was ich tun soll, und ich werde es tun. Ganz gleich, wie das Wahlergebnis ausfällt, ich werde mich daran halten.

Ohne Fragen zu stellen. Ohne zu zögern.

Man hat mir gesagt, dass ich ein wenig gesunden Menschenverstand entwickeln muss, und genau das tue ich hiermit. So löse ich das Problem. IHR seid mein gesunder Menschenverstand. IHR seid meine Stimme der Vernunft. Bitte führt mich nicht in die Irre. Ich vertraue mein Leben euren (hoffentlich) fähigen Händen an.

Daher hier ohne weitere Umschweife die ersten beiden Entscheidungen, die ich treffen muss.

1) Wir müssen uns in Englisch zwischen zwei Lektüren entscheiden: *Früchte des Zorns* oder *Der alte Mann und das Meer*. Wenn

ihr glaubt, dass ich *Früchte des Zorns* lesen sollte, dann wählt bitte 1. Wenn ihr glaubt, dass ich *Der alte Mann und das Meer* lesen sollte, dann 2.

2) Mittagspause. Da sich in der Kantine niemand zu mir setzen will (aufgrund des schon erwähnten Mangels an Urteilsvermögen), lasse ich das Mittagessen momentan ganz aus und verstecke mich bis zum Anfang der fünften Stunde in der Bibliothek. Aber ich glaube, dass mich der Mangel an täglichen Nährstoffen allmählich ganz schön mitnimmt. Was sollte ich eurer Meinung nach am Montag tun? Wenn Ihr glaubt, ich sollte mich wieder verstecken, um meinen Ruf zu retten, wählt 1. Wenn ihr glaubt, dass ich einfach in den sauren Apfel beißen und mich meinem Schicksal als Kantinenaußenseiterin ergeben sollte, bitte wählt 2.

Also, das war's. Diese Wahl endet Montagmorgen. BITTE STIMMT AB!!! Ich weiß, es handelt sich nicht um weltbewegende oder lebensverändernde Entscheidungen, doch mehr habe ich momentan nicht. Wie ich schon sagte, mein Leben ist nicht der Hit. Bitte schaut immer mal wieder hier vorbei, es wird bestimmt irgendwann aufregendere Neuigkeiten geben, sobald sich die Dinge (hoffentlich) entwickeln …

Danke fürs Vorbeischauen!

Eure stets hilflose, aber hoffnungsvolle neue Cyberspace-Freundin,
BB

Vive la Demokratie!

Sobald ich den Post fertig getippt und auf »Veröffentlichen« gedrückt habe, fühle ich mich superhappy. Befreit. Weil ich weiß, dass die guten Menschen des World Wide Web sich von jetzt an um mich kümmern werden. Es ist, als hätte man mir eine Last von den Schultern genommen. Keine Entscheidungen mehr. Keine Wahlmöglichkeiten mehr. Keine Gelegenheiten mehr, mein Leben (noch mehr) zu vermasseln. Ich habe offiziell die Hände in die Luft geworfen und gesagt: »Welt! Übernimm das Steuer! Ich habe keine Lust mehr, zu fahren!« Natürlich wäre das eine viel bessere Metapher, wenn ich alt genug wäre, um zu fahren, aber ist ja auch egal.

Ich meine, wenn die Produzenten von Reality-Shows dem Publikum vertrauen, die nächste große Gesangssensation oder die talentierteste Person im Land zu wählen, warum sollte ich dann nicht dasselbe tun? Schließlich *sind* wir eine Demokratie. Wir wählen alles – von Präsidenten über Popsternchen bis hin zu Star-Sportmannschaften –, warum sollte ich dann nicht dasselbe Modell auf mein eigenes Leben anwenden?

Selbstverständlich muss der Blog anonym bleiben. Es ist nicht so, als wollte ich der Welt mitteilen, wer ich bin. Und das ist sowieso nebensächlich. Es sollte keine Rolle spielen, wer ich *bin*, sondern vielmehr, was ich *tue*. Außerdem kann ich das Risiko nicht eingehen, dass ein Mitschüler darüber stolpert und mich enttarnt. Ich finde, der Spitzname »BB« (für Baby Brooklyn) passt hervorragend zu diesem Anlass, da er so ziemlich auf den Punkt bringt, was mit mir alles nicht stimmt.

In den nächsten zwanzig Minuten drücke ich auf meinem Blog wie besessen auf »Aktualisieren«, um zu sehen, ob jemand abgestimmt hat, aber die Wahlbeteiligung bleibt bei 0 Prozent, und der Besucherzähler zeigt gerade mal 23 an (genauso oft habe ich auf »Aktualisieren« gedrückt). Doch dann kommt meine Mutter ins Wohnzimmer, räuspert sich und teilt mir mit, dass meine Internetzeit vorbei ist. Deshalb fahre ich widerwillig den Computer herunter und schlurfe zurück in mein Zimmer.

Ich weiß, dass ich mich vor meinem langen Tag morgen im Altenpflegeheim (würg!) ausruhen muss, aber ich kann einfach nicht einschlafen. Ich bin viel zu aufgeregt. Deshalb liege ich hellwach da, starre zur Decke und fantasiere über die vielen magischen Möglichkeiten, wie mein Leben sich von jetzt an zum Besseren wenden wird, bis ich schließlich um zwei Uhr morgens eindöse.

Mein Wecker geht um sieben, und als ich feststelle, dass meine Eltern noch schlafen, gehe ich auf Zehenspitzen in den Hobbyraum und schalte den Laptop ein. Ich warte ungeduldig, dass er hochfährt, und tippe dann leise, bis ich wieder auf meinem Blog bin.

Ohne Zeit zu verschwenden, scrolle ich bei dem Post ganz nach unten. Meine Augen leuchten sofort auf, als ich sehe, dass bereits zwei Leute abgestimmt haben. Zwei ganze Stimmen in weniger als zwölf Stunden! Das ist doch bestimmt ein gutes Zeichen, oder?

Das Problem ist nur, dass eine Stimme für *Der alte Mann und das Meer* ist und die andere für *Früchte des Zorns*. Und bei der anderen Frage ist die eine Person der Meinung, dass ich mich am Montag in der Mittagspause in der Bibliothek verstecken sollte, und die andere findet, dass ich in den sauren Apfel beißen und mich dem Kantinenmob stellen soll.

Nicht superhilfreich.

Aber das Wichtige ist, dass Leute abstimmen. Und die Abstimmung läuft erst seit ein paar Stunden. Bis zum Abend werden bestimmt noch mehr Leute ihrer Meinung Ausdruck verliehen haben.

Bevor meine Eltern mich erwischen und mir bis zu meinem *ein*undvierzigsten Geburtstag Hausarrest geben, schalte ich den Laptop aus und flitze zurück in mein Zimmer, um mich anzuziehen.

Eine Stunde später marschiere ich durch die Eingangstür des Jahrhundert-Altenpflegeheims, (gerade so) bereit, mich einem weiteren Tag voller müffelnder Korridore und mürrischer alter Leute zu stellen. Gail sieht ungefähr genauso erfreut aus, mich zu sehen, wie ich sie.

Hey, wenigstens beruht es auf Gegenseitigkeit.

Ich glaube, sie hatte mehr oder weniger gehofft, dass ich mich nach dem Bettpfannen-Vorfall entscheiden würde, nicht zurückzukommen. Und glaubt mir, ich habe *durchaus* mit dem Gedanken gespielt. Doch dann dachte ich an die ganzen anderen entsetzlichen Einrichtungen, in denen ich gemeinnützige Arbeit hätte leisten können, und hier bin ich also.

Obwohl Gail mich gestern Nachmittag bei einem Nickerchen in Mrs Moodys Zimmer erwischt hat, schickt sie mich wieder zu ihr, um ihr vorzulesen. Denn anscheinend war Mrs Moodys Gemütsstimmung heute Morgen merklich fröhlicher, und die Krankenschwestern glauben offenbar, dass ich etwas damit zu tun haben könnte. Und das, obwohl mich hier keiner ausstehen kann.

Ich muss zugeben, dass ich ein bisschen erleichtert bin, als Gail mir die Anweisung gibt, und ich mache mich auf den Weg zu Zimmer 4A. Ich meine, obwohl Mrs Moody … na ja, *launisch* ist, ist es mir tausendmal lieber, ihr vorzulesen, als stinkige Bettpfannen zu schrubben.

»Guten Morgen, Mrs Moody!«, trällere ich und versuche, nett zu klingen, als ich die Tür aufschiebe und das Zimmer betrete. Die Rollvorhänge sind noch unten, und im Raum ist es stickig und deprimierend.

Mrs Moody, die immer noch fest in ihre Bettdecke gewickelt ist, sieht vom Bett zu mir auf und wirft mir einen ihrer typischen finsteren Blicke zu. »Wer bist du?«

So viel dazu, einen guten Eindruck zu hinterlassen.

»Ich bin Brooklyn, erinnern Sie sich? Ich war gestern bei Ihnen und habe Ihnen vorgelesen?«

»Nein, ich erinnere mich *nicht*«, knurrt sie zurück. »Und ich will nicht, dass du meine Sachen anfasst.«

»*Baby* Brooklyn.« Ich versuche, ihrem Gedächtnis ein wenig auf die Sprünge zu helfen, und spüre auf einmal ein neues und unvertrautes Gefühl von Akzeptanz, was diesen Spitznamen betrifft – als hätte ich ihn mir jetzt vollends angeeignet. »Das kleine Mädchen, das in den Schacht gefallen ist.«

Ich kann ihr ansehen, dass ich ihrem Gedächtnis tatsächlich wieder auf die Sprünge geholfen *habe*, denn ihr finsterer Blick hat sich ein ganz klein wenig verändert, und obwohl sie immer noch alles andere als *erfreut* ist, mich zu sehen, scheint sie meine Anwesenheit widerwillig hinzunehmen. »Was willst du?«

»Ich dachte, ich könnte Ihnen wieder vorlesen.«

Sie gibt einen ihrer berüchtigten Ächzer von sich und hebt den Blick zur Decke. Das interpretiere ich als ein Ja und steuere auf das Regal in der Ecke zu, auf dem ich die *Du-bestimmst-die-Geschichte-*Sammlung durchsehe. »Also, was soll es heute sein, Mrs Moody? Zeitreise? Ein Tiefseeabenteuer? Eine Marsmission?«

»Ist mir egal«, brummelt sie. Deshalb nehme ich einfach irgendein Buch aus dem Regal und bringe es an ihr Bett, während ich den Stuhl hinter mir herziehe.

»Okay«, sage ich, mache es mir bequem und öffne das Buch mit einer Illustration der Serengeti vorne drauf. »Gehen wir auf Safari.«

Ich will gerade das Titelblatt umschlagen, als mir ein alter, abgewetzter Aufkleber auf der Innenseite des Buchdeckels auffällt. Bei dem gestrigen Buch hatte ich das nicht bemerkt, denn ich war wohl zu sehr damit beschäftigt gewesen, Mrs Moodys mörderische Blicke nicht persönlich zu nehmen.

Der Aufkleber ist rund, und in der Mitte steht in Blockbuchstaben »Dieses Buch gehört«. Darunter ist eine Lücke, in die jemand handschriftlich seinen Namen geschrieben hat.

»Wer ist Nicholas Townley?«, frage ich, wobei ich das verblasste, kindliche Gekrakel nur mit Mühe entziffern kann.

»Niemand!«, blafft Mrs Moody auf einmal, viel lauter als sonst. »Ich kenne niemanden mit diesem Namen.«

»Warum haben Sie dann sein Buch?«

»Er ist niemand!«, schreit sie noch einmal.

Die Schärfe in ihrer Stimme jagt mir Angst ein. Und bei jemandem, dessen emotionales Repertoire aus griesgrämig und griesgrämiger besteht, will das viel heißen. Als ich aufsehe, stelle ich fest, dass Mrs Moody erschreckend rot geworden ist, während ihre Finger den Rand ihrer Bettdecke fest umklammern. Und als ich noch einmal genauer hinschaue, bemerke ich, dass ihre zarten, knochigen Finger zittern.

Ich bin mir nicht ganz sicher, was ich jetzt tun soll. Hat sie irgendeine Art von Zusammenbruch? Oder einen Herzinfarkt? Ich überlege, ob ich eine Krankenschwester rufen soll.

Doch dann, als könnte sie meine Gedanken hören, befiehlt Mrs Moody: »Lies einfach!«

Also lege ich los. Ich blättere hastig um und fange an, den Text viel schneller als normal zu lesen. »Du bist ein junger, ehrgeiziger Zoologe auf einer Safari in der großartigen afrikanischen Serengeti und hoffst, ein Rudel vom Aussterben bedrohter Löwen zu beobachten ...«

Es scheint zu wirken, denn ich sehe aus dem Augenwinkel, dass sich ihre Finger um den Deckenrand entspannen, die weißen Flecken um ihre Knöchel verblassen und ihre Gesichtsfarbe langsam wieder normal wird. Daher lese ich weiter und erreiche unten auf Seite zwei unsere erste Wahlmöglichkeit.

»Möchtest du den Safariführer um Hilfe bitten oder auf eigene Faust weiter in die Wildnis vordringen?«

»Allein!«, weist sie mich an, ohne auch nur darüber nachzudenken.

Ich spüre, wie meine Panik langsam nachlässt, blättere zur entsprechenden Seite und lese weiter, während ich leise in mich hineinlache. Wie ich sehe, hat sich ihr Urteilsvermögen seit gestern nicht verbessert.

Aber ich bin wohl nicht die Richtige, um sie dafür zu kritisieren.

Nach mehreren gescheiterten Versuchen erspähen wir endlich einen der vom Aussterben bedrohten exotischen Löwen, nach denen wir Ausschau gehalten haben, aber Mrs Moody verscheucht ihn, weil sie sich dafür entscheidet, ihn mit Blitz zu fotografieren, obwohl ich sie gewarnt habe, dass das passieren würde. Beim etwa vierzehnten gescheiterten Versuch schläft sie schließlich ein. Ich klappe das Buch zu und stelle es zurück ins Regal. Ich warte einen Moment und nehme mir die Zeit, mit den Fingern über die Buchrücken aller anderen *Du-bestimmst-die-Geschichte*-Bände im Regal zu streichen. Ich kann einfach nicht glauben, wie viele es sind. Ich zähle sie leise und kann es nicht fassen, als ich auf insgesamt *vierzig* komme. Versteht mich nicht falsch, das ist ein witziges Konzept, doch für eine Frau ihres Alters kommt es mir doch wie eine sehr merkwürdige Macke vor.

Ich weiß, vermutlich sollte ich nicht weiter darüber nachdenken und es einfach den bizarren Schrullen einer senilen alten Frau zuschreiben, aber meine Neugierde gewinnt die Oberhand. Nachdem ich mich mit einem kurzen Blick über die Schulter vergewissert habe, dass Mrs Moody immer noch im Land der Träume ist – und das ist sie –, nehme ich einen der Bände vom Regal und schlage ihn auf. Ich entdecke denselben mysteriösen Aufkleber auf der Innenseite. Eigentum von Nicholas Townley. Ich schaue noch in ein paar anderen Bänden nach, einschließlich dem gestrigen, und in allen findet sich der gleiche Aufkleber.

Wer auch immer dieser Nicholas Townley ist, Mrs Moody besitzt jetzt offenbar seine gesamte *Du-bestimmst-die-Geschichte*-Sammlung. Nicholas' Mutter könnte sie auf eBay verkauft haben, nachdem ihr Sohn erwachsen geworden und ausgezogen war, und Mrs Moody könnte die erfolgreiche Bieterin gewesen sein. Ich meine, die Bücher *sehen* ganz schön alt aus. Und viele Leute verkaufen ihre alten Kindersachen im Internet. Doch das erklärt nicht wirklich ihre Reaktion, als ich den Namen erwähnt habe. Außerdem kommt mir Mrs Moody nicht gerade wie eine Frau vor, die viel Zeit auf eBay verbringt … oder überhaupt auf irgendeiner Website.

Ich schaue zurück zum Bett und spüre, dass mehr hinter dieser Geschichte steckt, bin mir aber nicht ganz sicher, wonach ich genau suche. Oder ob ich es jemals finden werde, indem ich sie beim Schlafen beobachte. Ihre Augenlider sind geschlossen, ihr Mund ist leicht geöffnet. Die tiefen Falten auf ihrer Stirn und um ihr Kinn herum wirken angespannt und gequält, als würde sie etwas besonders Unangenehmes träumen.

Oh Mann, sie ist sogar im Schlaf schlecht gelaunt!

Mit einem Achselzucken stelle ich das Buch zurück ins Regal. Als ich Mrs Moodys leeres Wasserglas auf dem Nachttisch sehe, nehme ich es und fülle es im Badezimmerbecken auf. Dann verlasse ich das Zimmer auf Zehenspitzen, um Gail zu suchen, und laufe ganz besonders *laaaaangsam* den Gang zum Beschäftigungsraum hinunter, einen millimetergroßen Schritt nach dem anderen. Ich habe es definitiv nicht eilig, zu erfahren, welche aufregende Aufgabe sie als Nächstes für mich parat hat.

Außerdem ist es nicht so, als würde an diesem Ort irgendjemand schneller laufen. Von daher halte ich einfach Schritt mit dem restlichen Korridorverkehr.

TÄGLICHE ZUSAMMENFASSUNG DES ABSTIMMUNGSERGEBNISSES

Datum: Montag, 18. Oktober
Benutzername: BB4Life
Blog URL: www.MeinLebenVollerFragezeichen.com

Welches Buch soll ich in Englisch lesen?
(insgesamt 11 Stimmen)

Früchte des Zorns von John Steinbeck (8 Stimmen)
73%
Der alte Mann und das Meer von Ernest Hemingway (3 Stimmen)
27%

Was soll ich am Montag in der Mittagspause machen?
(insgesamt 11 Stimmen)

Mich ohne etwas zu essen in der Bibliothek verstecken (5 Stimmen)
45%
Trotz der bösen Blicke und der Isolation in der Kantine essen (6 Stimmen)
55%

Zu allem Übel

Die Früchte des Zorns haben gewonnen!

Wahnsinn! Ich habe tatsächlich an einem Tag *elf* Stimmen erhalten! Elf Leute haben meinen Blog gelesen.

Ich kann es fast nicht glauben. Ich muss die Ergebnis-E-Mail in meinem Posteingang noch einmal überprüfen, nur um sicherzugehen, dass ich richtig gelesen habe. Und dann, um hundertprozentig sicher zu sein, sehe ich mir auch noch mal die geposteten Ergebnisse direkt auf meinem Blog an.

Es ist alles völlig okay. Da draußen gibt es elf Leute, die die verlorenen und chronisch unentschlossenen Teenager dieser Welt unterstützen. Und acht von diesen elf Leuten sind der Meinung, dass ich *Früchte des Zorns* von John Steinbeck lesen sollte. Na schön, das ist nicht das Buch, das ich ausgewählt hätte, da es so ziemlich zwanzigmal länger ist als das andere. Aber genau darum geht es ja! Ich treffe die Entscheidungen nicht mehr. Sie tun es. Und sie haben sich entschieden!

Das Volk hat gesprochen!

Natürlich musste ich im Morgengrauen aufstehen, bevor meine Eltern aufwachen, um in den Hobbyraum zu schleichen und herauszufinden, was das Volk über die Zukunft meiner literarischen Erziehung zu sagen hat, aber na und?

Schon bald wird sich mein ganzes Leben zum Besseren wenden, und meine Eltern werden keinen Grund mehr haben, mir weiter Hausarrest aufzubrummen. Und wer weiß, vielleicht gefallen mir *Die Früchte des Zorns* ja sogar. Ich meine, ich mag Früchte. Und aus manchen Früchten macht man Wein. Wie schlimm kann es also werden?

Über das zweite Abstimmungsergebnis bin ich allerdings *weniger* begeistert. Fünfundfünfzig Prozent der Leute, die abgestimmt haben, sind der Meinung, dass ich meinen Stolz herunterschlucken und mich heute wieder in die Kantine schleppen soll. Ich war nicht mehr dort, seit Königin Shayne mich von meinen Pflichten als Erste Hofdame entbunden hat, und um ehrlich zu sein, bin ich alles andere als scharf darauf, mich jemals wieder dort zu zeigen. Die Abstimmung war auch ziemlich knapp. Ich meine, sechs zu fünf? Vielleicht gehe ich vor der Mittagspause kurz in die Bibliothek und schaue mir die Ergebnisse noch ein letztes Mal an … nur für den Fall.

Nachdem ich die letzte noch erhältliche Ausgabe von *Früchte des Zorns* aus der Bibliothek geliehen habe, setze ich mich an einen der Computerterminals und tippe www.MeinLebenVollerFragezeichen.com in das Browserfeld ein. Als ich feststelle, dass sich das Abstimmungsergebnis nicht wirklich geändert hat, lasse ich mit einem niedergeschlagenen Seufzer die Schultern hängen. Es ist sogar noch schlimmer. Zwei weitere Stimmen wurden abgegeben, beide zugunsten der Kantinenaußenseiter-Lösung. Das ist dann wohl die definitive Antwort auf meine Frage.

Widerwillig schiebe ich meinen Stuhl nach hinten und stehe auf, während ich mich mental auf eine mit Sicherheit qualvolle fünfundvierzigminütige Mittagspause vorbereite. Aber ich weiß, ich habe meinen Blog-Lesern und -Leserinnen (jetzt insgesamt dreizehn an der Zahl!) ein Versprechen gegeben, und was noch wichtiger ist, ich habe mir selbst ein Versprechen gegeben. Und beide Versprechen müssen eingehalten werden.

Ich blicke sehnsüchtig zu dem Tisch hinten in der Bibliothek, der einmal meine Zufluchtsstätte vor dem blanken Horror und der mir bevorstehenden Demütigung war und mache mich auf den Weg zur Tür, wobei ich beinahe mit einem mir unbekannten Typen zusammenpralle, der gerade auf seinem Weg in die Bibliothek ist.

Wir tänzeln vor und zurück, in dem Versuch, uns gegenseitig auszuweichen. »Oh, entschuldige«, murmele ich, immer noch völlig abgelenkt von der einschüchternden Aufgabe, die vor mir liegt.

»Kein Problem.« Er gibt ein freundliches Kichern von sich, als er es endlich schafft, an mir vorbeizugehen, und ich marschiere in Richtung Kantine. Ich weiß, dass ich mir das nur einbilde, aber meine Füße werden immer schwerer, je mehr ich mich ihr nähere. Als würden sie einen letzten Versuch starten, mich vor dem zu retten, was ich gleich tun werde. Nämlich gesellschaftlichen Selbstmord begehen.

Erinnert ihr euch noch daran, was ich euch über die Kantine erzählt habe? Dass es der Ort ist, an dem man sieht und gesehen wird? Der Ursprung von allem Klatsch und Tratsch? Na ja, ich bin kurz davor, ihn zu betreten und der gesamten Welt (oder zumindest der Welt dieser Schule) zu zeigen, dass ich eine totale Versagerin bin. Dass ich keinen einzigen Freund habe. Dass ich nicht mehr an Shayne Kingsleys begehrtem und im Mittelpunkt stehendem Tisch willkommen bin. Also im Großen und Ganzen einfach das Letzte bin.

Ich bahne mir einen Weg zur Essensschlange und wähle ein leichtes und gut verdaubares Gericht aus, für den Fall, dass der Stress meiner bevorstehenden Begegnung mit dem Tod zu viel für mich wird und ich mich später übergeben muss. Die Angestellte an der Ausgabe liest meine Essenskarte ein. Ich nehme mein Tablett und atme tief durch, bevor ich den Hauptspeiseraum betrete. Ich möchte den Blick die ganze Zeit starr auf den Boden richten, aber meine Augen handeln aus eigenem Antrieb und richten sich sofort auf den Tisch in der Mitte. Shayne sitzt schon da und sieht in einer neuen Designerjeans, die ich noch nie gesehen habe, fantastisch aus, während sie von der gleichen Gruppe willkürlich zusammengewürfelter Leute umgeben ist, an die ich früher nie auch nur einen Gedanken verschwendet hätte.

Bevor irgendjemand an dem Promitisch auf mich aufmerksam wird, bewege ich mich schnell in den hinteren Teil des Raums. Den ganzen Weg vorbei an den Band-Geeks, den Kunst-Freaks, den Gruftis, dem Schachclub, der Ehrenverbindung und dem Debattierclub, bis ich gesellschaftliches Niemandsland erreiche. Ganz hinten in der Ecke steht ein leerer Tisch. Ich stelle mein Tablett darauf ab und schlüpfe auf die Bank.

Okay, rede ich mir selbst gut zu. *Laut der Abstimmung muss ich nur hier essen. Es war keine Rede davon, dass ich danach noch hier weiter rumhängen muss.*

Deshalb fange ich an, mir schnell große Gabeln voller Essen in den Mund zu schaufeln und es mit Riesenschlucken aus meiner Wasserflasche runterzuspülen. Ab und zu sehe ich mich verstohlen um, in der Erwartung, Hunderten von Blicken zu begegnen. Das Geflüster zu hören, das um mich herum wie Digital Surround-Sound hallt.

Aber jedes Mal, wenn ich aufsehe, ist da nichts.

Kein Gemurmel. Keine starren Blicke. Niemand hat auch nur kurz in meine Richtung gesehen.

Ich könnte genauso gut in der Bibliothek sitzen, denn niemand scheint auch nur zu bemerken, dass ich hier bin.

Und ehrlich gesagt, weiß ich nicht, was schlimmer ist. Wenn man verspottet, ausgelacht und auf einen mit dem Finger gezeigt wird … oder ganz einfach völlig vergessen zu werden. Und jetzt, da ich hier sitze und wie ein Chamäleon mit dem Tisch verschmelze, sehne ich mich beinahe nach dem Spott. Zumindest wüsste ich dann, dass den Leuten immer noch bewusst ist, dass ich existiere.

Denn Schweigen ist eigentlich ohrenbetäubender als Flüstern.

Ich lege noch einen Zahn zu und schlinge das Essen in erschreckendem Tempo herunter, bis mein Teller fast blank ist. Ich stecke die Gabel in den letzten orangefarbenen Melonenwürfel, stecke ihn mir in den Mund und schlucke.

Fertig!

Ich wische mir über den Mund und werfe meine Serviette auf das Tablett. Ich will gerade aufstehen, falle aber plötzlich zurück auf meinen Stuhl. Ich bekomme keine Luft mehr. Meine Kehle ist wie zugeschnürt. Blockiert.

Ich schlage mir mit der Faust gegen die Brust, um sie zu befreien, doch das zugeschnürte Gefühl wird nur noch schlimmer. Jetzt würge ich. Und ich habe den leisen Verdacht, dass diese widerlichen, japsenden Geräusche von mir kommen.

Heilige Scheiße, ich ersticke!

An einem Melonenstück!

Tränen und Panik treten mir im gleichen Maße in die Augen, und ich sehe mich verzweifelt nach Hilfe um, aber niemand schaut auch nur in meine Richtung. Alle sind nach wie vor in ihre bescheuerten kleinen Gespräche vertieft. In der gesamten Kantine scheint absolut niemand zu bemerken, dass ich hier drüben gerade *ersticke*. Oder anders gesagt, dass meine Atemwege blockiert sind und ich sterben werde, wenn ich sie nicht bald *ent*blocke!

Ich versuche zu schreien und zu rufen, aber es kommt kein Ton heraus. Ich lege die Finger um meinen Hals, als der leise Lärm der Kantine langsam in den Hintergrund rückt. Verliere ich das Bewusstsein? Wird irgendjemand überhaupt mitbekommen, wenn ich zusammenbreche?

Ich kann hier nicht sterben! Die Überschrift meiner Todesanzeige darf nicht »Kantinen-Einzelgängerin erstickt an Melone« lauten.

Plötzlich schlingen sich ein Paar Arme um meine Taille und reißen mich von meinem Stuhl. Ich kann nicht denken. Ich kann kaum sehen. Meine Sicht wird trüb. Von irgendwoher dringt eine Stimme an mein Ohr, die mir sagt, dass ich nicht in Panik geraten soll.

Doch das ist so ziemlich das Einzige, das ich in diesem Moment tun kann. IN PANIK GERATEN!

Heftige und scharfe Stöße drücken sich in meinen Unterleib. Einmal, zweimal und noch ein weiteres Mal. Mein Körper zuckt wie eine leblose Stoffpuppe. Es fühlt sich an, als würde mir jemand in den Magen stechen. Aber ich kann immer noch nicht sprechen. Ich bekomme immer noch keine Luft.

Drei weitere heftige Stöße, nur diesmal noch härter, noch kraftvoller.

Und dann … Sauerstoff.

Warme, wunderschöne Luft strömt in meine Lungen. Ich schnappe nach ihr und sauge sie hungrig ein. Ich kann einfach nicht genug davon bekommen. Allmählich kehrt meine Sicht zurück, und ich erblicke den Missetäter, der vor mir auf der Bank liegt – ein zackiges, kaum gekautes Stück Melone, das aussieht, als wäre es durch die Hölle gegangen. Also mehr oder weniger so, wie ich vermutlich gerade aussehe.

Das Paar Arme, das fest um meine Taille geschlungen ist, entspannt sich langsam und lässt mich los. Ich drehe mich um und erblicke zum ersten Mal meinen Retter.

Obwohl mir seine dunklen Locken und haselnussbraunen Augen irgendwie bekannt vorkommen, erkenne ich ihn nicht. Andererseits, wenn er hier hinten saß und nah genug war, um mich zu retten, ist er auf keinen Fall jemand, mit dem ich früher je geredet oder den ich überhaupt wahrgenommen hätte.

Als sich meine Sicht schließlich klärt und ich ihn besser sehen kann, stelle ich fest, dass es der Typ ist, mit dem ich fast in der Bibliothek zusammengeprallt wäre.

Auf seinem Gesicht zeichnet sich Sorge ab, hinter seiner Drahtgestellbrille sind die Augen vor Schreck weit aufgerissen, und unter seinem weißen T-Shirt hebt und senkt sich sein Oberkörper schnell. »Geht es dir gut?«

»Ja«, antworte ich atemlos und sauge immer noch in vollen Zügen Sauerstoff ein. »Danke.«

Er lächelt und wischt sich die Stirn. »Bitte!«

Jetzt werden die Leute langsam auf uns aufmerksam.

Neugierige Blicke richten sich auf uns. Wurde ja auch Zeit!

Nur jetzt, da man mich bemerkt – jetzt, da ich nicht mehr unsichtbar bin –, möchte ich nur noch so schnell wie möglich von hier verschwinden.

»Du bist Brooklyn, stimmt's?«, fragt mich der Typ, dem die Aufmerksamkeit, die uns mittlerweile zuteil wird, nicht mal aufzufallen scheint.

»Ja«, antworte ich zerstreut, während ich zuerst zum Haupteingang sehe, der in den Hauptkorridor der Schule führt und mich dann auf die Hintertür konzentriere, durch die man auf den Lehrerparkplatz gelangt. Die Hintertür ist entschieden näher.

»Ich bin Brian Harris. Ich sitze in Englisch hinter dir.«

Ich wirbele den Kopf wieder zu ihm. »Echt?«

Ich bereue sofort, dass ich das gesagt habe, denn er blickt ein wenig verletzt. Daher versuche ich es zu überspielen, indem ich sage: »Ich meine, ja. Stimmt.«

»Bist du sicher, dass es dir gut geht?«

Vorne in der Kantine braut sich irgendetwas zusammen, und ich weiß, dass jemand Verstärkung gerufen hat. Lehrer versammeln sich und bahnen sich einen Weg zu uns. Ich muss unbedingt Schadensbegrenzung betreiben. Und zwar schnell.

»Ähm, ja. Absolut«, erwidere ich und versuche so zu tun, als würde so etwas jeden Tag passieren. Und auf eine freakige, abartige Art … ist das auch der Fall. Zumindest was mich betrifft. »Ich seh dich in Englisch, okay?«

Und noch bevor er etwas erwidern kann, stürme ich auf den Hintereingang zu, drücke die Tür mit meiner Schulter auf und verschwinde auf den Parkplatz.

Wie es aussieht, lerne ich dazu. Werde klüger. Denn diesmal bin ich schlau genug, mich davonzumachen, *bevor* die Obrigkeiten eintreffen.

Nachmittags-vorstellung

Wie sich herausstellt, hat dieser Typ, Brian – mein Kantinen-Heimlich-Handgriff-Retter –, *wirklich* mit mir Englisch. Und er sitzt *wirklich* hinter mir. Wie kann es sein, dass mir das vorher nie aufgefallen ist? Vielleicht, weil vorher Shayne *neben* mir saß (bevor sie ihren ganzen Stundenplan geändert hat, nur um mir aus dem Weg zu gehen), und sobald man in Shaynes unwiderstehliche Blase gelockt worden ist, könnte alles andere, was nicht Teil dieser Blase und/oder in ihr willkommen ist (das heißt geekige Intelligenzbestien, die dem Debattierclub angehören, wie Brian), genauso gut nicht existieren. Erst wenn diese Blase zum Platzen gebracht worden ist, ist man offenbar in der Lage, zu bemerken, was wirklich um einen herum passiert. Oder in diesem Fall direkt hinter einem.

Na ja, wie auch immer, Brian hat anscheinend auch *Die Früchte des Zorns* als Lektüre gewählt. Und sobald Mrs Levy uns aufforderte, einen Diskussionspartner zu finden, tippte er mir auf die Schulter und fragte mich, ob ich mit ihm zusammenarbeiten wolle.

Auf die Gefahr hin, dass ich wie ein totales Miststück rüberkomme, werde ich ganz ehrlich mit euch sein. Normalerweise (das heißt, solange Shayne Kingsley jeden meiner Schritte vorgab) hätte ich *absichtlich* die Augen verdreht und so getan, als hätte ich ihn gar nicht gehört. Glaubt mir, allein bei dem Gedanken dreht sich mir vor Gewissensbissen der Magen um, denn dieser Typ *hat* gerade mein Leben gerettet. Aber man kann wohl mit Gewissheit sagen, dass es mit »normalerweise« seit etwa einer Woche aus und vorbei ist, und folglich war das diesmal auch nicht meine Reaktion auf die Frage. Denn a) Shayne Kingsley gibt (zum Glück) nicht mehr den Ton an und b), und das ist noch wichtiger, treffe ich nicht mehr meine eigenen Entscheidungen. Also lächelte ich einfach, dankte ihm für sein Angebot und erklärte, dass ich es mir überlegen und ihm morgen Bescheid sagen würde. Was ich eigentlich damit meinte, war: »Ich werde es auf meinem Blog posten, meine dreizehn Leserinnen und Leser befragen und dir dann das Ergebnis mitteilen.«

Er wirkte von meiner Antwort ein wenig enttäuscht, lächelte aber und erwiderte: »Okay, alles klar.«

Und das war nicht die einzige Entscheidung, vor die ich heute gestellt wurde. In der siebten Stunde fragte uns Mrs Montgomery, die Gesundheitskundelehrerin, ob wir uns für eine freiwillige Exkursion zu einer neuen Wissenschaftsausstellung in der Stadt einschreiben wollten. *Normalerweise* wäre ich die Erste im Raum gewesen, die über diese schwachsinnige Idee (laut) gelacht hätte. *Freiwillige* Exkursion? Wie in *nicht* erforderlich? Ja, klar! Andererseits ist das nicht mehr meine Entscheidung. Daher muss ich sie zur Abstimmung stellen.

Und zu guter Letzt lief ich im Gang an einem Mädchen vorbei, das Handzettel für ein Probetraining der Mädchen-

Rugbymannschaft verteilte (was, wenn ich mich recht erinnere, ein bisschen wie Fußball ist). Ich hatte keine Ahnung, dass es an dieser Schule überhaupt eine Mädchen-Rugbymannschaft *gibt*. Ich meine, jetzt mal im Ernst, wo bin ich in den letzten beiden Jahren gewesen?

Nichtsdestotrotz musste ich meinem anfänglichen Impuls widerstehen, den Handzettel in den nächsten Mülleimer zu werfen und mich darüber lustig zu machen, wie bescheuert manche Leute sein können, und steckte ihn stattdessen in meine Tasche, damit dies später entschieden werden konnte.

Zum Glück gehen meine Eltern heute Abend zu irgendeiner Wohltätigkeitsveranstaltung der Firma meines Dads, sodass ich das Haus für mich alleine habe. Und das bedeutet ... voller und uneingeschränkter Zugang zum Computer! Somit kann ich alle diese neuen Wahlmöglichkeiten meinem Entscheidungsgremium präsentieren.

Natürlich muss ich erst einmal meinen letzten Tag Nachsitzen hinter mich bringen.

Und nach einer Woche Erfahrung weiß ich, wie absolut ätzend es ist. Außer lernen gibt es nichts zu tun. Und nachdem ich mich mühsam durch dreißig Seiten gequält hatte, musste ich feststellen, dass *Früchte des Zorns* anscheinend überhaupt nichts mit Früchten zu tun hat. Eigentlich weiß ich gar nicht, warum sich John Dingenskirchen entschieden hat, sein Buch *Früchte des Zorns* zu nennen. Jetzt mal im Ernst, was soll das überhaupt heißen?

Ich hole mein Notizbuch heraus und fange an, einen ersten Entwurf meines nächsten Blogposts zu verfassen, höre aber mitten im Satz auf zu schreiben, als aus dem Gang direkt vor dem Klassenzimmer, in dem ich nachsitze, das Geräusch von kokettem, mädchenhaftem Gelächter zu mir dringt.

Mein ganzer Körper erstarrt vor Angst, und mir fällt der Stift aus der Hand. Ich würde dieses unverwechselbare Lachen überall wiedererkennen. Es stammt direkt von Seite zwei in Shayne Kingsleys Verführungshandbuch. Die Show, die sie jedes Mal abzieht, wenn sie ein Mitglied des anderen Geschlechts als nächsten glücklichen Empfänger ihrer Zuneigung auserkoren hat.

Und als ich den Hals recke, um durch den Spalt der halb offenen Tür zu spähen, sehe ich genau, wen sie auserwählt hat.

Es ist Hunter Wallace Hamilton III. Mein neuer Südstaatenfreund.

Die Stimmen sind aus der Entfernung nur undeutlich zu hören, doch ich sehe, wie sie sich die Hand schütteln. Ich beobachte, wie sie mit den Fingern um seine Knöchel streicht, als sie die Hand zurückzieht. Und dann gehen mir Hunters eigene Worte durch den Kopf.

»Vielleicht ist es so ein Südstaatending, aber wo ich herkomme, schütteln wir Leuten, die wir mögen, die Hand.«

Oh Gott. Sie stellen sich einander vor. Er hat endlich Ihre Königliche Hoheit von Parker High kennengelernt. Ich wusste, dass es irgendwann passieren würde. Ich wusste, dass ich ihn nicht ewig für mich allein haben könnte. Nicht dass das jemals der Fall gewesen wäre, aber eine Begegnung mit Shayne Kingsley war so ziemlich unvermeidbar. Sie hat so was wie einen Radar für scharfe Männer. Sobald einer ihr Territorium betritt, nimmt sie ihn ins Visier und startet einen Angriff.

Und genau das passiert gerade. Der Shayne-bot ist in

vollem Angriffsmodus. Ich kenne die ganze Nummer auswendig. Schritt für Schritt. Jedes Wimpernzucken. Jeden schüchternen Blick unter gesenkten Lidern. Jeden verspielten Schulterschlag und jede provokative Armberührung. Denn nach fünf Jahren Freundschaft und Vergötterung hat sich diese Nummer für immer in mein Gedächtnis eingebrannt. Sie ist eine durch und durch einstudierte, perfekt ausgeführte und vollendete Inszenierung, die oft begleitet ist von dem Gebrauch von Requisiten, Kostümen und Choreografie. Und sie hat jedes Mal durchschlagenden Erfolg.

Ich spüre, wie Wut in mir hochkommt. Ein Feuer, das tief in meinem Innern lodert, kurz davor, zu explodieren.

Was um alles in der Welt treibt sie da? Sie hat *schon einen Freund!*

Und einen richtig heißen noch dazu. Der auf die Universität von Colorado geht und sie zu Studentenverbindungspartys einlädt. Doch das reicht ihr offensichtlich nicht. Sie ist wie ein Hund mit zwei Tennisbällen. Nie zufrieden mit nur einem, immer darauf aus, sich einen zweiten in den Mund zu stopfen.

»Also, *Hunter.*« Sie spricht seinen Namen mit dem angelernten Sex Appeal eines Unterwäsche-Models aus. »War echt toll, dich kennenzulernen. Dann bis bald vielleicht.«

Okay, das ist es. Sie macht sich für das große Finale bereit, den grandiosen Abgang. Ich nenne es das »Wegschreiten«. Aber sie schreitet nicht einfach irgendwie weg. Sie bewegt sich langsam und zielbewusst. Dieser Gang erfordert im Prinzip eine sehr gelenkige Hüfte. Doch der wichtigste Teil – das Tüpfelchen auf dem i – ist der eine (und nur der eine) Blick über die Schulter.

Von meinem Aussichtspunkt kann ich jetzt natürlich nur noch Hunter sehen. Shayne hat bereits ihren Siegesmarsch den Korridor hinunter angetreten. Aber ich muss es nicht mit eigenen Augen beobachten. Ich kann es mir sehr gut in Gedanken ausmalen. Was ich allerdings *nicht* beobachten will – weil mein Herz es nicht ertragen könnte –, ist Hunters Reaktion. Deshalb schaue ich weg. Ich vergrabe mein Gesicht in meinem Heft und versuche, mich mit Kritzeleien abzulenken. Wütende, Papier zerreißende Kritzeleien.

Ich lenke mich sogar so gut ab, dass ich es nicht einmal bemerke, als Hunter durch die Tür kommt.

Willentlich inhaftiert

»Hey, hallo, Miss Brooklyn«, sagt Hunter mit seinem sexy Südstaatenakzent und lässt sich auf den Platz neben mir plumpsen.

Ich bin total verdutzt, dass er sich wirklich an meinen Namen erinnert (ganz zu schweigen davon, dass er weniger als einen Meter von mir entfernt sitzt), dass ich nichts weiter herausbekomme als »Ähma«.

Ja, mir ist klar, dass das kein echtes Wort ist.

Er sieht sich neugierig um, als wäre er ernsthaft an der Ausstattung des Raums interessiert. »Hier sitzt man also nach?«

Mein Gesicht läuft sofort rot an, während ich dagegen ankämpfe, ihn weiter wie eine gesellschaftlich beschränkte Stalkerin anzustarren. Er sieht *wirklich* atemberaubend gut aus. »Äh, ja.«

»Netter als der Raum, in dem man in meiner alten Schule nachsitzen musste.« Er beendet seine geistige Inventarliste des Raums und dreht sich mit einem leidgeprüften Stirnrunzeln wieder zu mir. »Es tut mir wirklich superleid, dass du wegen mir hier sitzt.«

Moment mal, was?

Obwohl ich weiterhin relativ sprachlos bin, reagiert er auf die Verblüffung, die mir ins Gesicht geschrieben steht.

»Ich habe gehört, dass du nachsitzen musst, weil man dich beim Rauchen auf dem Campus erwischt hat, und ich fühle mich total verantwortlich. Es tut mir echt leid.«

Ich kann nicht fassen, dass er hier reingekommen ist, nur um sich bei mir zu entschuldigen. Aber eigentlich versuche ich immer noch über den Teil hinwegzukommen, dass er sich meinen Namen gemerkt hat. Ich meine, klar, seit wir uns kennengelernt haben, habe ich ununterbrochen an ihn gedacht, doch ich hätte kaum geglaubt, dass *er* jemals an *mich* denken würde.

»Oh«, sage ich und komme mir bescheuert vor. »Es ist nicht deine Schuld. Ich habe die Zigarette ja angenommen.«

Er zuckt mit den Schultern. »Wie auch immer, ich wollte es wiedergutmachen. Wäre das okay?«

Bei der Art, wie er »okay« sagt, läuft mir förmlich das Wasser im Mund zusammen. Als würde jemand frisches Karamell auseinanderziehen. *Okaaaaaay*. Der Klang hängt in der Luft und hinterlässt ein Gefühl, bei dem mir das Herz schmilzt.

Ich kann nichts weiter tun als nicken.

»Ich dachte …«, setzt er an, wird aber schnell unterbrochen, als Mrs Henry, die fiese Lehrkraft, die das Nachsitzen beaufsichtigt, herübermarschiert und Hunter mit ihren kleinen schwarzen Schweinsäuglein böse anfunkelt. »Entschuldige, junger Mann. Wie heißt du?«

Hunter wirft ihr einen unbeeindruckten Blick zu. »Hunter Wallace Hamilton.«

Der Dritte, füge ich in Gedanken hinzu und unterdrücke ein Grinsen.

Mrs Henry blickt missbilligend auf ihn hinunter. »Du

stehst nicht auf meiner Liste. Und das bedeutet, dass du hier nichts zu suchen hast. Nur Schüler, die nachsitzen müssen, sind hier erlaubt. Du musst den Raum verlassen.«

Nein!, will ich laut aufschreien. *Er wollte mir gerade sagen, wie er es wiedergutmachen will!*

Hunter steht widerwillig auf. Ich will die Hand ausstrecken, seinen perfekt sitzenden Pulli mit Rundhalsausschnitt packen und ihn zurück auf den Stuhl zerren. Er wirft mir einen entschuldigenden Blick zu, dreht sich dann wortlos um und steuert auf die Tür zu, wobei er das letzte Fünkchen Hoffnung, dass heute in diesem Raum noch irgendetwas auch nur annähernd Spannendes passieren könnte, mitnimmt.

Mrs Henry sieht ihm nach, die Hände in ihre üppigen Hüften gestemmt, beinahe, als wollte sie sicherstellen, dass er nicht zurückkommt. Ich frage mich, ob sie sich dafür bewerben musste, das Nachsitzen zu beaufsichtigen. Denn diese Rolle ist wirklich wie für sie gemacht. Ich kann mir keine andere Lehrkraft an der Schule vorstellen, die besser dafür geeignet wäre.

Aber Hunter geht nicht ganz bis zur Tür. Er verlangsamt kurz davor seinen Schritt und dreht sich um. »Man muss also nachsitzen, damit man hier abhängen kann?«, stellt er klar.

»Das ist richtig.« Mrs Henry nickt gebieterisch.

»Und um nachzusitzen, muss man irgendwas ausgefressen haben?«, fragt er.

Ich beobachte den Wortwechsel mit verhaltener Ungewissheit. *Weiß* er nicht, was Nachsitzen bedeutet? Ich meine, so schwierig ist das Konzept auch wieder nicht.

»Ja«, antwortet Mrs Henry und wird ungeduldig.

Hunter spitzt die Lippen, als würde er sich anstrengen, das richtig zu verstehen. Als hätte er Schwierigkeiten, das Ganze zu begreifen. Und dann fängt er an nachdenklich zu nicken, greift in seine Tasche und holt einen schwarzen Marker hervor.

»Okay«, sagt er mit einem kapitulierenden Schulterzucken. »Dann habe ich wohl keine andere Wahl.«

Mit einer merkwürdigen Mischung aus Entsetzen und Ungläubigkeit schaue ich zu, wie er mit dem schwarzen Marker *direkt* an die Wand des Klassenzimmers schreibt. Mrs Henry schnappt nach Luft. Der Rest des Raums bricht in schallendes Gelächter aus und zollt ihm mit Applaus Respekt. Als er fertig ist, tritt Hunter einen Schritt zurück, und man kann das Wort »Anarchie« auf der Wand geschrieben sehen.

»Ein bisschen klischeehaft«, gibt er zu, während er sein Werk bewundert. »Aber das passt schon.«

Er setzt die Kappe mit einem lauten Klick wieder auf den Marker, steckt ihn in seine Tasche, spaziert dann zurück zu meinem Nachbartisch und setzt sich.

Mrs Henry kann sich kaum bewegen, geschweige denn sprechen. Sie starrt einfach mit weit aufgerissenen Augen auf das Graffito auf ihrer geliebten Nachsitzraumwand.

Aber Hunter scheint nicht weiter auf sie zu achten. Er zupft einfach nur die Hosenbeine seiner Jeans zurecht, lehnt sich in seinem Stuhl zurück und macht es sich bequem. Dann wendet er sich mit einem Augenzwinkern und einem vielsagenden Lächeln an mich und sagt: »So. Jetzt können wir reden.«

MEIN LEBEN VOLLER FRAGEZEICHEN

SÜDSTAATENGASTFREUNDSCHAFT
Gepostet am: *Montag, den 18. Oktober um 21.43 Uhr von* BB4Life

Oh mein Gott. Es gibt so viel zu erzählen. So viele Entscheidungen zu treffen. Ich brauche eure Hilfe jetzt wirklich mehr denn je!

Okay, bringen wir erst mal den langweiligen Kram hinter uns. Als Erstes möchte ich allen danken, die bei meinem letzten Post abgestimmt haben – ich lese jetzt *Die Früchte des Zorns*. Ein Typ in meinem Kurs (der mich heute zufälligerweise auch davor gerettet hat, in der Kantine zu ersticken, aber das ist noch mal ein ganz anderer Post) hat mich gefragt, ob ich in Englisch seine Diskussionspartnerin sein will. Bitte stimmt mit Ja oder Nein. Um seine Anonymität zu wahren, werde ich ihn von jetzt an »Heimlich« nennen.

Zweitens, ich habe die Gelegenheit, an einer freiwilligen Exkursion zu irgendeiner Wissenschaftsausstellung in der Stadt teilzunehmen und bei einem Probetraining für die Rugbymannschaft meiner Schule mitzumachen. Ich habe noch nie Rugby gespielt, es mir noch nie im Fernsehen angesehen, und ich habe eigentlich keinen blassen Schimmer, worum es bei dem Spiel geht. Bitte entscheidet also für mich.

Und zu guter Letzt kommen die wirklich interessanten Neuigkeiten! Da ist dieser echt süße Typ aus der Oberstufe, der gerade aus einem der Südstaaten hierhergezogen ist. Für die

Zwecke dieses Blogs nennen wir ihn mal »Red Butler«, weil *Vom Winde Verweht* der absolute Lieblingsfilm meiner Mom ist, und mir fällt gerade keine bessere Südstaatenanspielung ein. Jedenfalls, sein Dad hat in irgendeinen angesagten neuen Klub investiert, der in der Innenstadt eröffnet wird, und er hat mich eingeladen, nächstes Wochenende zur Eröffnung zu kommen! (Red Butler, nicht sein Vater) Ist das nicht der Hammer?! Wenn man nicht auf der Gästeliste steht, hat man keine Chance, reinzukommen, und ich werde draufstehen!

Das ist aus zwei Gründen eine große Sache. 1) Red sieht SO gut aus, dass mir kein Mädchen im ganzen Bundesstaat einfällt (oder irgendeinem anderen, wenn wir schon dabei sind), das nicht die Gelegenheit nutzen würde, mit ihm auszugehen. Und 2) seit meine megabeliebte, aber megahinterhältige ex-beste Freundin/Anführerin mich letzte Woche hat fallen lassen, nachdem ich den Kopf für eine Party hingehalten habe, die *ihre* Idee war, wäre das meine erste Verabredung. Übrigens, von jetzt an werde ich von ihr nur noch als »Ihre Königliche Abscheulichkeit« sprechen, zu Ehren all der absolut abscheulichen Dinge, die sie getan hat.

Wie versprochen übertrage ich euch die Entscheidungsvollmacht, aber ich will unbedingt zu der Eröffnung dieses Klubs gehen. Es werden eine Menge cooler Leute dort sein (einschließlich Red, der – wenn ich das noch nicht eindeutig klargestellt habe – unglaublich scharf ist!). Es gibt da natürlich ein Problem: den Elternfaktor. Ich habe immer noch Hausarrest und darf bis zu meinem vierzigsten Geburtstag das Haus nicht verlassen. Aber solltet ihr alle es gnädigerweise erlauben, könnte ich mir etwas einfallen lassen, wie ich aus dem Haus schleichen kann, nachdem der besagte Elternfaktor schlafen gegangen ist. Was meint ihr? Bitte stimmt ab!!!

Danke an alle, die das lesen. Bitte erzählt anderen von meinem Blog. Ich brauche alle Hilfe, die ich kriegen kann!

XOXO,
BB

Falsch eingestuft

Hunter Wallace Hamilton III. ist so unfassbar süß. Tut mir leid, aber ich kann einfach nicht aufhören, an ihn zu denken. Oder seinen Namen in einer Tour zu wiederholen. Mir gefällt sein Klang. Hunter Wallace Hamilton … der *Dritte*. Er ist so vornehm. Ich würde am liebsten ein Ballkleid anziehen und in meinem Wohnzimmer Walzer tanzen, jedes Mal, wenn ich es sage. (Nicht dass ich ein Ballkleid besitze … oder wüsste, wie man Walzer tanzt.)

Da ich am nächsten Morgen spät aufwache, habe ich keine Zeit, mir das Abstimmungsergebnis anzusehen, bevor ich den Bus zur Schule nehme. Daher muss ich es wohl in der Mittagspause an einem der Bibliothekscomputer checken.

Der Vormittag zieht sich total in die Länge. Mathe ist am schlimmsten. Mr Simpson fährt mit seiner grenzenlosen Bewunderung für Gleichungssysteme fort und ich mit meinen Versuchen, ihn auszublenden. Doch das lässt sich alleine nur schwierig bewerkstelligen. Früher half Shayne mir dabei. Wir spielten immer dieses Spiel, bei dem wir uns damit abwechselten, lustige Bilder zu zeichnen, um die andere zum Lachen zu bringen. Die Erste, die laut loslachte, verlor. Jetzt, da ich hier hinten allein sitze, macht es nicht halb so viel Spaß. Ich schaffe es, eine echt beeindruckende Strichmännchen-Skizze von Mr Simpson zu zeichnen, wie er mit seinem grafikfähigen Taschenrechner rumknutscht, aber ohne jemanden, der meine Bemühungen mit einem unterdrückten Kichern wertschätzt, ist es nicht wirklich dasselbe.

Versteht mich nicht falsch. Mr Simpson ist kein *schrecklicher* Lehrer. Er scheint ein ganz netter Mensch zu sein. Außerdem ist es irgendwie liebenswert, wenn er vor lauter Aufregung über langweiliges Mathezeug ganz rot wird. Fast so rot wie seine Haare. Doch als es klingelt und er sagt: »Brooklyn, könntest du bitte noch kurz bleiben?«, finde ich ihn nicht mehr ganz so liebenswert.

Ich seufze, während ich meine Sachen zusammensuche und widerwillig nach vorne stapfe. Ich warte darauf, dass er etwas sagt, weil ich auf keinen Fall das Gespräch beginnen werde. Schließlich zwingt er mich, nach dem Unterricht dazubleiben, und verzögert meinen Ausflug zu den Bibliothekscomputern, was mir Höllenqualen bereitet.

Nach ein paar Augenblicken betretener Stille fängt er an mit »Du weißt, dass deine Schwester vor ein paar Jahren meine Schülerin war«.

Oh, es wird eines *dieser* Gespräche werden.

Ich weiß nicht so recht, was ich mit dir machen soll, Brooklyn. So sehr ich mich auch anstrenge, ich komme nicht darauf, warum *du Probleme hast. Deine Schwester war so eine hervorragende Schülerin, und du bist … na ja …*

Sie beenden den Gedanken selten. Sie verstummen einfach und lassen ihn in der Luft hängen, in der Hoffnung, dass ich verstehe, was sie meinen. Natürlich verstehe ich, was sie meinen. Ich *lebe* seit meiner Geburt damit. Isabelle Pierce war eine Traumschülerin. Die Traumtochter. Der Traum-Tennisstar. Was ist also passiert?

Mr Simpson wartet eindeutig darauf, dass ich auf seine Bemerkung antworte, deshalb murmele ich so was wie »Ja, ich weiß«.

»Wie läuft es für sie in Harvard?«

Ich zucke mit den Schultern und sehe auf die Uhr an der Wand. Hat er mich wirklich nach dem Unterricht länger bleiben lassen, um darüber zu reden, wie es meiner Schwester auf einer angesehenen Elite-Uni ergeht? »Gut, glaube ich.«

»Ich mache mir Sorgen um dich, Brooklyn«, sagt er abrupt.

Und schon geht's wieder mit den Leistungsvergleichen los.

Ich antworte nicht. Ich verlagere nur mein Gewicht und drücke meine Bücher fester an mich. Denn ich werde ihm bestimmt nicht bei seinen schlecht verborgenen Absichten in die Hände spielen.

»Ich kann einfach nicht verstehen, warum du dich in meinem Kurs so schwertust.«

Ich strenge mich an, nicht mit den Augen zu rollen, und murmele: »Mm-hm.«

»Obwohl du alle Tests mit Bravour bestehst, kommst du insgesamt kaum auf eine Drei. Das hat mich stutzig gemacht.«

Ich senke den Blick auf meine Fingernägel und versuche einen vereinzelten schwarzen Fussel herauszupulen, der sich unter meinem abblätternden Nagellack festgesetzt zu haben scheint. Dann lächele ich in mich hinein, als ich an Shaynes Gesicht denke, wenn sie meinen Mangel an vernünftiger Nagelpflege sehen würde.

»Deshalb habe ich ein wenig nachgeforscht«, fährt Mr

Simpson fort, »und festgestellt, dass der einzige Grund, warum du keine Eins in meinem Kurs bekommst, ist, dass du kaum eines der Übungsblätter fertig abgibst. Und trotzdem schaffst du es immer, bei den Tests sehr gut abzuschneiden.«

Bisher hat meine Schwester noch nicht den Weg zurück ins Gespräch gefunden, aber ich weiß, dass es nur eine Frage der Zeit ist.

»Und dann habe ich mir deine Highschool-Einstufungsprüfungen angesehen.«

Oh-oh.

»Sie haben was?«, frage ich und verliere sofort jegliches Interesse an meiner Nagelpflege. Oder dem Mangel daran. Warum geht dieser Typ durch meine Schulakten? *Darf* er das überhaupt?

Er beantwortet die Frage gar nicht. Ich glaube, er weiß, dass er das nicht muss. Und es ist nicht so, als hätte ich ihn nicht gehört.

»Und laut deiner Einstufungsprüfung, die du am Ende der Unterstufe abgelegt hast, solltest du mittlerweile ›Fortgeschrittene Algebra II‹ belegen.«

Oh, das ist überhaupt nicht gut.

»Ähm, ich verstehe nicht ganz, worauf Sie hinauswollen«, sage ich so höflich wie möglich und beiße mir auf die Unterlippe.

»Ich frage mich nur, warum du dich letztes Jahr in ›Grundlagen der Mathematik‹ eingeschrieben hast, wenn du laut deiner Einstufungsprüfung das Niveau für ›Algebra I‹ hast.«

»Äh …«, stammele ich. »Ich habe wohl gedacht, ich wäre für Algebra noch nicht so weit. Na ja, ich dachte, dass ich besser erst mal die Grundlagen draufhaben sollte, oder?«

Meine Antwort scheint Mr Simpson zu verwirren, was ich ihm nicht verdenken kann. Denn was ich da erzähle, ergibt nicht wirklich einen Sinn. Die Wahrheit ist, dass ich das Ergebnis der Einstufungsprüfung absichtlich nicht beachtet habe, damit ich denselben Mathekurs wie Shayne belegen kann. Aber in diesem Augenblick bin ich nicht wirklich daran interessiert, eine weitere meiner eklatanten Fehlentscheidungen mit meinem Mathelehrer mittleren Alters zu besprechen. Im Moment will ich einfach nur aus dem Klassenzimmer verschwinden und meinen Blog überprüfen, um zu sehen, ob meine Gefolgschaft mir die Erlaubnis gegeben hat, nächstes Wochenende mit Hunter auszugehen.

»Deinen Testergebnissen in diesem Kurs nach zu urteilen«, fährt Mr Simpson fort, dem meine schwindende Geduld eindeutig nicht auffällt, »hat es den Anschein, dass der Lernstoff schlicht und ergreifend zu einfach für dich ist. Und allmählich komme ich zu dem Schluss, dass du die Übungsblätter nicht machst, weil dir dieser Kurs nicht anspruchsvoll genug ist. Deshalb möchte ich, dass du darüber nachdenkst, in meinen Algebra-I-Kurs zu wechseln.«

Klasse. Ich hatte mich irgendwie darauf gefreut, den Rest des Halbjahres zu verpennen, aber wie es aussieht, hat sich das gerade erledigt.

»Also, was sagst du?«, fragt er. »Ich habe in meinem Kurs in der zweiten Stunde noch einen Platz frei. Ich kann mit deinen anderen Lehrern darüber sprechen, deinen Stundenplan so umzustellen, dass du ihn belegen kannst.«

Ich lasse die Schultern hängen und gebe einen Stoßseufzer von mir. »Das werde ich dann wohl zur Abstimmung stellen müssen«, murre ich widerwillig.

»Wie bitte?«

»Ich meine, darüber muss ich nachdenken.«

Mr Simpson wirkt überrascht über meine unerwartete Bereitschaft, sein Angebot in Betracht zu ziehen. Er dachte vermutlich, dass ich mich mit ihm darüber streiten würde. Und unter anderen Umständen hätte ich das auch. Obwohl es nicht wirklich ein Streit gewesen wäre – ich hätte mich einfach nur strikt geweigert und wäre sofort zur Tür gestürmt.

»Wunderbar!«, sagt er mit strahlendem Gesicht. »Sag Bescheid, wie du dich entscheidest.«

»Oh, das werde ich«, sage ich, als ich aus dem Klassenraum schlappe und auf die Bibliothek zusteuere. Ich habe das unangenehme Gefühl, dass meine Tage, in denen ich mich durch Mathe kritzele, offiziell vorbei sind.

TÄGLICHE ZUSAMMENFASSUNG DER ABSTIMMUNGSERGEBNISSE

Datum: Dienstag, 19. Oktober
Benutzername: BB4Life
Blog URL: www.MeinLebenVollerFragezeichen.com

Soll ich in Englisch Heimlichs Diskussionspartnerin werden?
(insgesamt 27 Stimmen)

Ja (24 Stimmen)
89%
Nein (3 Stimmen)
11%

Soll ich beim Probetraining der Mädchen-Rugbymannschaft mitmachen?
(insgesamt 27 Stimmen)

Ja (17 Stimmen)
63%
Nein (10 Stimmen)
37%

Soll ich mich für die freiwillige Exkursion in Gesundheitskunde anmelden?
(27 Stimmen)

Ja (22 Stimmen)

81%

Nein (5 Stimmen)

19%

Soll ich nächstes Wochenende zur Eröffnung des Klubs von Red Butlers Dad gehen?

(27 Stimmen)

Ja (1 Stimme)

4%

Nein (26 Stimmen)

96%

Pfadfinderehrenwort

Okay, wer sind diese Leute? Und warum geben sie sich so viel Mühe, mein Leben zu ruinieren?

Nur EINE Person von siebenundzwanzig findet, dass ich mit Hunter zu der Kluberöffnung gehen soll? EINE???? Haben die Leute nicht kapiert, wie attraktiv er ist? Verstehen sie nicht, wie sexy sein Akzent ist? Vielleicht hätte ich ein Foto posten sollen. Nur wäre das in Sachen Anonymität ziemlich kontraproduktiv. Vielleicht hätte ich eher seine Stimme aufnehmen und sie als Soundclip posten sollen. Dann hätten sie zumindest *hören* können, wogegen sie gestimmt haben.

Und 81% dieser Leute finden, dass ich mit auf die freiwillige Gesundheitskunde-Exkursion gehen soll. Wie ist das denn passiert? Wie ist mein Blog in die Hände von wissenschaftsliebenden Moralaposteln geraten? Das ist nicht wirklich die Art Publikum, auf die ich es abgesehen hatte. Ich meine, jetzt mal im Ernst, Leute! Werdet mal erwachsen. Wenn ihr nicht alle Hände voll zu tun hättet, Rugby zu schauen und in irgendwelche Wissenschaftsausstellungen zu gehen, würde *euch* ein süßer Typ mit römischen Ziffern hinter seinem Namen zu einem angesagten neuen Klub in der Innenstadt einladen. Als ich in der Bibliothek sitze und wütend auf den Bildschirm blicke, bin ich so frustriert, dass ich mich kaum darüber freuen kann, dass sich meine Blog-Leserschaft mehr als verdoppelt hat. Siebenundzwanzig Wähler. Das ist eine Menge. Anscheinend spricht es sich schnell herum.

Zu schade, dass alle siebenundzwanzig absolute Vollidioten sind, die vermutlich allein und verbittert sind und nichts Besseres zu tun haben, als Blogs von Teenagern zu lesen und über das Leben anderer Leute abzustimmen.

Ich scrolle durch meinen letzten Eintrag, lese noch einmal alles, was ich geschrieben habe, und suche nach etwas, das ich ausgelassen haben könnte – etwas, das die Abstimmung in die falsche Richtung beeinflusst haben könnte –, als mir am Ende des Posts ein ungewöhnlicher Vermerk auffällt, der lautet: »5 Kommentare.«

Kommentare? Leute geben Kommentare ab? Ich hatte diese Funktion völlig vergessen! Ich klicke auf den Link und lande sofort auf der Kommentarseite. Aufgeregt überfliege ich die Anmerkungen und suche nach einem Hinweis, warum diese Leute gegen ein bisschen Spaß in meinem spaßlosen Leben gestimmt haben.

Kommentar 1:
Tut mir leid, BB, aber ich glaube nicht, dass deine Eltern einverstanden wären. Ich bin stolz auf dich, dass du auf eigenen Füßen stehen willst, doch solltest du, finde ich, diesmal zu Hause bleiben.

Kommentar 2:
Red klingt süß. Aber er klingt auch ein bisschen wie ein »Bad Boy«. Vermutlich nicht die beste Wahl für dich zu diesem Zeitpunkt in deinem Leben. Viel Glück!

Kommentar 3:
Danke für den Blog! Er ist sehr unterhaltsam. Ich habe ihn allen meinen Freunden weitergeleitet, und sie stimmen jetzt auch ab. Ich hoffe, dass alles gut für dich laufen wird, BB!

Kommentar 4:
Was ist mit Heimlich? Ist er süß?

Kommentar 5:
Zu deiner Information ... der Name ist »Rhett *Butler« nicht »Red Butler«.*

Ich lehne mich in meinem Stuhl zurück und starre böse den Bildschirm an. »Bad Boy?« Was zum Teufel weiß *diese* Person schon? Und ja, es stimmt. Meine Eltern *wären* vermutlich dagegen, dass ich zur Eröffnung eines Klubs in der Innenstadt gehe, aber das liegt nur daran, dass mein letzter nächtlicher Ausflug nicht so gut gelaufen ist. Trotzdem, ich will *unbedingt* hingehen! Und es ist ja nicht so, als wäre ich so blöd, *noch ein* Gebäude abzufackeln.

Na ja, zumindest sind es noch über eineinhalb Wochen bis zur Kluberöffnung. Bis dahin werden mich bestimmt noch mehr Leute unterstützen.

Mit einem Seufzer schließe ich den Browser und hieve mich vom Stuhl hoch. Als ich einen Blick auf die Bildschirmuhr werfe, stelle ich sehr erfreut fest, dass die Mittagspause schon in fünf Minuten rum ist.

In Englisch lenkt mich meine Enttäuschung über das Abstimmungsergebnis so sehr ab, dass ich mich kaum auf die *Früchte-des-Zorns*-Diskussion konzentrieren kann.

»Hallo?«, fragt Brian zum zweiten Mal und wedelt mit

der Hand vor meinem Gesicht herum, um meine Aufmerksamkeit zu bekommen. »Irgendjemand zu Hause?«

Ich blinzele meine Trance weg und versuche, mich zu konzentrieren. »Sorry. Was hast du gefragt?«

Brian lächelt und wiederholt die Frage aus der Arbeitshilfe vor ihm. »Wie benutzt John Steinbeck die Dust Bowl als Metapher?«

Doch ich beantworte die Frage nicht. Stattdessen stelle ich eine andere. »Wo hast du den Heimlich-Handgriff gelernt?«

Brian lacht, lässt den Stift auf seinen Tisch fallen und gibt offenbar für einen Moment das Buch auf. »Bei den Pfadfindern, warum?«

Bei dem Gedanken an Brian in einer Pfadfinderuniform muss ich ein Lachen unterdrücken. Die Vorstellung ist einfach zu lustig. Versteht mich nicht falsch, er ist nicht hässlich oder so. Aber er ist auch nicht gerade süß. Zumindest nicht auf eine konventionelle, Hunter-Wallace-Hamilton-III.-Art.

Okay, er ist bestenfalls *charmant*. Also so geekig-Debattierklub-Einserschüler-seit-seiner-Geburt-charmant. Doch das ist es auch schon. Ja, seine ausdrucksvollen haselnussbraunen Augen haben was, das ich nicht ganz bestimmen kann, aber es ist nicht mal so, als könnte man sie hinter seiner Brille sehr gut sehen. Außerdem macht sein dunkler, ungebändigter Lockenschopf die Wirkung seiner Augen zunichte.

»Du warst bei den Pfadfindern?«

Er nickt. »Seit ich sechs war. Mein Dad hat mich bei den Wölflingen eingeschrieben, sobald ich alt genug war. Jetzt versucht er mich dazu zu bringen, mein Adler-Pfadfinder-

Projekt abzuschließen. Die Pfadfinder sind sein Ein und Alles. Es war sein Ding, als er so alt war wie ich.«

Ich höre ein wenig Verbitterung aus seiner Bemerkung heraus. »Und du? Sind die Pfadfinder auch dein Ein und Alles?«

Er schüttelt den Kopf. »Ich bin eher ein Stubenhocker im Gegensatz zu diesen Outdoor-ich-baue-eine-Brücke-mit-einem-Schweizer-Messer-und-einer-Schachtel-Streichhölzer-Typen. Das ist nur eine der vielen Arten, wie ich es schaffe, meinen Vater zu enttäuschen.«

Ich weiß nicht, wie ich darauf reagieren soll, deshalb sage ich nichts und senke den Blick auf mein Buch.

»Ich hätte nie gedacht, dass ich jemals irgendwas benutzen würde, das ich bei den Pfadfindern gelernt habe«, fährt Brian mit auffallend leichterem Tonfall fort. »Na ja, jedenfalls bis du mir über den Weg gelaufen bist.« Er zwinkert mir spielerisch zu.

Ich verdrehe die Augen. »Freut mich, dass ich helfen konnte.«

»Ich bin einfach froh, dass es funktioniert hat«, sagt er mit einem Grinsen. »Vor dir hatte ich es nur an Dudley ausprobiert.«

»Wer ist Dudley?«

»Unser Goldendoodle.«

»Euer *was*?«

Brian lacht. »Unser Hund. Ein Goldendoodle ist eine Mischung aus einem Golden Retriever und einem Pudel. Er hat einmal versucht, einen Tannenzapfen zu fressen. War keine so gute Idee.«

Ich verziehe angeekelt die Nase. »Du hast den Heimlich-Handgriff an deinem *Hund* angewendet?«

»Es ist nicht so, als hätte ich Mund-zu-Mund-Beatmung bei ihm gemacht«, verteidigt sich Brian. »Er war am Ersticken, und ich bin zu seiner Rettung geeilt. Genau wie dir.«

»Toll«, murmele ich, da ich es nicht sonderlich schätze, mit einem Hund in einen Topf geworfen zu werden.

Er nimmt wieder seinen Stift und fängt an, ihn gekonnt durch die Finger zu flippen. »Und was ist mit dir? Warst du jemals bei den Pfadfinderinnen? Bist du von Tür zu Tür gegangen und hast Kekse verkauft?«

»So weit bin ich nie gekommen.«

Er zieht die Augenbrauen hoch, um mehr zu erfahren.

»Ich war bei einer Versammlung, als ich acht war, aber mich hat das viele Geschwafel über gemeinnützige Arbeit und dieses ganze Zeug so gelangweilt, dass ich schon am selben Tag wieder ausgetreten bin.« Ich lache laut über die Ironie des Ganzen, denn hier bin ich, sieben Jahre später, und verbringe meine Wochenenden in einem Altenpflegeheim.

»Das muss ein nettes Gefühl sein«, sagt er ein wenig gedankenverloren.

»Was?«

»Aufhören zu können, wenn einem etwas nicht gefällt.«

Ich beobachte fasziniert, wie er seinen Stift mühelos um seine Finger wirbeln lässt, wie bei einem geschickten Zaubertrick. »Das ist cool«, sage ich und zeige mit dem Kopf auf seine Hände. »Hast du das auch bei den Pfadfindern gelernt?«

Er lacht. »Das? Nein, das ist ein Debattierding. Alle Debattierer machen das.« Er greift den Stift mit Zeige- und Mittelfinger und legt ihn dann hin. »Jedenfalls, tut mir leid, dass es zwischen dir und den Pfadfinderinnen nicht hingehauen hat.«

Ich lache prustend. »*Warum?*«

»Weil ich dir auf jeden Fall Kekse abgekauft hätte.«

Mit dieser Antwort habe ich absolut nicht gerechnet. Nicht wegen des Kontexts, sondern wegen der Art, wie er es sagt. Mit einem frechen Blick in den Augen, als wollte er mit mir flirten. Als wäre John Steinbeck nicht der einzige Mensch, der Metaphern benutzt. Aber bevor ich noch weiter darüber nachdenken kann, legt Brian auch schon mit der nächsten Diskussionsfrage los und drückt eifrig seine Meinung über die Figurenentwicklung aus.

MEIN LEBEN VOLLER FRAGEZEICHEN

MEINE UNERSCHÜTTERLICHE HINGABE AN DIESEN BLOG
Gepostet am: *Montag, den 25. Oktober um 19.02 Uhr von* BB4Life

Okay, wie sich herausgestellt hat, ist Rugby *kein bisschen* wie Fußball. Mal davon abgesehen, dass man für beides einen Ball, ein Rasenfeld und ein Tor braucht, sind es wirklich zwei *sehr* unterschiedliche Spiele.

Nur um euch kurz auf den neuesten Stand zu bringen, was die Entscheidungen betrifft, die ihr für mich getroffen habt: Wie versprochen war ich heute beim Probetraining, und als ich dort ankam, hätte ich schwören können, dass ich am falschen Ort war, denn auf dem Spielfeld rannten nur Jungs herum. Erst bei näherem Hinsehen erkannte ich, dass es sich in der Tat um die *Mädchen*-Rugbymannschaft handelte, nur *sah* keines der Mannschaftsmitglieder wie ein Mädchen *aus*. Sie hatten alle Bürstenschnitte, einen strammen, muskulösen Körperbau und eine kollektive Geringschätzung für jegliche Art von traditionellen Schönheitsprodukten. Sie waren im Durchschnitt auch dreißig Zentimeter größer als ich, was mich nicht gestört hätte, wenn Rugby nicht zufällig eine Kontaktsportart wäre. Nein, Moment. Das Wort »Kontakt« ist zu schwach. Angriffssportart trifft es mehr.

Ja, angreifen. Wie bei einer heftigen, footballmäßigen Keilerei inmitten einer nassen Rasenfläche. Der Unterschied zwischen Rugby und Football ist jedoch, dass man bei Letzterem Polster und Schutzausrüstung benutzt. Bei Rugby gibt es das alles nicht. Deshalb habe ich jetzt ein blaues Auge, zwei möglicherweise verstauchte Zehen (der Schulkrankenschwester zufolge ist es nahezu unmöglich, einen gestauchten Zeh zu diagnostizieren), blaue Flecken an Stellen, an denen ich nie gedacht hätte, dass man blaue Flecken bekommen könnte, und ein so zerrüttetes Ego, dass es sich nicht mehr kitten lässt.

Ich beschwere mich aber nicht. Ich gebe einfach nur … die Tatsachen *bekannt*. Die guten, die schlechten *und* die üblen. Denn ich möchte, dass ihr wisst, wie weit ich bereit bin zu gehen, um mein Versprechen euch allen gegenüber zu halten und den Entscheidungen zu folgen, die ihr für mich trefft.

Apropos, Rhett Butlers große Klub-Eröffnung findet dieses Wochenende statt. Ich weiß, viele von euch haben schon ihre Stimme abgegeben, aber ich glaube, ich werde die Abstimmung noch *ein bisschen* länger laufen lassen, nur um auf Nummer sicher zu gehen, dass ich die Meinung *aller* kenne, bevor ich irgendetwas unternehme. Wenn ihr also neu auf diesem Blog seid, vergesst nicht abzustimmen! Und obwohl ich weiß, dass es eigentlich nicht *meine* Entscheidung ist, möchte ich bloß noch mal betonen, dass ich UNBEDINGT hingehen möchte. Ich wäre dafür sogar bereit, ein *weiteres* Rugby-Probetraining durchzustehen. Nur so zu eurer Information …

Okay, ich mach mich jetzt auf die Suche nach einem Schmerzmittel und einer Menge Abdeckcreme. Danke fürs Vorbeischauen.

Eure grün und blau geschlagene Freundin,
BB

Entschieden

Ich habe im Laufe der letzten eineinhalb Wochen gelernt, dass es nicht immer angenehm ist, sein Leben von völlig Fremden kontrollieren zu lassen ... und in Ausnahmefällen kann es sogar gesundheitsgefährdend sein.

Ich muss wohl kaum erwähnen, dass ich es nicht in die Rugbymannschaft geschafft habe.

Und ich muss wohl noch weniger erwähnen, dass mir das schnurzegal ist.

Die freiwillige Gesundheitskunde-Exkursion war am Dienstag, und wenn ich sie in einem Wort zusammenfassen darf: ÖDE! Und absolut ekelhaft. Die Ausstellung, die wir besuchten, hieß »Körperwelten« und war kein bisschen, was ich erwartet hatte. Im Grunde bestand sie ausschließlich aus sezierten menschlichen Leichen. Nein, ich mein's ernst! Ausgestellte. Aufgeschnittene. Leichen.

Ich hätte mein Mittagessen fast dreimal von mir gegeben.

Zumindest konnte ich die letzten drei Schulstunden schwänzen, und Brian Harris war bei der Exkursion auch dabei, von daher kannte ich (mehr oder weniger) *eine* Person in der Gruppe. Denn seien wir mal ehrlich, die Clique, mit der ich früher abhing, hatte nicht wirklich die Angewohnheit, sich bei freiwilligen Exkursionen anzumelden, vor allem bei solchen, bei denen es um Leichen ging. Doch nur für den Fall, *dass* ich mein Mittagessen von mir gegeben hätte und daran auf seinem Weg nach oben erstickt wäre, hätte Brian wenigstens wieder den Heimlich-Handgriff bei mir anwenden können.

Dass er bei der Exkursion dabei war, hatte aber auch seine Nachteile. Auf dem Rückweg erzählte er mir, dass dem Debattierteam eine Person fehlen würde, weil jemand die Schule wechseln musste, woraufhin er mich fragte, ob ich interessiert wäre, dem Klub beizutreten. Und ihr könnt bestimmt erraten, wie der Konsens bei *dieser* Entscheidung ausfiel.

»Auf jeden Fall!« »Meld dich an!« »Klingt lustig!« »Nette Abwechslung!« »Mach's!« Nur um ein paar Kommentare zu nennen, die Leute auf meinem Blog hinterlassen haben – der übrigens im Moment rekordverdächtige zweiundfünfzig Wähler hat.

Wie es aussieht, bin ich ab jetzt offizielles Mitglied des Parker-Highschool-Debattierteams. Ihr könnt also schon meinen Grabstein bestellen, denn hiermit ist es amtlich: Mein Ruf – oder was davon übrig ist – ist mausetot und friedhoftauglich.

Aber ich habe sowieso keine Zeit, irgendetwas zu unternehmen, dass auch nur annähernd Spaß macht. Ganz davon abgesehen, dass ich nach wie vor jedes Wochenende sechzehn Stunden gemeinnützige Arbeit abreißen muss, haben sich meine Hausaufgaben verdoppelt, seit die Entscheidung *zugunsten* meines Wechsels in Mr Simpsons Algebra-I-Kurs gefallen ist, und ich muss obendrein noch die zwei Monate Stoff nachholen, die ich verpasst habe. (Danke, Blogleser/Mathefans!)

Meine Eltern sind hingegen mit allen diesen neuen Entwicklungen in letzter Zeit *sehr glücklich.* Und zwar so sehr, dass sie meinen Laptop wieder in mein Zimmer gestellt haben, ich wieder unbegrenzt ins Internet darf *und* sie sich einverstanden erklärt haben, mein verlorenes/feuergeschädigtes Handy zu ersetzen. Yippie! Ich bin wieder im einundzwanzigsten Jahrhundert angekommen.

Nicht dass es je klingeln würde oder so was. Denn um Anrufe zu bekommen, muss man irgendwie *Freunde* haben. Aber es ist trotzdem ein gutes Gefühl, es in der Hand zu halten.

Und zur Krönung des Ganzen kenne ich mich jetzt dank meiner zweiundfünfzig treuen und (fragwürdig) klugen Blog-Leser und -Leserinnen voll und ganz mit der »Schüler-Gegen-Tierversuche«-Bewegung aus, ertrage zusammen mit meiner Mutter eine fünftägige hundertprozentig makrobiotische Diät (fragt erst gar nicht) und schaue mir eine Fernsehsendung über Fernfahrer auf Eisstraßen auf dem Discovery Channel an – ein Vorschlag meines Festplattenrekorders. Denn sobald der Festplattenrekorder fragte, ob ich es *Sehen* oder *Löschen* wollte, lag die Entscheidung nicht mehr bei mir.

Da ist natürlich immer noch die Sache mit der Eröffnungsparty morgen Abend in dem Klub, in den Hunters Dad investiert hat. Und natürlich möchte ich immer noch *unbedingt* hingehen. Meine Blog-Leserschaft muss mir jedoch noch grünes Licht geben.

Auch wenn die Abstimmung sich seit meinem letzten Post/emotionalen Erpressungsversuch *ein wenig* bewegt hat – das heißt, jetzt wollen nur noch 89 Prozent mein Glück für immer zerstören, im Gegensatz zu den vorherigen

96 Prozent –, sieht es weiterhin nicht gut aus. Selbst wenn man eine sehr günstige Fehlerspanne einrechnet, kommt man trotzdem nicht mal in die Nähe des Ergebnisses, auf das ich gehofft hatte.

Und obwohl ich weiß, dass ich geschworen habe, meine Blog-Leser nicht zu kritisieren, fällt es mir extrem schwer, dieses Versprechen zu halten. Denn jetzt mal im Ernst, was versuchen sie mir da anzutun? Ist es wirklich zu viel verlangt, dass ich ein kleines bisschen Spaß haben möchte? Ein *klitzekleines bisschen* Leben?

Anscheinend schon.

Es ist jetzt Freitagnachmittag. Die Schule ist gerade zu Ende, und ich bin auf dem Weg zu meinem ersten Debattierteamtreffen, als ich direkt vor der Tür von Raum 203 (für Insider auch bekannt als die Debattierzentrale) auf niemand anderen treffe als Rhett Butler höchstpersönlich.

»Hey, Baby Brooklyn. Was geht?«

Ich bin so überrascht, ihn zu sehen, dass ich mal wieder wie ein Vollidiot einfach bloß dastehe und ihn gut zehn Sekunden lang anglotze, bevor ich mir etwas zusammenstammele, das so ungefähr wie eine Begrüßung klingt.

»Gehst du da rein?« Er zeigt mit dem Kopf auf die Tür hinter mir. Ich wirbele herum und entdecke, dass dort ein Riesenposter hängt, auf dem steht: »Iss. Schlafe. Debattiere.«

Mein Gesicht wird vor Entsetzen feuerrot. »Äh. Zu dem Treffen des Debattierteams? Nein. Natürlich nicht.« Ich versuche zu lachen, aber es kommt vielmehr wie ein Prusten raus.

Andererseits, wenn ich nicht da reingehe, warum weiß ich dann, dass da gerade ein Treffen des Debattierteams stattfindet?

Mist.

»Also, wie geht's so?«, frage ich schnell, um ihn von meinem Versprecher abzulenken.

Er lächelt und schultert seinen Rucksack höher. »Ich kann mich nicht beschweren. Du weißt ja, dass der Klub, in den mein Dad investiert, heute Abend eröffnet wird.«

Wie könnte ich das vergessen?

»Ich würde mich immer noch freuen, wenn du kommst.«

Oh Gott. Ich glaube, mein Herz ist gerade stehen geblieben.

»Ja«, sage ich, schürze die Lippen und nicke vor mich hin, in dem Versuch, lässig zu klingen (und rüberzukommen). »Ja, ich glaube, ich werde da sein. Ich muss nur … ähm … na ja, ich habe ein paar Verabredungen, die ich verschieben muss.«

Ich glaube, das klang gut. Als wäre ich beschäftigt und gefragt. Was eigentlich recht lustig ist, wenn man bedenkt, dass mein Leben *genau* das Gegenteil ist.

»Cool«, antwortet er mit einem Schulterzucken. »Na ja, der Klub heißt *Raven*, er liegt an der Ecke Larimer und Fifteenth Street. Dein Name wird auf der Gästeliste stehen, sie werden dich also problemlos reinlassen. Ich hoffe, dass du dich entscheidest zu kommen.«

Und während ich beobachte, wie er davonmarschiert, geht mir ein einziger Gedanke durch den Kopf: »Ich hoffe auch, dass ich mich entscheide zu kommen.«

Abgelegt

Das Treffen ist schon in vollem Gang, als ich durch die Tür schlurfe. Eine hochnäsige Schleimerin namens Katy Huffington funkelt mich von vorne böse an. Jetzt mal ehrlich, ich weiß nicht, wozu sie das »ngton« am Ende ihres Namens braucht. So sauertöpfisch, wie sie guckt, würde Katy »Huffy« es auch tun.

Ich finde hinten einen freien Tisch neben Brian und zwänge mich dahinter. Ms Rich, die Vortrags- und Debattierlehrerin, steht vorne im Klassenzimmer an einem Rednerpult und erklärt etwas. Sie scheint mir mit dem Blick bis zu meinem Platz zu folgen, und gerade als ich glaube, dass ich einen auf den Deckel bekomme, weil ich zu spät bin, lächelt sie und sagt: »Willkommen, Brooklyn«, während sie die Hand in meine Richtung ausstreckt. »Unser neuestes Mitglied. Falls ihr es noch nicht gehört habt, sie wird mit Brian debattieren und Cassie Krites ersetzen, die kürzlich auf die Cherry Creek gewechselt ist. Auch wenn wir Cassie als wichtiges Mitglied dieses Teams vermissen werden, hat mir Brian versichert, dass Brooklyn kein Problem haben wird, sich schnell in die Thematiken einzuarbeiten.«

Ich lächele ein wenig selbstgefällig in mich hinein, während ich mich bemühe nicht darauf zu achten, wie Katy unverhohlen die Augen verdreht. Wenn Brian glaubt, dass ich dieser Aufgabe gewachsen bin, bin ich es vielleicht wirklich. Vielleicht ist Debattieren meine wahre Berufung im Leben, und ich war so von Labeln und unfairer sozialer Diskriminierung geblendet, dass ich es nie auch nur in Betracht gezogen habe. Wie schwer kann es schon sein? Ich meine, ich streite mich gern. Und ich kann es auch ziemlich gut. Bevor sich meine Schwester nach Harvard abgesetzt hat, habe ich die hohe Kunst des Streitens täglich trainiert. Und oft gewonnen. Vielleicht bin ich also ein Naturtalent. Es wäre nett, *etwas* zu finden, für das ich ein natürliches Talent habe.

»Brian«, fährt Ms Rich fort, »schau, ob du Brooklyn für den bevorstehenden Arvada-Wettbewerb vorbereiten kannst. Bring sie auf den neuesten Stand, was deine neue Fragestellung betrifft. Vielleicht hat sie auch irgendwelche Ideen, wie du die Probleme lösen kannst, die du mit deinen Prämissen hast. Deine Lösungsansätze sind passabel, aber nicht unwiderlegbar. Sie könnten immer noch von ein paar Korrekturen profitieren. Und denk daran, du wirst dieses Jahr nicht allein durch Relevanz punkten können. Die Preisrichter werden sich mit den Regeln viel besser auskennen als letztes Jahr. Okay?«

Brian nickt. »Kein Problem. Brooklyn und ich werden das in Ordnung bringen.«

Moment mal. WIE BITTE? Was werden wir in Ordnung bringen?

Ich habe kein einziges Wort von dem verstanden, was gerade aus dem Mund dieser Frau gekommen ist. Bin ich überhaupt im richtigen Klassenzimmer? Das ist doch der Debattierklub? Nicht der Lateinklub, oder?

Worüber um alles in der Welt hat sie gerade geredet?

Prämissen? Relevanz? Ich kann mich nicht erinnern, diese Wörter gehört zu haben, als ich mit Izzie darüber *debattierte*, wer auf dem Flug zu Grandpa am Fenster sitzen darf.

Klasse. Worauf zum Teufel habe ich mich da eingelassen?

Oder bessere Frage: Worauf zum Teufel haben *sie* mich eingelassen?

Das klingt nach einer Menge mehr Arbeit als sich einfach mit jemandem zu streiten. So viel zum Thema, meine wahre Berufung finden.

Ms Rich beendet ihre Ankündigung, die ich erneut kaum verstehe, und fordert uns alle auf, uns »an die Arbeit zu machen«. Brian rutscht seinen Tisch an meinen heran, bis sich die Tischflächen berühren.

»Und? Bist du schon aufgeregt?«, fragt er.

»Ähm …«

»Warte«, sagt er und springt von seinem Platz auf. »Ich hol erst die Akten.«

Ich schaue ihm entsetzt dabei zu, wie er zur Ecke huscht, einen gigantomanischen, schrankkoffergroßen Plastikbehälter durch den Raum schleppt und ihn dann mit einem furchterregenden Knall neben mich stellt. Er nimmt den Deckel ab, unter dem sich gefühlt Aberhunderte Ordner mit Karteireitern befinden, alle sorgfältig beschriftet mit irgendeinem komplexen, kodierten Archivierungssystem: »2N«, »1A«, »1N-CX«.

Bei der schieren Masse dieses Behälters und seines Inhalts sitze ich mit weit aufgerissenen Augen und offenem Mund da. »Was *ist* das?«

Brian sieht mich an, als würde er die Frage nicht richtig verstehen. Oder vielmehr versteht er nicht, warum ich die Frage stelle. »Das ist die Hälfte unserer Debattierordner.«

»Die Hälfte?« Ich ersticke beinahe an dem Wort.

»Ja«, sagt er, als wäre es das Offensichtlichste der Welt, und bevor ich etwas erwidern kann, verschwindet er auch schon wieder in die Ecke und hievt einen weiteren, identischen Behälter durch den Raum. Er setzt ihn neben dem ersten ab und öffnet ihn. Noch Hunderte mehr sorgfältig organisierter Ordner.

»Aber … wozu sind die?«

Er lacht, als würde ich Witze machen. Doch als ich nicht in sein Gelächter einstimme, sagt er: »Sie sind für unsere Debatte nächsten Samstag. Alle Teams haben die.«

Gerade als ich dachte, ich könnte meine Augen nicht noch weiter aufreißen. »Wir müssen diese riesigen Kästen mitschleppen?«

Brian lacht noch einmal, diesmal mischt sich etwas Zärtlichkeit darunter. »Natürlich nicht.« Und ich seufze erleichtert auf und sacke gegen meine Stuhllehne. Das heißt, bis er auf ein faltbares Metallding in der Ecke zeigt. »Dafür haben wir die Karren.«

So viel zum Thema Debattieren macht *Spaß*.

»Ich rall's nicht«, sage ich, während ich meine Augen immer noch nicht von den Plastikbehältern losreißen kann. »Wozu *brauchen* wir dieses Zeug? Steht man nicht einfach auf und … na ja … debattiert?«

Brian legt den Kopf schief und betrachtet mich wie ein kleines Kind, das seine Mutter im Einkaufszentrum verloren hat. »Was ist los, Brook? Hast du Angst vor ein paar harmlosen Ordnern?«

Ich schätze den spöttischen Unterton in seiner Stimme nicht und strenge mich an, ihm meinen Unmut durch meine steife Körpersprache zu vermitteln. »Nein«, schieße ich abfällig zurück. »Ich habe keine *Angst* vor ihnen. Es ist nur … na ja … nicht ganz, was ich erwartet hatte.«

Brian kichert. »Keine Sorge«, zieht er mich auf, während er die Behälter wieder mit den jeweiligen Deckeln schließt und sich schützend zwischen mich und die Ordner stellt. »Ich pass auf, dass sie dir nicht wehtun.« Dann fällt ihm etwas auf, und er lehnt sich zu mir vor und mustert mein Gesicht. »Obwohl«, sagt er, während er mein linkes Auge aus verschiedenen Blickwinkeln betrachtet. »Diesem Veilchen nach zu urteilen, kannst du wahrscheinlich sehr gut auf dich selbst aufpassen.«

Ich hebe sofort die Hand und berühre meinen Wangenknochen. Verdammt! Meine Grundierung lässt wohl nach. Bis jetzt ist es mir recht erfolgreich gelungen, die Prellungen meiner unglücklichen Gesicht-Knie-Begegnung mit der Erste-Reihe-Rugby-Haklerin der Parker Highschool zu verbergen. (Ich schwöre euch, so heißt diese Position wirklich – ich bin nicht einfach nur verbittert.)

»Oh«, sage ich und versuche zu überspielen, wie peinlich mir das ist. »Ja.«

»Bist du in eine Kneipenschlägerei geraten?«

Ich schüttele den Kopf. »Nein. Ich hab nur«, – ich senke die Stimme und flüstere –, »ich habe beim Probetraining der Rugbymannschaft mitgemacht.«

Er scheint einen Augenblick lang über meine Aussage nachzudenken und sich zu überlegen, was er darauf erwidern soll. Und dann, ohne Vorwarnung, bricht er in schallendes Gelächter aus. »Du? Spielst Rugby?«

Ich gehe sofort in die Defensive. »Ja? Was ist daran so lustig?«

Er schüttelt den Kopf und wirft die Hände in die Luft in

einer universellen Kapitulationsgeste. »Nichts. Entschuldige. Ich hätte dich nur nie für den Rugby-Typ gehalten.«

»Na ja«, erwidere ich und verschränke die Arme vor der Brust. »Vielleicht solltest du Leute nicht in Schubladen stecken.«

»Du hast recht. Das sollte ich wohl nicht«, räumt er ein. Dann zuckt sein Mundwinkel ein wenig, bevor er verschlagen grinst. »Und hast du's in die Mannschaft geschafft?«

Er weiß, dass ich es nicht geschafft habe. Er weiß, dass ich nicht hier wäre, wenn ich es in die Mannschaft geschafft hätte. Denn dann wäre ich jetzt beim Training. Und würde nicht in der Debattierzentrale mit einer Billion Ordnern zum Durchsehen chillen.

»Das war nichts für mich«, gebe ich abweisend zurück und strecke die Nase in die Luft.

Woraufhin er vielsagend nickt, als würde er verstehen, obwohl wir beide wissen, dass er mich nur auf den Arm nimmt. »Ja, ich weiß, was du meinst. Sie wollten, dass ich dieses Jahr Kapitän der Footballmannschaft werde, aber ich meinte nur: ›Also wisst ihr, ich glaube, ich lass mal jemand anderen ran. Ich habe noch ein paar andere Verpflichtungen. Aber danke, dass ihr an mich gedacht habt.‹«

Ich pruste abschätzig über den Witz, den ich nicht wirklich einen Witz nennen sollte, weil er, um diesen Titel zu verdienen, *lustig* sein müsste.

»Ach, halt die Klappe«, sage ich, schiebe ihn beiseite und mache den Deckel eines der Behälter ab. »Sag mir einfach, was diese Beschriftungen bedeuten.«

MEIN LEBEN VOLLER FRAGEZEICHEN

LETZTE CHANCE, DAS RICHTIGE ZU TUN!
Gepostet am: *Samstag, den 30. Oktober um 7.21 Uhr von* BB4Life

Also, heute Abend ist die große Eröffnung des Klubs von Rhett Butlers Dad, und bisher seid ihr fast alle übereinstimmend der Meinung, dass ich nicht hingehen sollte. Dass ich einfach zu Hause bleiben, voll der Loser sein und den Abend damit verbringen sollte, mir mit einem schwarzen Marker ein großes, fettes L auf die Stirn zu malen.

Aber ich möchte diese Gelegenheit zum Anlass nehmen, noch einmal an euch alle zu appellieren. Euch die Chance zu geben, einen weiteren festen, pflichtbewussten Blick auf die Situation zu werfen, nur für den Fall, dass ihre eure Meinung ändern wollt. Denn vielleicht habt ihr ja beim letzten Mal zu schnell abgestimmt. Und die Umstände nicht genügend berücksichtigt. Hey, wir machen alle Fehler. Von Zeit zu Zeit handeln wir alle voreilig und impulsiv. Und niemand urteilt darüber. Ich sage nur, dass ihr diese besondere Frage noch einmal überdenken solltet.

Daher starte ich eine brandneue Abstimmung und lasse sie bis zum Ende des Tages laufen, für den Fall, dass einer von euch seine Meinung ändert.

Doch bevor ihr eure endgültige Entscheidung trefft und diese schicksalhafte Stimme abgebt, lasst mich noch ein paar Details über Rhett Butler anmerken, die ihr vielleicht noch nicht kennt:

1) Er hat die unglaublichsten kristallblauen Augen, die ihr je gesehen habt. Sie ziehen einen in ihren Bann und halten einen gefangen, sodass man nie wieder von seiner Seite weichen will.

2) Seine Haare haben den wunderschönsten dunkelblonden Farbton. Sie sind halblang und wahnsinnig sexy, und manchmal fallen sie ihm in die Augen, und dann vergesse ich beinahe zu atmen.

3) So, wie er manche Wörter ausspricht, klingen sie, als wären sie in Schokolade getaucht. (Seufz.)

4) Er fährt ein glänzendes Mustang-Kabrio, in dem er total heiß aussieht.

So, jetzt wisst ihr alles. Betrachtet euch als gut informiert. Wie immer schwöre ich, dass ich mich dem beugen werde, was die Schlussabstimmung diktiert. Nehmt diese Entscheidung also *biiiiiiitteeee* nicht auf die leichte Schulter. Denkt lange und reiflich über eure Stimme nach, bevor ihr auf »Senden« drückt. Dieses eine Ergebnis könnte den Lauf meines Lebens drastisch ändern. Ich zähle auf euch, die richtige Entscheidung zu treffen.

Okay, jetzt mache ich mich auf den Weg, um gemeinnützig zu arbeiten.
Bis später!
BB

Auf der Suche nach Nicholas

Mrs Moody schläft, als ich ihr Zimmer betrete. Und da ich keine rechte Lust habe, während der Mensch-ärgere-dich-nicht-Stunde im Beschäftigungsraum abzuhängen, chille ich lieber hier, bis sie aufwacht. Vielleicht will sie ja, dass ich ihr wieder vorlese. Aber da es im Zimmer einer alten Dame nichts groß Aufregendes zu tun gibt, beschließe ich, mich ein wenig umzuschauen, in der Hoffnung, mir eine bessere Vorstellung davon zu machen, wer Mrs Moody ist und was sie so dermaßen … na ja, launisch macht.

Sehr viel finde ich nicht. Ihre Kommode ist vollgestellt mit allem möglichen Krimskrams, der wie das Ergebnis einer langen Karriere als Garagenflohmarktjägerin aussieht. In jedem ihrer Bilderrahmen sind Fotografien von demselben sandfarbenen Hund, wie es scheint, und ihr Bücherregal, wie wir bereits wissen, beherbergt ausschließlich *Du-bestimmst-die-Geschichte*-Romane, mit Ausnahme eines ramponierten Exemplars der Bibel irgendwo mittendrin. Daher gebe ich die Suche auf, schnappe mir eines der Bücher vom Regal – einen Titel, den ich noch nicht die Ehre hatte zu lesen –, setze mich auf den Plastikbesucherstuhl und betrachte den Buchdeckel. Bei dem hier geht es um eine Mission zum Mars und den Kampf gegen böse Außerirdische. Ich tauche in die Geschichte ein, begierig, endlich die Chance zu haben, den Verlauf der Handlung selbst zu beeinflussen, ohne dass mir Mrs Moodys schlechtes Urteilsvermögen in die Quere kommt.

Ich stütze die Füße auf den Rand des Betts und fange an zu lesen.

Schon nach zwei Seiten bin ich im Weltraum in Richtung des roten Planeten unterwegs und habe die weise Entscheidung getroffen, meinen Forschungs-Rover zum Auskundschaften nach unten zu schicken, bevor ich das Raumschiff verlasse. Aber mein Raumschiff wird schon bald in das Gravitationsfeld eines unsichtbaren Feinds gesogen, und ich muss mich entscheiden, ob ich meinen Weltraumanzug anziehen und das Schiff aufgeben oder mich von der Kraft an den Ort ziehen lassen will, an den ich auch immer gezogen werde.

Ich blättere zur Seite dreiundzwanzig, weil ich mich entscheide, von dort zu verschwinden, doch anstatt mein Schicksal als eine im Weltraum verirrte Seele zu entdecken, stoße ich auf etwas anderes.

Ein Foto.

Es ist ziemlich alt und verblichen, aber ich kann die fotografierte Person deutlich erkennen. Es ist ein kleiner blonder Junge, der einen roten Overall und ein weißes T-Shirt trägt. Er steht inmitten eines offenen Felds und hält ein frisch gepflücktes Gänseblümchen vor sich hin, als würde er es der Kamera anbieten.

Ich mustere das Foto neugierig, bevor ich es umdrehe und die Aufschrift hinten lese.

Dort steht in sauberer Schreibschrift:

Nicholas, vier Jahre alt.

Das muss der mysteriöse Nicholas Townley sein, über den sich Mrs Moody zu reden weigert. Warum sie sich weigert, über ihn zu reden, oder warum sie bei der bloßen Erwähnung seines Namens fast einen Herzstillstand bekommen hätte, weiß ich immer noch nicht, doch ich habe das starke Gefühl, dass er *nicht* einfach irgendein Typ ist, dem sie im Internet Bücher abgekauft hat.

Mrs Moody regt sich in ihrem Bett, und ich stecke das Foto schnell zurück ins Buch und das Buch in meine Tasche. Als sie die Augen aufschlägt, begrüße ich sie mit einem fröhlichen »Guten Morgen, Mrs Moody!«.

»Hmpf«, grummelt sie müde. »Du schon wieder, hm?«

Zumindest erinnert sie sich jetzt daran, wer ich bin. Das könnte man wohl als Fortschritt bezeichnen.

»Jep«, antworte ich fröhlich. »Ich bin's.«

»Was willst du diesmal?«

Mir fällt da tatsächlich etwas ein, aber ich muss erst einmal dafür sorgen, dass sie bessere Laune hat (wenn das bei dieser Frau überhaupt jemals der Fall ist), bevor ich meinen Plan ausführen kann.

»Dieser Hund ist echt süß«, merke ich an, nehme eins der gerahmten Fotos von ihrer Kommode und bringe es rüber an ihr Bett. »Was für eine Art Hund ist es?«

Bei diesem Thema scheint sie sich sofort wohlzufühlen. »Es ist ein Mischling«, grummelt sie, doch diesmal mit merklich weniger Bitterkeit in der Stimme. Sie nimmt das Foto in die Hand und betrachtet es. Einen Moment lang glaube ich fast, Sehnsucht in ihren Augen zu erkennen.

Da ich auf der richtigen Fährte zu sein scheine, frage ich weiter: »Was für eine Mischung?«

»Golden Retriever und Pudel.« Die Runzeln um ihren Mund werden ein kleines bisschen weicher, als sie ihren ehemaligen Gefährten betrachtet.

»Oh, ein Goldendoodle!«, sage ich ganz aufgeregt, weil ich tatsächlich den Namen einer Hunderasse kenne – dank Brian und seiner kleinen Heimlich-Handgriff-Tannenzapfen-Geschichte.

Aber mein zufälliges Wissen hat offenbar die gegenteilige Wirkung, denn sie legt den Rahmen mit einem Ächzen auf ihr Bett. »Diese verblödeten Hundezüchter müssen einen Namen für alles haben. Als ich Ruby noch hier hatte, haben wir das, was sie war, beim Namen genannt. Eine Promenadenmischung.«

»Ruby. Das ist ein süßer Name. Gefällt mir.«

»Hmpf. Sie haben sie mich nicht behalten lassen.«

»Wer hat Sie sie nicht behalten lassen?« Ich tue recht erstaunt.

»Die Versager, die dieses Heim leiten. Musste sie weggeben.«

Ich setze mich auf ihre Bettkante, weil ich den Eindruck habe, dass mir irgendwie ein Durchbruch gelungen ist. »Das tut mir leid«, sage ich mit düsterer Stimme, in der Hoffnung, dass mein Mitgefühl ein paar Türen öffnen und mich möglicherweise zu ein paar Antworten führen wird.

Aber jeglicher Anschein, dass sich ihre Laune verbessert haben könnte, ist längst wieder verflogen. »Es spielt sowieso keine Rolle mehr«, knurrt sie. »Sie ist bestimmt schon lange tot.«

Ich beschließe, das nicht weiter zu verfolgen, da es offensichtlich eine Sackgasse ist, und mache stattdessen mit meinem Plan weiter. »Na ja«, sage ich mit nachdenklichem

Blick. »Ich hatte gehofft, dass Sie mir bei etwas helfen könnten.«

Sie ächzt noch einmal und zieht sich die Bettdecke bis unters Kinn. »Glaub ich kaum.«

Ich hole ein Blatt Papier und einen Stift von ihrem Schreibtisch und bringe beides zu ihr rüber. Dann hebe ich die rechte Hand, lasse mein Handgelenk kreisen und tue so, als würde es wehtun. »Ich glaube, ich habe mir neulich beim Rugby das Handgelenk verstaucht, aber ich muss für Gail unbedingt meine Stunden und Aktivitäten aufschreiben. Würde es Ihnen etwas ausmachen, es für mich zu tun?«

Ich kann an der Art, wie Mrs Moody die Lippen kräuselt, ablesen, dass sie über meine Bitte nachdenkt. Nach einer Weile schiebt sie sich schließlich hoch und murmelt wenig begeistert: »Na gut.«

Ich gebe einen übertriebenen Seufzer der Erleichterung von mir. »Oh, danke! Das wäre *so* hilfreich.«

Ich lege ihr Essenstablett so über ihr Bett, dass sie es als Schreibunterlage benutzen kann, dann lege ich das Blatt Papier darauf und reiche ihr den Stift. Sie umklammert ihn so fest, dass ich Angst habe, sie könnte ihn auseinanderbrechen.

»Okay«, sage ich. »Bitte schreiben Sie: Samstag, vier Stunden, habe Mr Nichols' altes Jahrbuch geklebt.«

Sie fängt an zu schreiben, und ich lege den Kopf schräg und beobachte, wie ihre zittrigen Buchstaben auf der Seite erscheinen.

Samstag, vier Stunden, habe Mr Nichols …

»Also«, unterbreche ich sie und zeige auf die Seite. »Könnten Sie bitte die Ziffer 4 schreiben und die Zahl nicht ausschreiben?«

»Warum zum Teufel?«, protestiert Mrs Moody.

Ich zucke mit den Schultern und verdrehe die Augen. »Fragen Sie mich nicht. Gail ist einfach so pingelig bei solchen Sachen.«

»Na schön«, gibt sie mit einem höhnischen Prusten nach, radiert das Wort »vier« aus und ersetzt es durch eine Ziffer. Dann wiederhole ich den Rest des Satzes, während sie ihn zu Ende schreibt.

... altes Jarbuch.

»Ups«, unterbreche ich sie noch einmal. »Sie haben sich bei Jahrbuch verschrieben. Das *h* fehlt.«

Sie funkelt mich böse an, und ich werfe die Hände hoch. »Ich hab's Ihnen ja gesagt. Sie reitet voll auf Kleinigkeiten rum.«

Mrs Moody radiert das Wort aus und schreibt es noch einmal neu.

»Danke!«, rufe ich aus, schiebe das Blatt unter ihrer Hand weg und nehme ihr den Stift ab. »Sie sind die Beste!«

Sie mustert mich misstrauisch. »Das ist alles?«

»Jep«, antworte ich, falte das Blatt und stopfe es in meine Tasche. »Das war's.«

In dem Augenblick erwacht die Sprechanlage zum Leben, und Carols nervige Stimme (die durch den kratzigen Effekt der alten, fertigen Lautsprecheranlage noch nerviger klingt) ist zu hören. »Brooklyn Pierce. Bitte melde dich im Beschäftigungszimmer.« So wie sie meinen Namen ausspricht, lässt sich ihre Verachtung für mich deutlich heraushören. Als würde er vor Krankheiten strotzen. Und sie strengt sich auch nicht sonderlich an, sie zu verbergen.

Trotz Carols hörbarer Abneigung mir gegenüber bin ich dankbar für den Vorwand, das Zimmer zu verlassen. Ich nehme meine Büchertasche und hänge sie mir über die Schulter. »Na ja, ich gebe das jetzt lieber ab und geh zum Beschäftigungsraum. Gail braucht wahrscheinlich meine Hilfe beim Aufbau von Familien-Duell für die Game-Show-Stunde.«

Mrs Moody sinkt zurück in ihr Bett und schaut die Wand an. »Hmpf.«

Ich bleibe kurz vor der Tür stehen, werfe einen Blick zurück und mustere ihre verschlossene Körpersprache. Ich versuche einen Schuss ins Blaue. »Möchten Sie Familien-Duell mit uns spielen?«

Ihr Körper verkrampft sich noch mehr. »Ha!«, platzt sie sarkastisch hervor. »Als würde ich *je* irgendwas mit diesen alten Clowns zu tun haben wollen.«

Ich betrachte ihren angespannten Mund und ihre weißen Finger, die das Laken um ihren Mund umklammern, und frage mich, ob sie das wirklich meint. Irgendwie glaube ich es nicht. Aber wer bin ich, dass ich eine neunzigjährige Dame analysieren kann? Deshalb zucke ich einfach mit den Schultern und sage: »Okay, wie Sie wünschen«, bevor ich durch die Tür verschwinde.

Sobald ich auf dem Flur bin, nehme ich das Foto aus meiner Tasche und den Zettel aus meiner Hose. Ich kauere mich mit dem Rücken gegen die Wand und balanciere beides auf meinen Knien. Ich vergleiche den Nachnamen »Nichols« mit dem Vornamen »Nicholas« hinten auf dem Foto, dann sehe ich mir die Wörter »alt« und »Jahr« an und vergleiche sie damit, wie sie auf dem Foto geschrieben sind. Und als Letztes überprüfe ich die beiden Ziffern und bemerke jeweils den einzigartigen Bogen an ihren Rändern, mit einem kurzen, sich kräuselnden Haken am Ende.

Die Handschrift auf dem Papier ist auf jeden Fall zittriger und ein bisschen zerbrechlicher als die Schrift hinten auf dem Foto, aber ich habe keinen Zweifel, dass dieselbe Hand sie geschrieben hat. Und das kann nur eins bedeuten: Mrs Moody hat ein Geheimnis, über das sie sich zu sprechen weigert. Ein Geheimnis, bei dem es um einen Nicholas Townley geht.

Sackgasse

Ich gehe den Gang zum Empfang hinunter und tue mein Bestes, um am Beschäftigungsraum vorbeizuhuschen, damit Gail mich nicht sieht. Sobald ich in der Eingangshalle bin, suche ich jemand anderen als Carol, den ich ansprechen kann, aber sie scheint die Einzige in der Nähe zu sein. Also atme ich tief durch, wappne mich und gehe auf sie zu. »Guten Morgen, Carol«, sage ich und versuche freundlich und fröhlich zu klingen.

»Solltest du nicht im Beschäftigungsraum sein?«, fährt sie mich mit einem genervten Seufzer an. »Ich habe dich vor zehn Minuten über die Lautsprecheranlage dort hingeschickt.«

Ich verberge meinen Verdruss mit einem strahlenden Lächeln. »Ich weiß. Ich bin gerade dorthin unterwegs. Ich habe nur kurz eine Frage.«

Sie reißt die Augen weit auf, als wollte sie sagen: »Und die wäre?«

Ich zwinge ein Lachen heraus. »'tschuldigung. Ich wollte wissen, ob Mrs Moody in 4A einen Verwandten namens Nicholas Townley hat.«

Sie blättert eine Seite in der Zeitschrift um, die offen auf ihrem Schreibtisch liegt. »Keine Ahnung«, antwortet sie abweisend. »Das müsste ich in ihrer Akte nachschauen.«

Ich unterdrücke den Drang, die Augen zu verdrehen und mit einer patzigen Bemerkung zurückzuschießen, und lächele einfach weiter, bis mir die Wangen wehtun. »Würde es Ihnen etwas ausmachen, in Ihrer Akte nachzuschauen?«, frage ich so höflich wie möglich.

»Warum? Worum geht's da?«

»Oh, ich bin nur neugierig.«

»Nun ja«, erwidert sie verschnupft. »Es steht mir nicht frei, vertrauliche Patientenakten durchzusehen, nur um *deine* Neugierde zu befriedigen.«

Meine Güte, denke ich. Anscheinend ist Mrs Moody nicht die einzige Person hier, die ein Problem mit ihrer Einstellung hat. Was habe ich dieser Frau bloß getan?

Ich strenge mich an, zähneknirschend weiterzulächeln, während ich auf dem Absatz kehrtmache und murmele: »Trotzdem danke.« Dann steuere ich auf den Beschäftigungsraum zu.

»Brooklyn«, sagt Gail und klingt erleichtert, mich zu sehen. »Ich bin froh, dass du hier bist. Übernimmst du bitte das Familien-Duell-Spiel? Ich muss jemanden anrufen.«

»Klar doch.« Ich zucke mit den Schultern und nehme ihren Platz vorne im Zimmer ein. Sie schlappt aus der Tür, als ich die nächste Karte aus dem Stapel ziehe und die Frage laut einem Raum voller mehr oder weniger begeisterter Gesichter vorlese. »Was tut man, wenn es schneit?«

Eine Dame vorne ruft: »Schreien.«

Ein Mann weiter hinten brüllt: »Schimpfen!«

Ein Dritter ruft irgendwo aus der Mitte: »Sich ärgern!«

Verwirrt blicke ich auf die Karte in meiner Hand. »Nein!«, rufe ich aus, als mir auf einmal ein Licht aufgeht. »Was tut man, WENN ES SCHNEIT. Nicht *bei einem Streit*.«

»Schlitten fahren!«, antwortet die Dame vorne wie aus der Kanone geschossen.

Ich nicke, als ich einen Blick auf die Karte werfe. »Jep, das ist Nummer zwei.«

»Ski fahren«, schreit jemand anderes.

»Nummer drei«, antworte ich.

»Poh-uh«, rät der brabbelnde Mann mit der Augenklappe von irgendwo aus der Mitte.

Ich lächele gezwungen und blicke auf die Karte hinunter. »Jep. Das ist die Antwort auf Nummer 1!« Obwohl ich keinen Schimmer habe, was er gerade gesagt hat.

Der Rest der Stunde vergeht so ziemlich genauso, und als Familien-Duell vorbei ist, räume ich das Spiel ein und stelle die Schachtel ins Regal. Gail kommt wieder ins Zimmer geeilt und wirkt ein bisschen nervös. »Oh, vielen Dank, Brooklyn. Wie ist es gelaufen?«

Ich zucke mit den Schultern. »Okay, glaube ich.«

»Und wie geht es Mrs Moody?«

»Okay«, erwidere ich noch einmal.

»Weißt du«, sagt sie, nachdem sie einen Moment lang nachgedacht hat, »ich hatte wirklich meine Zweifel, als du hier angefangen hast, aber ich glaube, dass du langsam Fortschritte machst.«

Ich betrachte sie skeptisch und warte auf das »Aber«. Als es nicht kommt, frage ich: »Wirklich?«

Sie nickt. »Wirklich. Du hast es in nur ein paar Wochen schon weit gebracht. Ich glaube, es sieht gut für dich aus. Du bist Mrs Moody auf jeden Fall sympathisch, was, wie du dir denken kannst, bei den meisten Leuten nicht zutrifft.«

»Wenn wir schon beim Thema sind«, setze ich vorsichtig an. »Wissen Sie, warum sie so ist?«

Gail schaltet den Fernseher ein und zappt durch die Kanäle, bis sie auf eine dieser Gerichtsshows stößt – eine Lieblingssendung am späten Morgen hier. »Oh, wer weiß«, sagt sie traurig. »Die meisten unserer Heimbewohner schlagen sich in diesem Stadium ihres Lebens damit herum, dass sie vieles bedauern. Weißt du, sie denken über den Tod nach, machen eine Bestandsaufnahme ihres Lebens und wünschen sich, sie hätten manche Dinge anders gemacht. Manche Leute reagieren, indem sie depressiv werden. Andere Leute macht es wütend. Mrs Moody gehört eindeutig zur zweiten Kategorie.«

Dass sie Bedauern erwähnt, weckt meine Neugier. »Was würde sie bedauern, glauben Sie?«

Gail seufzt. »Das ist schwer zu sagen. Sie hat es mir jedenfalls nie erzählt.«

»Hat sie Familie?«

Sie schürzt nachdenklich die Lippen. »Mrs Moody? Nein. Soweit ich weiß, hat sie niemanden.«

»Aber wer hat sie dann hierhergebracht? Und wer bezahlt für ihre Unterbringung hier?«

»Sie hat sich selbst eingewiesen und zahlt auch die Rechnungen selbst. Oder vielmehr ihr Vermögensverwalter.«

»Dann kommt sie also *niemand* besuchen? Niemals?«

»Außer ihrem Anwalt – und dir natürlich – habe ich nie irgendeinen Besuch gesehen.«

»Oh.« Ich lege die Stirn in Falten, als mir klar wird, dass ich gerade auf eine Sackgasse zusteuere. »Na ja, sagt Ihnen der Name Nicholas Townley etwas?«

Gail schüttelt den Kopf, während sie anfängt, die Stühle aufzustapeln und den Raum für die nächste Aktivität vorzubereiten. »Sagt mir nichts. Warum?«

Einen Moment lang überlege ich, es ihr zu sagen. Ihr die Geschichte des Namens zu erzählen, der in allen Büchern steht, sowie Mrs Moodys Reaktion darauf und von dem Foto, das ich zwischen den Seiten mit ihrer Handschrift hinten drauf gefunden habe. Aber etwas sagt mir, dass ich es für mich behalten sollte. Dass, wenn ich Mrs Moody *wirklich* sympathisch bin (ganz egal, wie sie reagiert, wenn ich ins Zimmer komme), es das Richtige wäre, ihr Geheimnis für mich zu behalten. Deshalb murmele ich einfach: »Ist nicht wichtig«, und mache mich daran, Stühle aufzustapeln.

TÄGLICHE ZUSAMMENFASSUNG DER ABSTIMMUNGSERGEBNISSE

Datum: Samstag, den 30. Oktober
Benutzername: BB4Life
Blog URL: www.MeinLebenVollerFragezeichen.com

Zweite Chance: Soll ich zu der einmaligen Wahnsinns-Kluberöffnung gehen, die Rhett Butlers Dad veranstaltet?
(75 Stimmen)

Ja! Geh! Reiß alle vom Hocker! Verbring einen tollen Abend mit anderen tollen Leuten! ☺ (7 Stimmen)
▬ 9%
Nein. Bleib zu Hause. Tu nichts. Sei ein Loser und schaue dir mit deinen Eltern die Abendnachrichten an. ☹ (68 Stimmen)
▬▬▬▬▬▬▬▬▬▬ 91%

Kommentar 1:
Tut mir leid, BB, ich bleibe bei meiner anfänglichen Einschätzung.

Kommentar 2:
Ich bin neu auf diesem Blog und war bei der letzten Abstimmung darüber nicht dabei, aber nachdem ich die archivierten Posts gelesen habe, scheint mir zu Hause zu bleiben die bessere Option zu sein.

Kommentar 3:
Du bist kein Loser! Du verhältst dich einfach klug. Eine Fünf-

zehnjährige in einem Klub in der Innenstadt? Klingt nach garantiertem Ärger.

Kommentar 4:
Es ist nichts verkehrt daran, die Nachrichten zu schauen. Ob du's glaubst oder nicht, es ist cool zu wissen, was in der Welt vor sich geht. Und ich würde dir nicht raten, dich für einen Typen zu entscheiden, nur weil sein Akzent sexy ist.

Kommentar 5:
Was ist mit Heimlich? Gibt's den noch?

Schläferstadt

Ich gebe auf.

Ich mein's ernst. Ich habe mir wirklich alle Mühe gegeben, diesen Leuten ins Gewissen zu reden, aber sie sind offenbar ein hoffnungsloser Fall. Jeder Einzelne von ihnen. Na ja, außer den sieben Leuten, die so vernünftig waren, dafür zu stimmen, dass ich heute Abend in den Klub gehe. Wer sind *diese* Leute? Wo leben *sie*? Ich möchte sie kennenlernen. Mit ihnen abhängen. Ihnen auf Twitter folgen. Die Welt könnte eine Menge mehr solcher Leute gebrauchen.

Zum Rest – den *achtundsechzig* Lesern und Leserinnen, die es für besser halten, wenn ich zu Hause bleibe – fällt mir nichts mehr ein. Sie tun mir leid. Ehrlich. Sie führen offensichtlich ein sehr trauriges, erbärmliches und frustriertes Leben, in dem nie irgendetwas passiert, das man als Spaß bezeichnen könnte, und die Spätnachrichten das Highlight ihres Tages sind. Und es gibt nichts, was ich dagegen tun kann.

Aber ein Versprechen ist ein Versprechen. Und ich *bin* immer noch dankbar, dass fünfundsiebzig Leute sich die Zeit genommen haben, zu lesen, was ich zu sagen hatte, und entsprechend abzustimmen.

Deshalb werde ich tun, was sie sagen. Genau, wie ich es versprochen habe. Ich werde nicht in den Klub gehen. Ich werde nicht die ganze Nacht mit Hunter in dem süßen, (ein wenig) zu kurzen Minirock tanzen, den ich speziell für diesen Anlass ausgewählt hatte. Ich werde mich nicht in der dröhnenden Musik und dem Druck von Hunters eng um meinen Körper geschlungenen Armen verlieren, während wir uns auf der Tanzfläche näherkommen, heiß und verschwitzt, weil wir unsere Hüften wie in einem MTV-Video wild haben kreisen lassen. Ich werde nicht seine Lippen auf meiner Haut spüren, während wir in einer dunklen Ecke des Klubs heimlich einen Moment voller Leidenschaft teilen. Ich werde nichts von alledem tun.

Ich werde einfach hierbleiben, in meiner langweiligen Jeans und einem pastellgrünen T-Shirt mit der Aufschrift I LOVE CUPCAKES, und vielleicht sogar später mit meinen Eltern essen gehen.

Ja, ich werde mein Versprechen gegenüber der Blog lesenden Bevölkerung der Erde einhalten.

Aber es wird mir nicht gefallen.

Und wenn ich noch fürs Protokoll festhalten darf – für den Fall, dass noch *irgendjemand* daran zweifelt: Ich bin total und *hundertfünfzigprozentig* gegen diese Idee. Das ist *nicht* meine Vorstellung von Spaß. Und deshalb mache ich mir als stummen Protest nicht einmal die Mühe, mich umzuziehen, bevor ich mich schmollend ins Auto meines Dads setze, um in irgendeinem neuen »hippen« Bistro essen zu gehen, das gerade in der Stadt eröffnet hat. Und ich setze dieses Wort nur deshalb in Anführungszeichen, weil meine Eltern und ich, glaube ich, sehr unterschiedliche Vorstellungen davon haben, was »hip« ist.

Während wir in nördliche Richtung auf der Interstate 25 an vertrauten Sehenswürdigkeiten und kilometerweiten grünen Landstrichen vorbeifahren, starre ich aus dem Fenster, tue mir selbst schrecklich leid und wünschte, ich wäre irgendwo, nur nicht hier. Und weil ich so voll und ganz damit beschäftigt bin, in Selbstmitleid zu ertrinken, fällt mir nicht einmal auf, dass mein Dad keine der Abfahrten genommen hat, die wir sonst nehmen, wenn wir essen gehen. Und als ich den Hals recke, um nach vorne auf den Freeway zu sehen, fängt mein Herz an zu rasen, als mir klar wird, wohin wir gerade unterwegs sind …

»Moment mal, wo fahren wir hin?«, frage ich hastig, mein Ton schon fast unhöflich.

»Zum Restaurant.« Mein Dad wirft mir einen kurzen Blick im Rückspiegel zu.

»Ja, aber *wo*? Hast du nicht gesagt, es wäre in der Stadt?«

Mein Dad kichert, weil er mein Verhalten eindeutig albern findet. »Ja«, erwidert er nüchtern. »Im Stadt*zentrum*.«

Oh nein.

Nein, nein, nein, nein, *nein*.

»Wie im Stadtzentrum von Denver?«, frage ich und klammere mich an einen sich rasant auflösenden Hoffnungsschimmer, der an Wahnvorstellung grenzt.

Jetzt muss meine Mom über das Theater kichern, das ich hier gerade abziehe. »Nein«, zieht sie mich auf. »Wie im Stadtzentrum von Detroit.«

Oh Gott. Das kann nicht wahr sein.

Ich kann mich nicht auch nur *in der Nähe* des Klubs aufhalten. Mein Herz hält das nicht aus. Mein Selbstwertgefühl wird das nie überleben. Das Stadtzentrum von Denver ist nicht groß. Eigentlich ist es sogar klein. Unglaublich klein. VIEL ZU KLEIN. Die Chance, dass wir den Freeway verlassen und vorbeifahren an …

Aber als ich aus dem Fenster blicke, stelle ich fest, dass es schon zu spät ist. Denn mein Dad nimmt die nächste Abfahrt, setzt den Blinker, dreht rechts auf die 15th Street ab, und bevor ich überhaupt verarbeiten kann, was gerade passiert, bleiben wir langsam an einer Ampel stehen. Und da ist er. Direkt vor mir. Mit seinem roten Teppich, seinen Samtkordeln und schwarz gekleideten Türstehern. *Club Raven.* Die neueste Investition von Hunters Dad.

Ohne zu überlegen, tauche ich ab, schnalle mich los und werfe mich auf den Boden des Wagens. Und glaubt mir, hier unten ist es nicht gerade sehr geräumig. Vor allem, da mein Dad groß ist und den Sitz ganz nach hinten schieben muss, damit er genug Platz für seine Beine unter dem Steuer hat. Doch trotzdem bin ich hier unten. In einer extrem unbequemen Position zusammengekauert, während ich versuche, den Kopf gerade hoch genug zu strecken, um zu sehen, was in den sich kreuzenden Scheinwerfern vor sich geht, aber ohne bemerkt oder schlimmer … erkannt zu werden.

»Brooklyn, was um alles in der Welt machst du da unten?«, kreischt meine Mom und dreht sich ganz herum, um mein bizarres Benehmen unter die Lupe zu nehmen.

»Nichts«, flüstere ich, was eigentlich ziemlich bescheuert ist, da mich die Leute, die hinter den Samtkordeln Schlange stehen, sowieso nicht *hören* können. »Ich bin nur … ähm … ich habe meinen Lipgloss fallen lassen.«

»Na, dann finde ihn schnell und schnall dich wieder an«, befiehlt meine Mom genervt. »Die Ampel schaltet jeden Augenblick auf Grün.«

Doch ich antworte nicht einmal. Ich bin viel zu sehr damit beschäftigt, einen winzigen Blick auf das Spektakel zu erhaschen, das sich da draußen vor meinem Fenster abspielt. Ich schiebe das Kinn einen Zentimeter höher und blicke angestrengt durch die Scheibe. Aber trotz des Chaos, der Lichter, der pulsierenden Musik und des Tumults von Leuten, die versuchen an den Türstehern vorbeizukommen, sehe ich nur eins.

Ich sollte wohl eher eine *Person* sagen.

Und das ist Shayne.

In Schale geworfen in einem supertrendigen, superschmeichelhaften und superteuren Outfit, das ihr Vater bestimmt ohne viele Fragen für sie gekauft hat, und umgeben von allen ihren kleinen Shayne-Groupies, steht sie ganz vorne in der Schlange und zieht den kräftigen Türsteher mit ihren unwiderstehlichen babyblauen Augen in ihren Bann.

Mein ganzer Körper erstarrt zu Eis.

Natürlich ist sie da.

Und warum sollte sie nicht da sein? Es war dämlich von mir zu glauben, dass Hunter nur *mich* von der Parker High einladen würde. Vermutlich bin ich in Wirklichkeit bloß die Einzige, die so bescheuert war, die Einladung nicht anzunehmen. Oder vielmehr so bescheuert, auf die achtundsechzig Leute zu hören, die mir *gesagt* haben, dass ich sie nicht annehmen soll.

»Meine Güte. Wo kommt dieser fürchterliche Lärm her?«, fragt meine Mom stirnrunzelnd.

»Sieht so aus, als hätte gerade ein neuer Klub eröffnet«, antwortet mein Dad, während er aus dem Fenster blickt.

Meine Mom stöhnt. »Na wunderbar. Genau, was wir brauchen. Noch ein Klub. Diese Stadt wird langsam zu New York City.«

Aber ich höre kaum zu. Ich bin zu sehr davon besessen, was vor meinem Fenster abgeht. Davon, was ich verpasse. Davon, dass Shayne Kingsley direkt vor meinen Augen *meine* Nacht stiehlt.

Bei dieser ganzen miesen Situation wird mir speiübel. Zum Glück muss ich mir das Spektakel nicht viel länger ansehen. Denn ein paar Sekunden später springt die Ampel auf Grün, mein Dad tritt aufs Gas, und der Anblick und Klang von *Club Raven* und allem, was er in meinem traurigen und erbärmlichen Leben repräsentiert, verschwindet im Rückspiegel.

Doch ganz gleich, wie weit wir uns davon entfernen, es verschwindet leider nicht aus meinem Gedächtnis.

Emotionale Fusion

»Und, wie läuft die gemeinnützige Arbeit so?«, fragt mein Dad, sobald wir im Restaurant mit Speisekarten in der Hand sitzen.

Genau, was ich gerade brauche. Bei Kerzenlicht in einem romantischen, sehr persönlichen Gespräch festzustecken … mit meinen *Eltern*.

Ich murmele irgendetwas Unverbindliches, während ich die Speisekarte nach etwas absuche, das halbwegs essbar klingt. Seit wann ist Essen verschiedener Teile der Welt miteinander zu *fusen* eine akzeptable Art von Küche geworden? Ich will mein mexikanisches Essen nicht mit japanischen Gerichten *fusen*. Der mexikanische Traditionalist würde das bestimmt auch nicht besonders schätzen. Wenn ich japanisch essen will, gehe ich in ein japanisches Restaurant. Können wir bitte nicht versuchen, zwei Fliegen mit einer Klappe zu schlagen? Ist es wirklich zu viel verlangt, dass mein Burrito *nicht* mit sautiertem Ahi-Thunfisch gefüllt ist?

»Lassen sie dich immer noch dieser einen Dame vorlesen?«, fragt meine Mom in dem Versuch, behutsam Informationen einzuholen, wie ein Fischer, an dessen Angelleine etwas schwach zieht.

»Jep, immer noch.«

»Was musst du sonst noch so machen?«

Ich zucke mit den Schultern und klappe die Speisekarte zu, wobei ich mich für das Gericht entscheide, das am ungefährlichsten klingt: Hähnchen-Flautas (Wasabi-Guacamole auf einem Extra-Teller, bitte). »Na ja, das Übliche halt. Ein bisschen Bingo. Ein bisschen Familien-Duell. Rummikub. So was in der Art.«

»Oh, wir haben früher im College Rummikub gespielt«, sagt mein Dad, und ein verträumtes, nostalgisches Grinsen breitet sich auf seinem Gesicht aus. »Erinnerst du dich noch, Camilla? Am Wochenende haben meine Mitbewohner und ich immer diese Wahnsinnsrummikub-Turniere organisiert. Mann, ging's da immer hoch her. Manchmal wurde es richtig fies.«

»Wow«, sage ich sarkastisch. »Das Leben ohne Fernseher muss *so richtig* oberätzend gewesen sein, was?«

Meine Mom tut so, als wäre sie gekränkt. »Brooklyn. Dein Vater und ich sind keine Dinosaurier. Wir *hatten* Fernseher in den Achtzigern. Wir haben nur gern Zeit mit unseren Freunden verbracht. Weißt du, bevor alle über Textnachrichten und Twitter miteinander kommunizierten, haben Menschen tatsächlich von Angesicht zu Angesicht miteinander gesprochen.«

Ich ziehe die Augenbrauen hoch, als wäre ich ernsthaft daran interessiert, eine Reise in die prätechnologische Vergangenheit meiner Eltern zu unternehmen. »Klingt spannend.«

»Na, sind wir aber heute Abend in einer verdrießlichen Laune«, bemerkt mein Dad.

»Entschuldige«, murmele ich und wende mich ab. Obwohl ich nicht wirklich weiß, was »verdrießlich« bedeutet, kann ich es mir so, wie er mich über den Tisch böse ansieht, ganz gut denken.

»Was ist los?«

Ich möchte es ihnen fast erzählen, es alles hier auf der mexikanischen Fusion-Tischplatte ausspucken. Dass ich der Welt mein Vertrauen geschenkt habe und die Welt mich im Stich gelassen hat. Dass ich mein Leben in die Hand der Blog lesenden Bevölkerung gelegt habe und sie mich hat hängen lassen. Und dass, wenn sie nicht gewesen wäre, ich jetzt in der Schlange stehen, dem Türsteher meinen Namen nennen und Eintritt in die aufregendste Nacht meines Lebens gewährt bekommen würde.

Aber ich weiß, dass ich es nicht kann. Hauptsächlich aus zwei Gründen:

1) Sie würden es nie verstehen.

2) Wenn ich jetzt zugebe, dass ich die feste Absicht hatte, mich heute Abend aus dem Haus zu schleichen, um auf die Eröffnung irgendeines heißen neuen Klubs zu gehen – was mir meine Eltern nie und nimmer erlaubt hätten –, würde das nur endlos Ärger für mich bedeuten. Und ich will ihnen wirklich keinen Grund geben, meinen Hausarrest zu verlängern. Denn obwohl ich am Ende *nicht* aus dem Haus geschlichen bin, würden sich mich bestimmt schon für schuldig erklären, weil ich auch nur daran gedacht habe.

Deshalb zucke ich bloß mit den Schultern und sage: »Nichts.«

Meine Eltern bohren weiter und fragen mich über die Schule und Hausaufgaben und Lehrer aus, bis sie bei dem Thema landen, um das ich mich seit drei Wochen drücke.

»Wie geht's Shayne?«, fragt mein Dad. »Wir haben sie schon länger nicht mehr gesehen.«

»Weil ich Hausarrest habe, schon vergessen? Ich darf nichts tun oder *irgend*jemanden sehen.«

Mein Dad lacht. »Ja, ich weiß. Aber was ich meinte, war, dass du schon länger nichts mehr von ihr erzählt hast.«

Ich habe meinen Eltern noch nicht wirklich *gesagt*, dass Shayne und ich nicht mehr befreundet sind, und mir ist gerade wirklich nicht danach, darüber zu reden, deshalb sage ich: »Sie ist sehr mit ihren Sachen beschäftigt und ich mit meinen. Ihr wisst schon, Debattierteam und so.«

»Stimmt«, sagt meine Mom, und ihr Gesicht strahlt interessiert auf. Als wäre das Wort »Debattierteam« die säkulare Entsprechung meiner Ankündigung, dass ich ins Kloster gehe. »Wie ist es dazu gekommen?«

Ich seufze und sacke auf meinem Stuhl zusammen. Was soll dieses Fragespiel? Ist heute Nationaler Löcher-Brooklyn-Tag, und ich habe nur vergessen, es mir im Kalender anzustreichen? Kein Wunder, dass ich in so einer verdrießlichen Laune bin.

»Keine Ahnung«, antworte ich und trinke einen Schluck von meinem Virgin-Erdbeer-Daiquiri, den der Kellner gerade gebracht hat, während ich versuche, nicht darüber nachzudenken, dass das Wort »Virgin« nicht mal annähernd Teil meines Drinks gewesen wäre, wenn ich heute Abend im Klub von Hunters Dad wäre. »Ich wollte einfach mal ein wenig Abwechslung. Und, na ja, ich dachte, es könnte Spaß machen.«

Mein Dad öffnet den Mund, um etwas zu sagen, aber zum Glück rettet mich der Kellner vor weiteren prüfenden Fragen, als er auftaucht, um die Bestellung aufzunehmen. Und ich weiß nicht, ob es die Vorfreude auf ihre Teriyaki Lachs-Enchiladas und Hummer-Frühlingsrollen-Taquitos ist, die sie ablenkt, oder sie einfach eine unerwartete Rücksicht auf meine schlechte Laune davon abhält, weiter nachzuhaken, doch als der Kellner mit unserer Bestellung weggeht, sind sie zu anderen Gesprächsthemen übergegangen.

MEIN LEBEN VOLLER FRAGEZEICHEN

DAS LEBEN GEHT WEITER … WENN MAN MEINS ALS SOLCHES BEZEICHNEN KANN
Gepostet am: *Sonntag, den 31. Oktober um 20.14 Uhr von* BB4Life

Mein erster Debattier-Wettbewerb mit Heimlich findet diesen Samstag statt. Heimlich hat mir erzählt, dass sich das Debattierteam jeden Samstagabend im selben Diner trifft, und hat mich eingeladen, nach dem Turnier mitzukommen. Meine Eltern sind einverstanden, weil es praktisch »mit der Schule zu tun hat«. Jetzt liegt es an euch.

Das ist alles.
BB

Unter Schutt begraben

Sobald ich meinen letzten Post online stelle, habe ich wegen meines barschen Tons ein wenig Gewissensbisse. Einen Moment lang überlege ich sogar, ob ich ihn überarbeiten und mit ein paar witzigen Sprüchen und Ausrufezeichen aufpolieren soll, aber ich bin viel zu deprimiert, um die dafür nötige Energie aufzubringen. Deshalb klappe ich meinen Laptop zu, blase ein paar Minuten lang in meinem Zimmer Trübsal und breche schließlich einfach auf meinem Bett zusammen.

Ehrlich gesagt, bin ich gerade ein bisschen stinkig auf meine Blogleser. Na schön, ich bin total stinkig auf sie. Ich habe sie angeworben, damit sie mir helfen, mein Leben zu *verbessern*, nicht, damit sie es schlimmer machen. Aber genau das scheinen sie in letzter Zeit ausschließlich zu tun. Ich bin mir hundertprozentig sicher, dass sie wegen des alles andere als vielversprechenden Abends mit dem Debattierteam am Samstag ganz aus dem Häuschen sein werden, denn offenbar *steht* die Mehrheit von ihnen auf so ödes Zeug.

Abgefahrene Samstagabende in einem heißen neuen Klub, in den man nur über die Gästeliste reinkommt? Nö, lass mal stecken. Doch in den hiesigen Diner gehen, den es schon seit der Großen Depression gibt? Alles klar! Bin voll dabei!

Ich bin so niedergeschlagen, dass ich nicht mal an Halloween etwas unternehme. Aber es ist ja auch nicht so, als *könnte* ich etwas unternehmen. Ich habe natürlich immer noch Hausarrest und normalerweise muss man das Haus verlassen, um an Halloween Spaß zu haben. Daher bin ich stattdessen gezwungen, zu Hause zu bleiben und Süßigkeiten an die Kinder aus dem Viertel zu verteilen. Doch meine Laune macht aus mir nicht gerade die beste Süßigkeitenverteilerin der Welt. Denn jedes Mal, wenn ich eines ihrer lächelnden, sorgenfreien Gesichter sehe, die unter einer Prinzessinnentiara, einem Cowboyhut oder einer Laura-Ingalls-Haube hervorspitzen, kann ich mich nicht davon abhalten, ihnen mit jedem Schokoriegel, den ich in ihre wartenden Beutel fallen lasse, verbittert irgendwelche Weisheiten aufzutischen. »Lebe in vollen Zügen, solange du jung bist.« »Habt jetzt Spaß. Denn von jetzt an geht es nur noch bergab.« Oder meine persönliche Lieblingsweisheit: »Triff kluge Entscheidungen in deinem Leben, denn der Rest der Welt wird es bestimmt nicht für dich tun.«

Der erste Schneesturm des Jahres fällt auf einen Montagmorgen. Als wäre für die Wettergötter Halloween der Startschuss, den Hintern hochzukriegen und den Altweibersommer in seine Schranken zu weisen. Das bedeutet, dass der Bus wahrscheinlich zu spät sein wird. Natürlich muss *ich* trotzdem rechtzeitig an der Bushaltestelle sein. Nur für den Fall, dass er es nicht ist.

Ich ziehe den Reißverschluss an meinem Mantel hoch, schlüpfe in meine Fäustlinge, wickele mir den Schal fest um den Hals und mache mich auf den zehnminütigen Weg zur Bushaltestelle. Als letztes Jahr unsere Schulbudgets gekürzt wurden, mussten sie ein paar Bus-Strecken zusammenlegen, was längere Fahrten und weniger Haltestellen bedeutete. Der Bus fährt jeden Morgen *direkt* an meinem Haus vorbei, aber bleibt er da stehen? Natürlich nicht. Er hält fast einen Kilometer die Straße runter an. Denn anscheinend sind die fünf zusätzlichen Sekunden, die es dauern würde, vor meinem Haus anzuhalten, nicht im Budget. Wenn ich spät dran bin und Mrs Gore auf meinem Weg zur Haltestelle *zufällig* an mir vorbeifährt, glaubt ihr, dass sie dann so viel Mitgefühl hätte, stehen zu bleiben und mich einsteigen zu lassen? Natürlich nicht. Sie fährt geradewegs an mir vorbei.

Deshalb haben mich immer mein Dad oder meine Mom zur Schule gefahren. Weil ich ihnen leidtat, dass ich so weit laufen musste, um den Bus zu nehmen. Aber offenbar tue ich ihnen, seit sie die Worte »abgebranntes Musterhaus« gehört haben, nicht mehr leid. Und wie heißt es immer so schön? Man weiß nie, was man hat, bis es nicht mehr da ist. Jep, das fasst so ziemlich zusammen, wie ich mich gerade meine morgendlichen Pendelfahrten betreffend fühle.

Heute habe ich noch viel Zeit, als ich die Haltestelle erreiche. Ich stehe sogar gute zehn Minuten da und friere mir den Hintern ab, während ich darauf warte, dass der große gelbe Panzer um die Ecke kommt. Dann kauere ich mich für die fünfundvierzigminütige Fahrt zur Schule hin … die übrigens acht Kilometer entfernt ist.

Zumindest stehe ich nicht mehr im Morgengrauen auf, um mein früheres, von Shayne abgesegnetes Vorbereitungsprogramm durchzuziehen. Und ich muss zugeben, dass das einfache, einfarbige und langärmelige Hemd, das ich hinten in meinem Schrank gefunden habe, superbequem ist. Geräumig. Und überhaupt nicht einengend. Und es ist irgendwie nett, ohne zwei Kilo Make-up im Gesicht herumzulaufen. Außerdem muss ich jetzt, da ich so viel Schlaf bekomme, nicht mehr früh aufstehen, um alle möglichen Cremes aufzutragen, damit man die dunklen Ringe nicht sieht, die ich immer wegen meines Mangels an Schlaf hatte.

Hmm …

In der Schule tue ich alles, was in meiner Macht steht, um sowohl Hunter als auch Shayne aus dem Weg zu gehen. Ich habe Angst, ganz oder teilweise überhören zu müssen, wie super ihr Samstagabend war, wenn ich auch nur in der Nähe von Shayne bin. Und was Hunter betrifft, möchte ich nicht versuchen müssen, mir irgendeinen peinlichen Vorwand einfallen zu lassen, warum ich nicht da war. Das heißt natürlich, wenn ihm überhaupt *aufgefallen* ist, dass ich nicht da war. Er war wahrscheinlich zu sehr damit beschäftigt, die ganze Nacht scharfe Tanznummern mit Ihrer Königlichen Abscheulichkeit hinzulegen, um auch nur zu merken, dass ich gar nicht aufgetaucht bin. Vielleicht hätte er mich in meinem früheren Leben vermisst, als ich noch beliebt, glamourös und es wert war, von jemand so Fantastischem wie Hunter Wallace Hamilton III. beachtet zu werden. Aber nicht jetzt. Ich meine, er ist erst vor einem Monat hierhergezogen, und schon ist er der Highschool-King. Die Sorte Typ, um die sich die Leute nur so reißen. Im Grunde eine männliche Version von Shayne Kingsley.

Ich hingegen bin, na ja, so ziemlich weg vom Fenster.

Denn schaut, was aus mir geworden ist. Ein Mitglied des Debattierklubs, das seine Mittagspause in der Bibliothek verbringt. Ja, ich bin zu meinem kleinen Tisch hinten in der Bibliothek zurückgekehrt. Nach meiner Nahtoderfahrung in der Kantine vor zwei Wochen glaube ich nicht, dass ich in absehbarer Zeit in die Welt öffentlicher Mahlzeiten zurückkehren werde. Doch das bedeutet keineswegs, dass ich schummele oder so was. Bei der Abstimmung ging es genau um *den* einen Tag und nur um den. Es war von keinen weiteren Tagen die Rede.

Zumindest lassen mich die Bibliothekare jetzt Essen mit reinnehmen. Jetzt mal ehrlich, ich glaube, ich tue ihnen leid. Sogar *sie* können einen Loser erkennen, wenn sie einen sehen.

Bevor ich mich heute Morgen auf den Weg zur Bushaltestelle machte, informierte mich meine Mom zu allem Übel, dass die Baugenehmigungen und der Papierkram durch sind und der Bau des neuen Musterhauses heute beginnt!!! Spürt ihr den Sarkasmus in diesen Ausrufezeichen? Glaubt mir, er springt einen förmlich an.

Sie holt mich gleich nach der Schule ab, um mich für meinen ersten Tag harter, un(ter)bezahlter Arbeit hinzufahren. Wie es aussieht, könnt ihr meinem Lebenslauf jetzt »Bauarbeiterin« hinzufügen.

Ich stecke draußen inmitten der bitterkalten Tundra fest, schaufele verkohlten Schutt und Trümmer in eine Schubkarre und schiebe ihn zu einem Müllcontainer, den sie *problemlos* gleich neben der Baustelle hätten parken können, aber stattdessen in gut sechzig Meter Entfernung hinter einen riesigen Hügel gestellt haben. Denn bevor sie anfangen können, den feuergeschädigten Teil des Hauses wiederaufzubauen, müssen sie erst den übrig gebliebenen Schutt beseitigen. Und ich kann euch versichern, dass eine Schubkarre voll verbranntem Holz und geschmortem Metall einen steilen, vereisten Hang hochzuschieben das Schwierigste ist, das ich bisher in meinem ganzen Leben tun musste. Ganz abgesehen davon, dass verkohlter Schutt praktisch nach Kacke riecht. Ich meine, so etwas habt ihr noch nie gerochen. Und die Staubmaske, die meine Nase und meinen Mund bedeckt, hilft auch nicht wirklich. Außerdem ist die Asche von den Trümmern ekelhaft dreckig und geht *überallhin*. Nach nur zwanzig Minuten bin ich von Kopf bis Fuß mit schwarzem Ruß bedeckt.

Immerhin habe ich mein verloren gegangenes Handy wiedergefunden. Auch wenn es nicht mehr wirklich funktionstüchtig ist.

Etwa nach der Hälfte meiner Schicht als Sklavenarbeiterin beendet meine Mom ein Telefongespräch und verkündet: »Gute Neuigkeiten! Der Bauunternehmer sagt, dass der Feuerschaden sich auf den vorderen Teil des Hauses beschränkt und sich nicht auf das Fundament ausgeweitet hat. Sobald wir also den Schutt beseitigt haben, sollte es nicht länger als vier Wochen dauern, das Musterhaus wiederaufzubauen.«

Ich ziehe die Maske runter, hinter der ein weißes Oval in einem Meer schwarzen Rußes um meinen Mund herum zum Vorschein kommt, und klappe auf einem Stuhl in der Nähe zusammen. Aus der Sicht meiner Mom sind das bestimmt großartige Neuigkeiten. Aber für mich ist es genau das Gegenteil. Ihre Worte hallen gespenstisch durch meinen Kopf wie ein Todesurteil. Vier Wochen. Vier Wochen. VIER WOCHEN! Es klingt vielleicht nicht nach einer langen Zeit. Doch in diesem elenden Loch könnte es genauso gut lebenslänglich bedeuten.

Als ich am Abend nach Hause komme, lasse ich mir ein Bad einlaufen und weiche meine müden, geschwärzten Knochen in einer Wanne voll heißem, schaumigem Wasser ein. Ich finde Asche an Orten, von denen ich nicht mal sprechen möchte, glaubt mir. Während ich so daliege, vor mich hin einweiche und versuche, die Reste des Tages wegzuwaschen, wird mir klar, dass ich zwei Optionen habe: Ich kann weiterkämpfen – das heißt lästern und stöhnen und mich beschweren über die Art, wie mein Leben sich entwickelt –, oder ich kann aufgeben. Mich mit der Tatsache abfinden, dass aus Hunter und mir nie etwas werden wird. Dass Shayne wie immer ihren Willen bekommen wird und ich den kommenden Monat auf einer Baustelle arbeiten werde.

Und jetzt mal ehrlich, was bringt es zu kämpfen, wenn ich sowieso nie gewinne? Und mehr oder weniger dazu bestimmt bin zu verlieren, ganz gleich, was ich tue? Vielleicht *ist* es wirklich Teil meiner DNA. Gibt es vielleicht so etwas wie ein Versager-Gen?

Als ich mich tiefer in mein Schaumbad sinken lasse, das von dem ganzen Ruß trüb und grau geworden ist, fühle ich mich nach diesem Eingeständnis meiner Niederlage irgendwie befreit. Sogar erleichtert. Das Einzige, was ich jetzt noch tun kann, ist vermutlich, mein Loser-Schicksal zu akzeptieren und zu versuchen, das Beste daraus zu machen.

Im Licht des Armaturenbretts

Mein erster Debattier-Wettbewerb ist dieses Wochenende, und ich fühle mich total unvorbereitet. Auch nachdem mir Brian erklärt hat, wie die gigantischen Ordnerbehälter organisiert sind und die Debatte strukturiert ist, bin ich immer noch völlig planlos. Deshalb treffen Brian und ich uns diese Woche fast jeden Tag, um zu üben. Das Thema ist illegale Einwanderung in Amerika und was man dagegen tun soll. Oder ob wir überhaupt etwas dagegen tun *sollten*. Ich gebe es ja nicht gern zu, aber alle Artikel und Studien, die Brian zu dem Thema gesammelt hat (genügend, um zwei gigantische Plastikbehälter zu füllen), sind recht interessant. Ich habe sie jetzt fast alle gelesen, und es ist verrückt, wie viele Informationen es gibt, die beide Seiten der Diskussion stützen. Ich meine, ich sitze in der Debattierzentrale, lese einen Artikel darüber, was für ein großes Problem illegale Einwanderung ist, welche ernste Bedrohung sie für unsere Gesellschaft darstellt und rege mich schrecklich darüber auf, bis Brian mich selbstgefällig angrinst, mir den Artikel aus der Hand nimmt und ihn durch einen anderen ersetzt, der mich vom genauen Gegenteil überzeugt. Dann fängt das Ganze wieder von vorne an. Das ist wohl das Wesen der Debatte.

Am Samstagmorgen steht die Entscheidung fest. Dreiundachtzig Prozent meiner mittlerweile zweiundneunzig Blog-Leserinnen und -Leser sind dafür, dass ich mit dem Parker-High-Debattierteam einen draufmachen soll. Entschuldigt, wenn ich vor Erstaunen nicht in Ohnmacht falle. Ich *war* jedoch überrascht festzustellen, dass ganze *siebzehn* Leute es für eine schlechte Idee hielten. Vielleicht fächert sich meine Leserschaft endlich ein bisschen auf und umfasst nicht mehr nur öde Wissenschaftsfreaks. Diese Woche habe ich zumindest ein paar Leute angezogen, die Rücksicht auf die gesellschaftlichen Regeln der Highschool nehmen. Nicht dass es eine Rolle spielt. Sie sind immer noch die Minderheit. Und ich bin immer noch weg vom Fenster.

Brian holt mich zu Hause ab, um mit mir zum Wettbewerb zu fahren. Er findet in der Arvada-Highschool statt, die ungefähr eine Autostunde von hier entfernt liegt. Die erste Runde fängt um acht Uhr morgens an, weshalb er mich um halb sieben abholt. Ein bisschen zu früh fürs Wochenende, aber egal. Nicht meine Entscheidung, oder?

Zumindest komme ich heute um die gemeinnützige Arbeit herum. Denn im Prinzip ist Debattieren eine »schulische Aktivität«.

Doch das Schlimmste an der ganzen Sache ist, dass ich ein Kostüm tragen muss. Ja, genau, einen Rock mit passender Jacke … *und* Nylonstrumpfhosen. Und Brian hat mich bereits gewarnt, keinen zu kurzen Rock anzuziehen. Damit ich die konservativeren Richter nicht vor den Kopf stoße. Das schließt also im Grunde meine gesamte Garderobe aus. Meine Mom musste am Donnerstag mit mir zum Einkaufszentrum fahren, um etwas … »Angebrachteres« zu finden. Und ihr könnt mir glauben, dass ich *kein* bisschen

Lust habe, es anzuziehen. Erst mal ist es das langweiligste Grau aller Zeiten. Der Rock geht mir bis zu den Knien, der Schnitt der Jacke ist völlig unvorteilhaft, und ich werde eine Kortisonsalbe brauchen, um das Jucken des Wollrollkragenpullis loszuwerden, den ich darunter tragen muss.

Kein Wunder, dass alle im Debattierklub noch Jungfrau sind.

Ich binde mein Haar zu einem straffen, glatten Pferdeschwanz – weil die Mädchen in den Debattiervideos, die ich mir mit Brian anschauen musste, ihr Haar so tragen – und sprühe es oben und an den Seiten mit extrastarkem Haarspray fest, damit keine Härchen abstehen.

Brian ist um Punkt halb sieben da, und ich sammele meine Sachen zusammen, werfe einen letzten Blick in den Spiegel und gehe nach draußen, während ich mich gegen die Kälte wappne. Als ich die Tür seines Pick-ups öffne, muss ich zweimal hinsehen. Es ist draußen immer noch richtig dunkel, und einen Augenblick lang frage ich mich ernsthaft, ob ich ins richtige Fahrzeug einsteige. Denn die Person, die hinter dem Steuer sitzt, ist kaum wiederzuerkennen. Sie weist nicht die *geringste* Ähnlichkeit mit meinem Debattierpartner auf.

Sein lockiges braunes Haar, das sonst ziemlich widerspenstig ist und in alle Richtungen absteht, ist nach hinten gegelt. Seine übliche Aufmachung, schwarze Jeans und weißes T-Shirt, ist durch einen recht schnittigen marineblauen Anzug ersetzt worden, der ihn irgendwie außergewöhnlich und wichtig aussehen lässt. Als würde er mir gleich Aktienpreise runterrattern oder so was.

Seine Brille ist verschwunden. Ich nehme an, dass er stattdessen Kontaktlinsen trägt. Und vielleicht ist es nur eine optische Täuschung im Licht des Armaturenbretts, aber seine Augen funkeln tatsächlich. Ein paar Sekunden lang kann ich nicht anders, als ihn anzustarren. Er sieht einfach so … so … *anders* aus.

»Steig ein«, grummelt er und klingt genervt. »Du lässt die kalte Luft rein.«

»Oh, entschuldige«, sage ich aufgeschreckt, hüpfe auf der Beifahrerseite hinein und schließe die Tür hinter mir.

Ohne ein weiteres Wort legt Brian den Rückwärtsgang ein und fährt aus der Einfahrt.

»Ist alles in Ordnung?« Ich werfe einen verstohlenen Seitenblick auf seine mürrische Miene.

»Ja«, murmelt er, während er scheinbar versucht, sich aus einem Tief zu reißen. »'tschuldige. Ich habe mich ziemlich heftig mit meinem Dad gestritten, bevor ich los bin. Ich stehe wahrscheinlich immer noch neben mir.«

»Möchtest du darüber reden?«

Er blickt weiter geradeaus und konzentriert sich auf die Straße. »Nicht wirklich.«

»Okay«, antworte ich schnell.

»Es geht gleich wieder«, versichert er mir. »Gib mir nur ein paar Kilometer Zeit, wieder runterzukommen.« Dann nach einer kurzen Pause und einem tiefen Seufzer sieht er mich aus dem Augenwinkel an und fügt hinzu: »Du siehst gut aus.«

Ich lache spöttisch über das Kompliment. »Ja, klar. Ich sehe wie die spießige Frau eines Politikers aus.«

»Nein«, widerspricht er mir schnell. »Du siehst wie eine Debattiererin aus.«

Ich verdrehe die Augen. »Klasse. Lebensziel erreicht.«

Er ignoriert den Seitenhieb, als er an einer roten Ampel

anhält und betrachtet mein Kostüm noch einmal genauer. Dieses Mal ruht sein Blick länger auf mir. Ist durchdringender. Ich spüre, wie er mich an sich zieht. Ich beiße mir auf die Lippe und will mich gerade wegdrehen, als er sagt: »Ich bin froh, dass du dein Haar hochgesteckt hast.« Dann streckt er die Hand aus und berührt sanft den Haaransatz an meiner linken Schläfe.

Seine Aussage ist so unerwartet – ganz zu schweigen von seiner Berührung –, dass mir jegliche Erwiderung im Hals stecken bleibt.

»Die Frisur gefällt mir.«

»Wirklich?«, bringe ich gerade so hervor. Aber nur schwach. Leise. Es ist kaum hörbar. Eigentlich fange ich an mich zu fragen, ob er es überhaupt gehört hat – ob ich die Frage nur in Gedanken gestellt habe und mir die Worte gar nicht über die Lippen gekommen sind –, denn er antwortet nicht. Das Licht verändert sich, und er richtet seine Aufmerksamkeit wieder auf die Straße. Ich blicke durchs Fenster nach draußen und betrachte den Himmel, der langsam zu einem wunderschönen Gemälde aus Pink und Grau wird. Ich bin dankbar, dass die Sonne endlich aufgeht. Denn mit Brian im Dunkeln zu sitzen bringt mich völlig durcheinander.

Kurznachrichten und Griesgrame

Wir haben gewonnen!

Wir haben tatsächlich gewonnen. Unser allererster Debattierwettbewerb, und wir haben es ihnen *gezeigt*! Wir haben in allen *drei* Runden gesiegt, und es fühlt sich *wahnsinnig* gut an. Vor allem, nachdem wir die ganze letzte Woche so hart gearbeitet haben. Ich meine, von der unaufhörlichen, hoffnungslosen Aufgabe abgesehen, mein Betriebssystem »Shayne-kompatibel« zu halten, wofür habe ich in meinem Leben sonst jemals so hart gearbeitet? Genau genommen für nicht viel.

Zugegeben, Brian war mir bei *Vielem* eine echte Stütze. Reichte mir während meiner Kreuzverhöre Anmerkungen, hielt Stichwortkarten während meiner Konterargumentation hoch und flüsterte mir aufmunternde Worte zu, bevor ich aufs Podium gehen und sprechen musste. Aber ganz gleich, was wir getan haben, es hat offensichtlich funktioniert, weil wir am Ende 3–0 gewonnen haben. Für mein erstes Turnier sollte ich darauf sehr stolz sein, sagt Ms Rich. Und wisst ihr was? Das bin ich!

Am Ende dieses langen Tages sitzen Brian und ich wieder in seinem Pick-up und sind unterwegs zum Diner, um die anderen zu treffen. Ich bin immer noch ganz aus dem Häuschen über unseren Sieg und durchlebe noch einmal die besten Momente, während er versucht, ein paar versteckte Kritikpunkte zu meiner Leistung dazwischen zu mogeln. Na ja, Kleinigkeiten wie aufrechter am Rednerpult zu stehen, nicht in die Defensive zu gehen, wenn das andere Team mich ins Kreuzverhör nimmt, und nicht »Aha!« zu schreien, wenn mein Gegner nicht auf eine meiner Fragen antwortet. Ich gebe zu, dass ich mich da etwas habe hinreißen lassen.

»Vergiss nicht, egal, wie oft wir gewinnen«, setzt er ernst an, »es gibt immer Steigerungsmöglichkeiten.«

Und obwohl ich genauso ernst nicke, als würde ich ihm wirklich zustimmen, geht mir eigentlich nichts anderes durch den Kopf als *Wir haben gewonnen! Wir haben gewonnen! Ich kann's einfach nicht fassen!* Wenn mir jemand vor drei Monaten erzählt hätte, dass ich an einem Samstagabend um neun von einem von der Schule gesponserten Debattierwettbewerb nach Hause fahren würde, hätte ich ihm wahrscheinlich ins Gesicht gelacht. Eigentlich, nein. Ich wäre wahrscheinlich einfach weggegangen, bevor er den Satz zu Ende sprechen konnte, weil ich schon bei »von der Schule gesponsert« nicht mehr zugehört hätte.

Aber hier bin ich. Dank meiner Blog-Leserschaft. Und obwohl ich immer noch stinksauer auf sie bin, weil sie mich letztes Wochenende nicht in den Klub hat gehen lassen, muss ich ihr wirklich für dieses Gefühl danken. Gewinnen ist ein Wahnsinnsgefühl. Ich meine, auch wenn es nur bei einer Debatte ist.

Auf halbem Weg nach Hause weicht der Siegestaumel allmählich völliger Erschöpfung. Ich hatte keine Ahnung, wie fix und alle ich bin, bis meine Augenlider anfangen, sich wie Blei anzufühlen und mein Kopf wie bei einer Stoffpuppe nach vorne floppt.

Brian lacht nur, als hätte er diese Gefühlskette schon einmal durchgemacht und wüsste genau, wie ich mich fühle. »Mach ruhig. Schlaf ein wenig«, sagt er, während er aus dem Fenster schaut. »Wir haben noch vierzig Minuten, bevor wir …«

Doch ich höre den letzten Teil gar nicht mehr, weil ich schon völlig weg bin.

Ich wache mit dem Geräusch eines weit entfernten Piepens auf, unsicher, wie lange ich weg war. Ich schlage langsam die Augen auf, während ich versuche, auszumachen, worauf mein Kopf ruht. Etwas irgendwie Hartes, aber gleichzeitig Bequemes. Und es fühlt sich so kratzig wie Wolle an.

Ich blicke auf, und mein Gesicht läuft sofort rot an, als mir klar wird, dass ich auf Brians Schulter eingepennt bin. Und da ist sogar eine kleine Sabberpfütze auf seiner Jacke als Beweis. Ich wische mir schnell den Mund ab und drücke mich in eine Sitzposition hoch. »Tut mir leid«, sage ich mit einem beschämten Kichern.

Doch Brian, der sich ganz auf die Straße konzentriert, zuckt nur mit den Schultern, als hätte er es nicht mal gemerkt. »Keine große Sache. Du warst echt müde.«

»Was war das für ein Piepen?«, frage ich und sehe mich um.

»Ich glaube, das war dein Handy.«

Ich schaue ihn an, als hätte er irgendwas geraucht. »Mein Handy?« Seit wann macht mein Handy auch nur irgendein Geräusch?

»Es war nicht meins.«

Ich greife in meine Tasche und nehme das Telefon heraus. Ich kenne mich immer noch nicht hundertprozentig mit dem Gerät aus, weil es neu ist und ich es, seien wir ehrlich, nicht wirklich benutze, außer um meine Eltern anzurufen. Ich weiß, wahnsinnig aufregend. Aber ich brauche keine Anleitung, um die Nachricht auf dem Bildschirm zu entziffern.

`Neue Nachricht von 720-555-9098`

Eine Nachricht? Wer um alles in der Welt würde *mir* eine Nachricht schicken? Vor allem abends um halb zehn. Die einzige Person, die momentan – von meinen Eltern mal abgesehen – mit mir spricht, sitzt direkt neben mir. Die Nummer sagt mir nichts, doch ich erkenne an der Ortsnetzkennzahl, dass es jemand von hier ist.

Neugierig geworden tippe ich auf »OK«, um die Nachricht zu lesen, und japse lautstark.

`Hey, Hunter hier. Hab dich letztes Wochenende im Klub vermisst. Hab dich nicht in der Schule gesehen. Wo warst du?`

Als ich aufblicke, bemerke ich, dass Brian mich mit einem superbesorgten Ausdruck im Gesicht anstarrt. Als er an einer Ampel anhält, beugt er sich rüber und versucht, einen Blick auf die Nachricht zu werfen. »Was ist passiert?«

Ich drücke das Handy besitzergreifend an die Brust und komme mir sofort bescheuert vor, dass ich wegen einer dämlichen Nachricht so ein Theater mache. »Oh, nichts«, sage ich und winke ab. »Nur … ähm … meine Eltern. Sie haben mir eine Nachricht geschickt … äh … dass meine Großmutter zu Besuch kommt.«

Brian blickt misstrauisch. »Deine Großmutter ruft so eine Reaktion bei dir hervor?«

Ich gebe ein angestrengtes Lachen von mir. »Ja … na ja … niemand mag sie wirklich. Sie ist … na ja … ein Griesgram. Wir nennen sie Grandma Griesgram. Meine Mom sagt, sie hätte sich den Spitznamen einfallen lassen. Aber ich bin mir ziemlich sicher, dass ich sie als Erste so genannt habe.«

Okay, Zeit, die Klappe zu halten.

»Ah-ha«, erwidert Brian schließlich, drückt aufs Gas und konzentriert sich wieder auf die Straße.

Ich vergewissere mich, dass seine Aufmerksamkeit voll und ganz in Anspruch genommen ist, und tippe hastig eine Antwort an Hunter.

`Sorry wegen Samstag. Konnte meinen Alten nicht entkommen.`

Ich drücke auf »Senden«, halte die Luft an und schwöre mir, erst auszuatmen, wenn ich eine Antwort erhalte. Zum Glück für meine Lungen lässt sie nur dreißig Sekunden auf sich warten.

`Was machst du heute Abend?`

Oh mein Gott, oh mein Gott, oh mein Gott!

Hunter Wallace Hamilton III. hat mich gerade gefragt, was ich heute Abend mache!

Ich versuche, meine Aufregung im Zaum zu halten, bekomme das aber eindeutig nicht besonders gut hin, weil Brian wieder zu mir rüberblickt und fragend die Augenbrauen hochzieht, als würde er einen Liveticker meiner SMS-Konversation erwarten. »Gute Neuigkeiten?«

»Oh«, trällere ich und zeige mit dem Kopf auf das Handy. »Ja. Ähm. Grandma übernachtet in einem Hotel.« Und dann, um noch etwas glaubwürdiger zu wirken, tue ich so, als würde ich mir die Stirn wischen. »Puh! Was für eine Erleichterung.«

Er lächelt höflich, und ich fange an, wie wild zu tippen.

`Nicht viel. Hänge nur ab.`

Natürlich werde ich Hunter anlügen. Ich kann ihm schließlich nicht die Wahrheit sagen. »Oh, ja, hi, Hunter. Hänge nur mit meinem Debattierpartner ab. Kommen gerade vom Wettbewerb zurück. War echt super.«

Mann, bestimmt nicht! Für wie behämmert haltet ihr mich?

Also, wenn ich es mir recht überlege, beantwortet das lieber nicht.

Hunters nächste Nachricht kommt noch schneller als die letzte.

`Lass uns was unternehmen. Wo soll ich dich abholen?`

Jetzt mal im Ernst, hat jemand Koffein in mein Wasser getan? Mein Herz schlägt so schnell, dass es keinen wirklichen Rhythmus mehr hat. Es ist vielmehr ein ununterbrochenes Summen. Und ich muss mich *so* was von anstrengen, meine Reaktion im Zaum zu halten, weil mir langsam erfundene Details über meine Großmutter ausgehen. Ganz zu schweigen davon, dass ich mich schuldig fühle, Brian anzulügen. Aber ich kann ihm die Wahrheit nicht sagen, weil …

Na ja, ich bin mir nicht wirklich sicher, warum. Er würde es nicht verstehen. Er scheint mir nicht der Typ zu sein, der nachvollziehen kann, wie aufregend es ist, spät am Abend eine Nachricht von sexy Südstaatlern mit römischen Ziffern hinter ihrem Namen zu erhalten.

»Wir sind fast da«, teilt Brian mir mit, fährt vom Freeway ab und biegt links auf die Parker Road.

»Oh!«, rufe ich aus, als mir plötzlich etwas klar wird. »Ach ja. Der Diner.«

Er lacht. »Hast du das vergessen?«

»Nein. Natürlich nicht.«

Okay, ich hab's doch *irgendwie* vergessen. Aber nur für eine Sekunde.

»Es ist nur …« Meine Stimme verhallt, als ich sehnsüchtig mein Handy betrachte, das ich immer noch in der Hand halte.

Ich weiß, ich habe gesagt, dass ich hingehen würde.

Ich weiß, meine Blog-Leser haben bestimmt, dass ich diesen Samstagabend so verbringen werde, und ich habe versprochen, zu tun, was auch immer sie entscheiden.

Doch ich weiß auch, dass diese Gelegenheit einfach zu gut ist, um sie sich entgehen zu lassen. Der Debattierteam-Treff ist ganz informell, sie tun das ständig, nach *jedem* Wettbewerb. Ein Abend allein mit Hunter hingegen ist eine einmalige Gelegenheit.

Und außerdem, auch wenn ich die Zeit hätte, nach Hause zu laufen, einen Blog zu schreiben, eine neue Abstimmung zu posten und auf eine Antwort zu warten (und das habe ich auf keinen Fall), weiß ich ja schon, wie die Antwort ausfallen würde. Was meine Blog-Leser mir raten würden zu tun. Man braucht keinen Harvard-Abschluss, um sich das denken zu können.

Aber wisst ihr was? Es ist mir egal. Vergesst sie alle. Sie haben mir schon mein letztes Wochenende versaut. Ich werde nicht zulassen, dass sie mir auch noch dieses Wochenende den Spaß verderben.

»Es ist nur so, dass …?«, wiederholt Brian und unterbricht meinen Gedankenfluss.

»Na ja, es ist nur so, dass …«, fahre ich fort, während ich an Selbstvertrauen gewinne und die Vorfreude auf den bevorstehenden Abend das schlechte Gewissen verdrängt, das ich wegen meiner Unehrlichkeit habe, »… weißt du, jetzt da meine Großmutter morgen kommt – Grandma Griesgram –, muss ich meinen Eltern helfen, das Haus auf Vordermann zu bringen. Staubsagen, putzen, das Bettzeug im Gästezimmer wechseln und das alles …«

Brian runzelt verwirrt die Stirn. »Hast du nicht gesagt, dass sie im Hotel übernachtet?«

»Na ja, ja …«, stammele ich und komme mir bescheuert vor. »Tut sie auch! Aber sie inspiziert gern das Haus, wenn sie kommt. Du weißt schon, will sich vergewissern, dass es sauber ist. Jetzt verstehst du bestimmt, warum niemand sie mag.«

Ich schwöre euch, über Brians Gesicht huscht nur ein kleiner Anflug von Enttäuschung, doch bevor ich mir sicher sein kann, wird sie schnell durch ein Schulterzucken und sein übliches sorgloses Lächeln ersetzt. »Na gut. Soll ich dich nach Hause fahren?«

»Oh nein!«, sage ich ein bisschen zu heftig, und Brian zieht argwöhnisch die Augenbrauen zusammen. Ich schaue aus dem Fenster und erspähe einen Minisupermarkt an der nächsten Kreuzung. »Ich meine, ich möchte nicht, dass du einen Umweg fahren musst. Lass mich einfach hier raus, meine Eltern können mich hier abholen.«

Das ist ein genialer Plan, wenn ich das mal so sagen darf. Meine Eltern denken ja sowieso, dass ich den Abend mit dem Debattierteam verbringe. Außerdem kann ich ins Klo des Ladens schlüpfen und dieses hässliche Outfit ausziehen, bevor Hunter kommt.

Brian setzt den Blinker und wechselt auf den richtigen Fahrstreifen. »Bist du sicher?«

»Hundertpro.«

Er biegt auf den Parkplatz des Minisupermarkts und hält vorm Eingang an. Ich schnalle mich ab, schnappe meine Handtasche vom Boden und springe aus dem Pick-up. Brian kurbelt an der Fahrerseite das Fenster herunter.

»Danke fürs Mitnehmen«, sage ich fröhlich.

»Ich kann mit dir warten, bis deine Eltern kommen.«

»Nein, nein«, erwidere ich und ziehe den Reißverschluss meiner Jacke hoch. »Musst du nicht. Ich will dich nicht aufhalten, deine Freunde zu treffen. Fahr ruhig. Richte allen einen schönen Gruß aus und dass es mir leidtut, dass ich nicht kommen konnte.«

»Okay …«, sagt er widerwillig.

»Fahr schon«, beharre ich und versuche unbeschwert und scherzhaft zu klingen und kein bisschen, wie ich mich wirklich fühle (völlig verzweifelt nämlich). »Viel Spaß. Iss

Pfannkuchen. Es ist alles *guuuuuut.*« Ich ziehe das Wort absichtlich in die Länge, in der Hoffnung, dass es so noch überzeugender klingt.

»Na schön«, stimmt er mir schließlich zu. »Schade, wir werden dich heute Abend vermissen.«

»Ja«, erwidere ich geistesabwesend. »Ich werde euch auch vermissen.« Aber ich höre ihm kaum mehr zu, weil ich bereits wild auf meinem Handy herumtippe, um Hunter zu sagen, dass er mich in zwanzig Minuten vom Parkplatz des Minisupermarkts abholen soll.

Albtraum-Markt

Das Klo des Minisupermarkts ist nicht gerade das, was ich mir unter einem perfekten Vorbereitungsort für ein erstes Date vorstelle. Das Licht ist schrecklich, der Spiegel ist weiß verschmiert – ich will nicht mal wissen, womit –, und es fällt mir extrem schwer, mich umzuziehen, ohne dass meine nackten Füße den schmutzigen Boden berühren. Der gelbe Eimer mit dem Mopp in der Ecke steht natürlich rein zur Dekoration da.

Das zusätzliche Outfit, das ich dabeihabe, war für den lockeren Abendtreff im Diner gedacht und ist nicht annähernd von dem Kaliber, das ich sonst für ein Date mit jemandem wie Hunter Wallace Hamilton III. aussuchen würde, aber da ich nur die Wahl zwischen den mitgebrachten Kleidern und meinem grässlichen Kostüm habe, steht die Entscheidung ziemlich schnell fest.

Meine Haare sind immer noch straff zum Pferdeschwanz gebunden, aber da ich keine Haarprodukte mitgebracht habe, muss ich sie so lassen. Doch ich schaffe es, feine Strähnchen herauszuzupfen und mein Gesicht mit ihnen zu umrahmen, damit die Frisur nicht ganz so … streng aussieht. Dann hole ich die Wimperntusche und den Lipgloss aus meiner Tasche und tue mein Bestes, um mein Gesicht ein bisschen aufzuhübschen.

Aber ich ramme mir beinahe den Lipgloss in die Nase, als ein lauter Knall vor der Tür ertönt und mich aufschrecken lässt. Es klingt so, als hätte einer der Regalauffüller gerade einen riesigen Stapel Getränkedosen umgeworfen, während er dabei war, die Kühlschränke aufzufüllen. Das ist bestimmt voll ätzend.

Ich werfe einen letzten Blick in den Spiegel – nicht das Meisterwerk, das ich mir gewünscht hätte, doch das muss wohl genügen – und stopfe meine Sachen zurück in meine Tasche. Als ich aus dem Klo komme, bin ich zunächst überrascht, wie leise es ist. Noch vor zehn Minuten war hier die Hölle los, und jetzt herrscht Totenstille. Nicht einmal die Kasse gibt einen Piep von sich.

Dann sehe ich die Frau auf dem Boden. Sie liegt mit dem Gesicht nach unten da, die Arme unter sich, während sie die Stirn auf den Fliesen ruhen lässt. Sie scheint zu weinen.

Oh Gott, denke ich. *War das das Geräusch, das ich gehört habe? Ist sie hingefallen und hat sich verletzt?*

Ich trete einen Schritt nach vorne, und da sehe ich alle anderen. Insgesamt zehn Leute. Alle auf dem Boden. Und bevor ich überhaupt begreifen kann, was los ist, hält mir jemand den Lauf einer Waffe ins Gesicht und schreit mich an.

»Runter! Runter auf den Boden! SOFORT!«

Ohne weiter nachzudenken, falle ich auf die Knie und lege mich auf den Bauch. Jetzt kann ich nur noch Füße sehen. Dreckige weiße Turnschuhe mit schlammverkrusteten Sohlen. Zum Glück bewegen sie sich weg von mir. Zurück in die Richtung, aus der sie kamen. Der Kasse.

Noch mehr Gebrüll, aber ich wage es nicht, aufzusehen. Ich halte den Kopf gesenkt und finde es extrem ironisch, dass ich noch vor ein paar Sekunden im Klo herumgetanzt bin, in dem Versuch, den dreckigen Boden nicht mit meinen nackten Füßen zu berühren, und jetzt knutsche ich ihn praktisch.

»Das Geld! In den Beutel! Denk nicht! Mach!«

Ich drehe den Kopf zur Seite und stelle Blickkontakt mit einer Frau im Alter meiner Mom her. Sie hyperventiliert offenbar. Der Typ auf meiner anderen Seite murmelt leise Gebete vor sich hin.

Ich weiß, ich sollte Angst haben – und wie alle anderen mit Gott verhandeln –, doch aus irgendeinem Grund bin ich einfach nur genervt. Das hätte wirklich nicht zu einem unpassenderen Zeitpunkt passieren können. Also jetzt mal im Ernst. Ein Raubüberfall? In Parker, Colorado? Wie wahrscheinlich ist das?

»Niemand rührt sich!« Die weißen Turnschuhe rennen jetzt hin und her. Unfähig, stehen zu bleiben. Aus meinem Blickwinkel sieht es beinahe so aus, als würden sie irgendeine Tanznummer hinlegen. Tango vielleicht? Oder ein netter Foxtrott.

Genau in diesem Moment klingelt es auf einmal schrill, und ich höre, wie mehrere Leute nach Luft schnappen. Die Frau neben mir vergräbt den Kopf in den Händen, als wollte sie nicht mal sehen, was als Nächstes passiert.

Mist.

»Wem gehört das klingelnde Handy?«, brüllt der bewaffnete Räuber.

Ich weiß, dass es meins ist, weil das Licht vom Bildschirm durch den Stoff meiner Tasche scheint, aber ich werde bestimmt nicht die Hand heben und mich melden, also halte ich die Klappe.

Das Telefon klingelt weiter, was die weißen Turnschuhe offenbar stinksauer macht, denn sie rennen jetzt wie wild im Laden umher und suchen nach der Quelle des Geräuschs. »Holt alle eure Handys raus und legt sie auf den Boden, wo ich sie sehen kann«, befiehlt er.

Zum Glück hört das Klingeln in dem Moment auf, als ich mein Handy aus der Tasche hole, aber ich kann auf dem Display sehen, dass ich einen Anruf in Abwesenheit von Hunter habe. Und gerade als ich es auf den Boden vor mir lege, blinkt eine Nachricht auf.

Ich recke den Hals, um sie zu lesen, doch bevor ich die Wörter entziffern kann, taucht plötzlich eine riesige schwielige Hand vor meinen Augen auf und lässt das Handy aus meinem Blickfeld verschwinden.

Verdammt! Das war von Hunter! Jetzt werde ich nie erfahren, was er geschrieben hat.

Er fragt sich vermutlich, wo ich bleibe. Fragt sich, warum ich nicht auf dem Parkplatz bin, wo ich in diesem Moment eigentlich sein sollte. Was, wenn er keine Lust mehr hat zu warten und geht? Was, wenn er glaubt, dass ich ihn schon wieder versetzt habe?

Wenn sich Weiße Turnschuhe doch bloß mit dem beeilen würde, was er hier vorhat, könnte ich Hunter vielleicht noch erwischen, bevor er mich ganz abschreibt. Ich überlege, ob ich versuchen sollte, an den menschlichen Anstand der Schuhe zu appellieren und sie bitten, mich vom Geisel-Dienst zu befreien, aber sogar *ich* weiß, dass das nicht sehr schlau wäre. Ganz gleich, was passiert, Waffe sticht immer süßen Typen aus. Sogar Hunter.

Außerdem wirken die Schuhe allmählich wirklich genervt. Ich meine, ich weiß, dass es nur ein Paar dreckige

Sneaker sind, doch sie scheinen eine eigene Persönlichkeit entwickelt zu haben. Und in diesem Moment ist die stinksauer.

Daher heißt das wohl, dass ich meinem romantischen Abend mit Hunter Wallace Hamilton III. Adiós sagen kann. Echt schade. Diesmal war ich *so* nah dran.

Ich höre, wie sich die Schublade der Kasse mit einem Knall schließt, und schöpfe wieder Hoffnung. Vielleicht ist die Sache fast vorbei! Vielleicht kann ich doch auf mein Date gehen! Aber meine Hoffnung zerschlägt sich sehr schnell, als ich sehe, wie sich die mir mittlerweile allzu vertrauten roten und blauen Lichter im Ladenfenster widerspiegeln. Kurz darauf heulen die Sirenen los. Und da der Klang aus allen Richtungen zu kommen scheint, gehe ich davon aus, dass wir umzingelt sind.

Jetzt kann ich nur noch stöhnen und meine Wange auf den kalten Fliesenboden legen, während mir ein Gedanke durch den Kopf geht. *Na, klasse. Nicht schon wieder.*

Geiselnahme

Das ist meine Strafe, oder? Das Universum bestraft mich dafür, dass ich mein Versprechen gebrochen habe. Dafür, dass ich mich über die Wünsche meiner Blog-Leserschaft hinweggesetzt und selbst eine Entscheidung getroffen habe. Und wir sind uns wohl in diesem Moment *alle* völlig einig, dass es eine ziemlich grottige Entscheidung war.

Wie immer.

Eine spontane Entscheidung, und ich bin wieder dort, wo ich angefangen habe. Umgeben von den flackernden Lichtern der Notfahrzeuge und Fernsehteams. Und zu allem Übel sieht es nicht so aus, als würde ich in nächster Zeit von dem dreckigen Boden aufstehen können. Die Ankunft unserer kleinen Katastrophenbegleitmannschaft scheint den Typen mit den weißen Turnschuhen erst recht sauer zu machen, denn jetzt weigert er sich, den Laden zu verlassen. Er hat auch so was geschrien wie, dass er »Geiseln hat« (uns, nehme ich an) und deshalb nicht auf die Polizei hören muss.

Die Polizisten haben einen Unterhändler mitgebracht, der den Laden immer wieder mit den unterschiedlichsten Angeboten anruft, aber den widerlichen Grunzgeräuschen nach zu urteilen, die der bewaffnete Räuber jedes Mal von sich gibt, wenn er rangeht, vermute ich, dass er mit den Angeboten nicht zufrieden ist.

Minuten und schließlich Stunden vergehen, und ich bekomme vom Rumgeliege Rückenschmerzen. Das Einzige, womit ich mir die Zeit vertreiben kann, ist, an Hunter zu denken und daran, dass er mittlerweile vermutlich wieder zu Hause ist, meinen Namen verflucht und sich schwört, nie wieder mit mir zu reden. Ich denke auch an Brian und frage mich, wie sein Pfannkuchenabend so läuft. Wenn ich doch nur auf meine Blog-Leser gehört und mich wie versprochen an das Ergebnis der Abstimmung gehalten hätte, dann könnte ich jetzt auch in dem Diner sitzen. Stattdessen liege ich bäuchlings auf diesem ekelhaften Boden.

Und allein bei dem Gedanken an mit Sirup getränkte Pfannkuchen fängt mein Magen an zu knurren. Habe ich schon erwähnt, was für einen Bärenhunger ich hier unten auf dem Boden bekommen habe? Es ist wirklich die reinste Qual, denn ich liege direkt neben einem vollen Gebäck-Regal. Da gibt es alles, was das Herz begehrt, von Schokoladenkeksen bis hin zu leckeren Mini-Muffins. Wisst ihr, wie oft ich überlegt habe, mir eine Packung zu schnappen, sie aufzureißen und mir einen in den Mund zu stopfen? Es wäre so einfach, ich müsste nur *ein wenig* die Hand ausstrecken und schon hätte ich meinen Zuckerrausch.

Aber die weißen Turnschuhe neigen dazu, sich aufzuregen, wenn einer von uns auch nur zu laut atmet. Und das kann ich irgendwie verstehen. Er steht offenbar gerade unter einem Wahnsinnsstress. Er hat da vorne im Laden *eine Menge* Süßigkeiten gegessen. Und als er das letzte Mal vorbeigelaufen ist, sind ihm Schweißtropfen das Gesicht heruntergelaufen und auf den Boden neben mir getropft. Außerdem hat er angefangen, in einer Sprache vor sich hin zu murmeln, die ich nicht verstehe. Jep, der Druck wird auf jeden Fall langsam zu viel für ihn. Ich sage euch eins: Ich beneide ihn gerade überhaupt nicht.

Na ja, ich meine, von den Süßigkeiten abgesehen.

Nach drei langen, unbequemen Stunden auf dem Boden kommt es endlich zu einer Vereinbarung. Eigentlich ist es nicht wirklich eine Vereinbarung, sondern vielmehr eine Kapitulation. Weiße Turnschuhe ist wohl zu dem Schluss gekommen, dass er nicht gewinnen kann, und um zwei Uhr morgens tritt er aus dem Laden ins grelle Licht der Nachrichtenwagen und Kamerateams.

Keiner von uns weiß so richtig, was wir jetzt machen sollen. Wir sehen uns alle an und warten, dass einer den ersten Schritt macht und aufsteht. Aber wir sind vermutlich immer noch von der Furcht gelähmt. Außerdem sind meine Beine so steif, dass ich mich bestimmt eine ganze Woche lang nicht mehr werde bewegen können.

Drei Polizeibeamte kommen ein paar Sekunden später durch die Türen gestürmt und versichern uns, dass der Albtraum vorbei ist und wir aufstehen und gehen können. Mit einem Seufzer drücke ich mich vom Boden ab, halte mich am Gebäckregal fest, um das Gleichgewicht nicht zu verlieren, und rappele mich auf.

Sobald meine Beine nicht mehr schwabbeln und ich das Gefühl habe, auf festem Boden zu stehen, sehe ich zu den uniformierten Polizisten und erkenne sofort Officer Banks, der mich vor einem Monat aus der Polizeiwache entlassen hat. Er erkennt mich offensichtlich auch, denn er grinst, kommt zu mir und legt einen Arm um mich. »Baby Brooklyn«, sagt er und drückt mir die Schulter. »Schon wieder gerettet.«

Ich lache schwach und erwidere halbherzig: »Ja, toll was?«

»Du scheinst ein Talent dafür zu haben, zur falschen Zeit am falschen Ort zu sein, was?«

Was für eine scharfsinnige Bemerkung.

»Geh mal schnell raus«, sagt er zu mir. »Deine Eltern warten. Sie werden bestimmt froh sein, dich zu sehen.«

Ich staube mein T-Shirt ab und schnappe mir meine Tasche vom Boden. »Danke.«

Als ich nach draußen in den Medienrummel trete, stelle ich glücklich fest, dass meine Eltern nicht die Einzigen sind, die auf mich warten. Hunter ist auch da. Und anstatt sauer zu gucken, dass ich ihn versetzt und nicht zurückgerufen habe, sieht er tatsächlich *besorgt* aus. Nachdem meine Eltern gut zehn Minuten lang um mich herumscharwenzelt sind, drückt mich Hunter ganz fest und so eng an sich, dass ich sein Aftershave riechen kann. Es ist so ein tolles Gefühl, dass ich überlege, mich häufiger mit einer Waffe bedrohen zu lassen.

»Hi«, murmele ich verlegen, während ich aus dem Augenwinkel die Reaktion meiner Eltern auf unseren Austausch beobachte. »Es tut mir leid, dass ich unsere Pläne vermasselt habe.«

»Es tut dir leid?«, wiederholt Hunter ungläubig. »Dass ein Spinner beschlossen hat, einen Supermarkt zu überfallen, während du drin bist?« Er lacht und drückt mir die Schultern. »Brooklyn, das war *nicht* deine Schuld. Ich bin bloß froh, dass es dir gut geht. Ich habe mir *solche* Sorgen um dich gemacht.«

»Wirklich?«

Er lacht noch einmal und schüttelt den Kopf. »Ja!

Ich hab die ganze Zeit daran gedacht, was passieren würde, wenn …« Er unterbricht sich und umarmt mich noch einmal fest. »Weißt du was, vergiss es. Ist nicht wichtig.«

Ein paar Minuten später erklären meine Eltern, dass sie mich jetzt nach Hause fahren, damit ich mich ausruhen kann, und bringen mich zum Auto. Während ich durch die Menge von Fotografen, Nachrichtenwagen und Familienmitgliedern anderer Geiseln geleitet werde, denke ich darüber nach, was Hunter gerade zu mir gesagt hat. Dass es nicht meine Schuld ist, was heute Abend passiert ist. Dass ich an nichts von alledem schuld bin.

Aber so sehr ich mich auch anstrenge, ich kann mich nicht dazu bringen, das zu glauben.

Denn obwohl ich weiß, dass der Mann, der mittlerweile als Viktor Dolinsky identifiziert worden ist, als der Verantwortliche für die Ereignisse des heutigen Abends in die Geschichte eingehen wird, obwohl ich weiß, dass alle auf diesem Parkplatz – von der Polizei über die Sanitäter bis hin zu den Journalisten – *seinen* Namen nennen werden, wenn sie sich kritisch über schlechtes Urteilsvermögen und schlechte Entscheidungen auslassen … werde ich immer die Wahrheit kennen.

Ich werde immer wissen, wer wirklich die Schuld trägt.

MEIN LEBEN VOLLER FRAGEZEICHEN

DANKBAR
***Gepostet am**: Sonntag, den 7. November um 20.20 Uhr von* BB4-Life

Meine lieben Blog-Leserinnen und -Leser! Ich möchte diese Gelegenheit zum Anlass nehmen, euch für eure Zeit, euer wohl überlegtes Feedback und eure Loyalität diesem Blog gegenüber zu danken. Heimlich und ich haben nicht nur unsere erste Debatte gewonnen, ich hatte gestern Abend auch noch *Wahnsinns*spaß im Diner. Es hat *alle* meine Erwartungen übertroffen. So viel Spaß hatte ich schon seit *Jahren* nicht mehr! Ich fühle mich heute leicht wie eine Feder. Schwebe auf einer Wolke. Deshalb möchte ich euch dafür danken, dass ihr mich in die richtige Richtung gewiesen habt.

So und jetzt zur heutigen Tagesordnung:

1) Wir sind mit *Früchte des Zorns* fast ganz durch. Jetzt müssen wir uns für ein Shakespeare-Stück entscheiden. Also, was meint ihr? *Was Ihr Wollt* oder *Julius Caesar*? Außer dass man einen Salat nach Julius Caesar benannt hat, weiß ich mal wieder absolut gar nichts über beide Stücke. Bitte stimmt ab!

2) Mit unserem gestrigen Debatten-Sieg haben Heimlich und ich uns für das nächste große Turnier nächstes Wochenende qualifiziert. Diesmal müssen wir in einem Hotel übernachten. Klingt interessant. Was meint ihr? Soll ich teilnehmen?

3) *Vogue Girl* fragt, ob ich mein Abonnement erneuern will. Hey, ich muss eine Wahl treffen! Ihr seid also gefragt.

Noch einmal Danke an euch alle! Meine Blog-Leserschaft ist mittlerweile auf hundertfünfzig Leute angewachsen, und ich bin für jeden Einzelnen von euch dankbar.

Bis später …
BB

Mein altes brandneues Ich

Okay, ich habe gelogen. Aber nur was den Teil mit dem Diner betrifft. Der Rest des Blogs ist die reine Wahrheit. Doch ich konnte nicht zugeben, dass ich ihnen nicht gehorcht habe. Dass ich das Ergebnis der letzten Abstimmung einfach ignoriert habe und deswegen Opfer eines dreistündigen Geiseldramas geworden bin. Vor allem, weil seit zwölf Stunden in einer ununterbrochenen Schleife und auf jedem Lokalsender darüber berichtet wird und über die Fernsehbildschirme flimmert, wie ich den Laden verlasse und mit meinen Eltern wiedervereint werde. Dass »Baby Brooklyn« dreizehn Jahre nach dem Schacht-Fiasko erneut aus einer Krisensituation gerettet werden musste, ist offenbar eine medienwirksamere Geschichte als die aller anderen Leute, die genau dasselbe durchmachen mussten. Und wenn ich darüber schreibe, was letzte Nacht *wirklich* passiert ist, werde ich auf jeden Fall auffliegen. Dann wird jemand mit Sicherheit zwei und zwei zusammenzählen und dahinterkommen, wer ich bin.

Deshalb habe ich gelogen. Um meine Identität zu schützen. Und *vielleicht* auch ein kleines bisschen, um das Gesicht nicht zu verlieren. Ich meine, ich bin nach dem Fehler von gestern Abend nicht gerade *stolz* auf mich. Wünsche ich mir, ich könnte alles rückgängig machen? Ja. Wünsche ich mir, ich wäre in Brians Pick-up geblieben und wie versprochen zu dem dämlichen Diner gefahren? Ja. Und habe ich meine Lektion gelernt, welche Folgen es hat, wenn ich mich über meine Blog-Leserschaft hinwegsetze? Hundertprozentig.

Keine Umwege mehr. Keine kurzfristigen Abweichungen vom Plan. Von jetzt an gilt, was sie sagen.

Am Montagmorgen stehe ich im Morgengrauen auf. Heute ist ein sehr wichtiger Tag, weil ich Hunter zum ersten Mal seit dem peinlichen Fiasko am Samstagabend wiedersehe. Ich meine, er *hat* vor dem Laden auf mich gewartet und das ist toll und so, aber es bedeutet auch, dass ich in dem Moment wie ein kompletter Zombie aussah, nachdem ich drei Stunden lang mit einer Waffe auf meinen Kopf gerichtet auf dem dreckigen Boden gelegen hatte. Ich möchte nicht, dass er mich in dem Zustand in Erinnerung behält.

Außerdem schreiben die Zeitungen *nach wie vor* über diese Geschichte mit meinem Bild darunter. Jetzt werden mich die Leute in der Schule vermutlich wiedererkennen. Und auf *keine* gute Art.

Deshalb muss ich heute fantastisch aussehen. Nein. Nicht einfach fantastisch. *Atemberaubend.* Wie jemand, der gerade vom Set eines *Vogue*-Fotoshoots kommt.

Mein früheres, druckreifes Glamour-Programm ist zwar ein wenig auf der Strecke geblieben, seit Shayne mich aus dem begehrten Co-Pilotensitz befördert hat, doch jetzt ist es an der Zeit, mich zusammenzureißen und mein Schönheitsregime wieder aufzunehmen.

Ich lasse mir viel Zeit beim Duschen, wasche mir die Haare *zweimal* und lasse die Spülung wie auf der Flasche angegeben *drei* Minuten im Haar, während ich akribisch jeden Millimeter meiner Beine rasiere und besonders auf jede schwer erreichbare Stelle achte.

Währenddessen kann ich Shaynes Stimme in meinem Kopf hören, wie ein Drill-Sergeant, der sicherstellt, dass ich nicht aus der Reihe tanze und keine Abkürzungen nehme. »*Es spielt keine Rolle, dass es draußen zu kalt ist, um einen Rock zu tragen. Man sollte nie mit behaarten Beinen erwischt werden. NIEMALS. Die Konsequenzen überwiegen bei Weitem die zusätzlichen paar Minuten, die es dauert, sich täglich zu rasieren.*«

Ich hüpfe aus der Dusche, trockne mich ab und krame unter dem Waschbecken nach meinen alten Vorräten, wobei ich tonnenweise Behälter unterschiedlichster Größe mit verschiedenen beliebtheitsverbessernden Produkten zu Tage fördere, die ich in meiner momentanen gesellschaftlichen Situation für nutzlos erachtet hatte. Ich creme mich sorgfältig von oben bis unten mit *zwei* verschiedenen Feuchtigkeitslotionen ein: Die erste wird bis zur Mittagspause meine blasse, nach Sonne lechzende Haut um eineinhalb Farbtöne bräunen, und die zweite verleiht der besagten gebräunten Haut einen seidenen, strahlenden Glanz.

»*Nur weil wir in Colorado leben, heißt das nicht, dass wir nicht so aussehen können, als wären wir gerade am Strand gewesen*«, kann ich Shayne sagen hören. »*Sogar im November. Nicht nur kalifornische Reality-Stars können das ganze Jahr über braun gebrannt sein. Schließlich hat Gott Selbstbräuner aus einem bestimmten Grund erfunden: um gleiche Voraussetzungen für alle zu schaffen.*«

Als Nächstes ziehe ich mein nasses Haar mit einem

Haarband nach hinten, um mich meines Gesichts anzunehmen. Mit den meisterhaften Pinselstrichen einer gut ausgebildeten Künstlerin verwandle ich meine Augen in durchdringende, verführerische Portale, die von intensiven, samtigen Mokka- und Zimtfarbtönen und dramatischen mitternachtsfarbenen Wimpern umrahmt sind. Ich trage eine dicke Schicht lippenauffüllenden Lipgloss auf, der wie verrückt brennt, während er langsam in die Haut einzieht und seine Wirkung entfaltet, indem er mir diesen begehrten Hollywood-Schmollmund-Look verleiht.

»Wahre Schönheit – zumindest die beneidenswerte Sorte – ist nicht einfach zu erreichen. Und ist häufig mit Schmerzen verbunden. Glaubst du, die Promis im Fernsehen sind wegen ihres Aussehens, wenn sie früh am Morgen aus dem Bett steigen, Sexsymbole geworden?«

Normalerweise gehen mir die quälenden Erinnerungen an Shaynes diktatorische Gebote und strenge Verhaltensregeln auf die Nerven, und ich tue mein Bestes, um sie auszublenden. Doch heute Morgen höre ich aufmerksam zu. Blühe bei den herzlosen, aber effektiven Ermutigungen auf. Und zum ersten Mal seit Langem bin ich tatsächlich dankbar für meine fünf langen und harten Jahre in Shayne Kingsleys Beliebtheits-Bootcamp. Denn auch wenn ich keine Soldatin mehr in ihrem gekünstelten, pink gekleideten Trupp bin, sind die Infos immer noch nützlich. Vor allem an einem Tag wie heute.

Zwei Stunden später trete ich aus meinem Badezimmer und sehe absolut perfekt aus. Wie aus einer Hochglanzzeitschrift ausgeschnitten. Von den sanften Wellen in meinem Haar zu den trendigen Schuhen an meinen Füßen. Und ich muss zugeben, dass mir das Endprodukt, das ich im Spiegel betrachte, ein gutes Gefühl gibt. Ich fühle mich gestärkt. Selbstsicher. Ich will ja nicht zu eingebildet klingen, aber die Person, die mir gerade entgegenblickt, ist wirklich verdammt hübsch.

Ehrlich gesagt ist es schon so lange her, seit ich sie das letzte Mal erblickt habe, dass ich wohl vergessen hatte, wie sie aussah. Oder dass sie überhaupt die Fähigkeit hatte, *so* auszusehen.

Wie jemand, der an den Arm eines heißen Typen wie Hunter *gehört*.

Und ich muss sagen, es ist schön, wieder da zu sein.

Nach den traumatischen Geschehnissen am Samstagabend habe ich meinen Eltern so leidgetan, dass sie eingewilligt haben, meinen Hausarrest aufzuheben. Ich muss immer noch zweimal die Woche auf der Baustelle arbeiten, bin aber nicht mehr jeden Abend ans Haus gefesselt. Und sie haben versprochen, mich wieder jeden Morgen zur Schule zu fahren, damit ich den stinkenden, alten Bus nicht mehr nehmen muss.

Mein neuer/alter Look zeigt offenbar Wirkung, denn sobald mich meine Mom an der Schule rauslässt und ich durch den Eingang marschiere, sind alle Blicke auf mich gerichtet. Vielleicht zeigt es aber auch ein bisschen *zu* viel Wirkung, denn ich schaffe es nicht mal mehr den Gang hinunter. Schon nach zwei Sekunden bin ich von einer riesigen Menschenmenge umgeben. Leute rufen meinen Namen und stellen mir Fragen, und ich bin so überwältigt, dass es mir völlig die Sprache verschlägt. Ich stehe einfach nur völlig perplex da, während merkwürdige, stammelnde Geräusche aus meinem Mund kommen.

»Oh mein Gott, Brooklyn. Ich hab dich in den Nachrichten gesehen. Geht's dir gut?«

»Hat er dir die Waffe an den Kopf gehalten?«

»Hast du gedacht, dass du sterben würdest?«

»Bist du wirklich Baby Brooklyn, das Mädchen, das vor dreizehn Jahren in den Grubenschacht gefallen ist?«

Ich versuche, mir einen Weg durch die Menge zu bahnen, kann mich aber nicht vom Fleck rühren. Es sind einfach zu viele Leute. Das ist der reinste Irrsinn! Ich bin mittlerweile so nah an die Reihe Spinde hinter mir zurückgewichen, dass sich mir ein Kombinationsschloss in die Wirbelsäule drückt.

Ich sehe, wie eine Hand durch die Menschenmenge nach mir greift, mich am Ärmel packt und herauszieht. Erst als ich an der Menschenwand vorbei bin, in ein leeres Klassenzimmer gezerrt werde und die Tür hinter mir zufällt, bekomme ich meinen Retter zu Gesicht. Es ist Hunter.

»Danke«, sage ich ein wenig atemlos. »Das war abgefahren.«

»Wie geht's dir?«

»Mir geht's gut!«, erwidere ich und tue seine Sorge mit einer Handbewegung ab. »Supergut.«

»Wir haben wirklich nicht viel Glück damit, zusammen abzuhängen, was?«, fragt er.

Ich lache nervös und schüttele den Kopf. »Nein, wirklich nicht.«

»Ich habe Angst, du könntest in einem südamerikanischen Gefängnis landen oder so was, wenn ich dich noch einmal frage, mit mir auszugehen.«

»Ach, das bezweifle ich«, gebe ich schnell zurück.

»Na ja, wie wär's dann damit«, schlägt er mit einem

schelmischen Grinsen vor. »Geh mit mir nächsten Monat auf den Winterball.«

Mir fällt die Kinnlade herunter, und ich will lauthals Ja schreien, als mir der Blog wieder einfällt. Und dass es mir nicht freisteht, diese Frage eigenständig zu beantworten. Insbesondere nach allem, was das letzte Mal passiert ist, als ich versucht habe, mich über die Wünsche meiner Blog-Leserschaft hinwegzusetzen. Anstatt zu sagen, was ich wirklich will, antworte ich also: »Danke. Ich denk drüber nach.«

Und bete, dass er nicht gleich gekränkt auf dem Absatz kehrtmacht und aus der Tür marschiert, während er so was wie »Vergiss es!« murmelt.

Doch Hunter lacht einfach, als wäre das Teil irgendeines komplizierten Spiels, das er nur zu gerne mitspielt, und drückt meine Taille. »Okay, Brooks, mach das.«

Ich will gerade durch die Tür gehen und mich der furchterregenden Menschenmenge da draußen stellen, als mir ein Gedanke kommt. Eigentlich ist es eine Erinnerung. Ich erinnere mich an die Nacht der Klub-Eröffnung. Und wie ich Shayne draußen habe warten sehen. Und dann höre ich mich fragen: »Was ist mit Shayne?«

Hunter scheint von meiner Frage überrascht, aber nicht abgeschreckt. »Was ist mit ihr?«

»Hast du mit ihr geknutscht?«, platze ich heraus, bevor ich mir irgendetwas Kreatives einfallen lassen kann, um die Unverblümtheit meiner Frage zu verschleiern. »Vielleicht sollte ich das nicht fragen, aber ich muss es wissen.«

Er drückt sich die Finger gegen die Schläfen, als würde er rasende Kopfschmerzen abwehren, die sich gerade zusammenbrauen. »Ähm …«, setzt er an und klingt verblüfft und durcheinander.

»Ich meine, das ist schnell passiert. Ich kenne *eine Menge* Jungs, die es getan haben.«

»Nein«, sagt er schließlich, nimmt meine Hand und hält sie vor sich. »Definitiv nicht. Und ich habe es auch absolut nicht vor.«

»Aber …«, setze ich an und beiße mir auf die Lippe, »sie war da. Im Klub an dem Abend. Sie ist hingegangen und ich nicht.«

Hunter blickt noch verwirrter. Als würde ich eine völlig andere Sprache sprechen. »Nein«, sagt er noch einmal. »Ich weiß mit Sicherheit, dass sie nicht da war.«

»Bist du sicher? Weil …«

Doch Hunter unterbricht mich, indem er meine Hände drückt. »Ich weiß es mit Sicherheit, weil ich ihren Namen nicht auf die Gästeliste gesetzt habe.«

Überrascht denke ich an den Abend zurück, als ich mich im Auto meines Dads auf den Boden geworfen und wie ein ungeschickter Spion aus dem Fenster gespäht habe. Ich sah, wie Shayne den Typen mit dem Klemmbrett mit ihren großen blauen Augen anklimperte und dann, wie sie reinging. Aber habe ich das wirklich gesehen?

Moment, vielleicht habe ich sie *gar nicht* reingehen sehen. Vielleicht habe ich nur *angenommen*, dass der Türsteher sie reingelassen hat.

»Also, du meinst, wenn sie nicht auf der Gästeliste stand …«, setze ich an.

»Ist sie auch nicht reingekommen«, beendet er meinen Satz.

Als es zur Mittagspause klingelt, ertrinke ich beinahe in den verschiedensten Vorschlägen, wie ich meine Wahnsinnsgeschichte am wirkungsvollsten mit der Welt teilen kann. Die Schülerzeitungsreporter wollen mich für einen Sonderbeitrag darüber interviewen, wie ich nur knapp dem Tod entronnen bin. Eine der religiösen Gruppen möchte, dass ich vor ihrer Kirchengruppe über Nahtoderfahrungen spreche und wie es meine Meinung von Jesus verändert hat. Die Theater-AG will sogar eine Nachstellung meiner dreistündigen Geiselnahme inszenieren. Einen Titel für das Stück haben sie auch schon gefunden: »Im Terror gefangen. Die Brooklyn-Pierce-Geschichte.«

Ich kapier's nicht. Das ist definitiv *nicht* die Reaktion, mit der ich gerechnet hatte. Ich dachte, man würde mich bemitleiden. Ich dachte, Leute würden mir ein flüchtiges, falsches Lächeln zuwerfen und dann hinter meinem Rücken über mich herziehen, wie mitleiderregend ich bin. Ich hätte mir nie im Leben träumen lassen, dass ich eine Art Schulheldin werden würde.

Ich habe vor, mich während der Mittagspause wieder in der Bibliothek zu verstecken und über Hunters Einladung zum Winterball zu bloggen, aber etwa ein Dutzend Leute fangen mich auf dem Weg dorthin ab und schleifen mich förmlich in die Kantine. Alle wollen, dass ich mich zu ihnen setze. Ich bin von der Situation völlig überfordert und setze mich deshalb schließlich an denselben einsamen Tisch hinten in der Kantine. Die Plätze um mich herum füllen sich so schnell, als würde gerade eine Reise-nach-Jerusalem-Meisterschaft stattfinden.

Es fühlt sich so merkwürdig an, und ich weiß nicht so recht, wie ich darauf reagieren soll. Ich beobachte alles wie benommen. Als würde ich den Traum von jemand anderem leben.

Hunderte Leute kommen vorbei, um mir zu sagen, wie sehr sie mein Mut inspiriert hat. Als die Mittagspause zur Hälfte vorbei ist, spricht mich jemand vom Jahrbuch-Komitee an und fragt, ob ich einverstanden wäre, mich für eine besondere Seite fotografieren zu lassen, die sie Lokalhelden widmen wollen. Und als ich mich dann an einem Stück des Truthahn-Sandwiches verschlucke, das ich mir heute Morgen eingepackt habe und zu husten anfange, eilen *zehn* Leute – kein Witz – an meine Seite, um mir auf den Rücken zu klopfen und mich zu fragen, ob alles in Ordnung sei.

Zehn Leute!

Vor drei Wochen wäre ich genau an diesem Tisch beinahe an einem Stück Melone erstickt, weil sich niemand auch nur daran erinnerte, dass ich überhaupt existiere. Und jetzt stehen Leute Schlange, um mich zu retten.

Ich brauche Zeit zum Nachdenken. Um das alles zu verarbeiten. Das passiert alles zu schnell, und ich weiß nicht, was ich davon halten soll. Sosehr ich mir auch gewünscht hatte, dass meine Mitschüler sich an meinen Namen erinnern, mich auf dem Gang wiedererkennen und bemerken würden, wenn ich in der Kantine ersticke, sosehr jagt es mir jetzt Angst ein.

Ich bin dankbar, als die fünfte Stunde anfängt, ich mich auf meinen Platz plumpsen lassen kann und nichts weiter tun muss, als *Die Früchte des Zorns* mit Brian zu besprechen. Er ist das Einzige, das sich in meiner neuen abgefahrenen Welt normal anfühlt – der einzige Mensch, der mich bemerkt hat, *bevor* dieser ganze Wahnsinn losging –, und ich freue mich darauf, zur Abwechslung über etwas anderes zu reden. Aber sobald ich auf meinem Stuhl zusammenbreche, als wäre ich gerade einen Marathon gelaufen, ist das Erste, was aus seinem Mund kommt: »Oh Gott, Brooks. Es tut mir so leid, was Samstagabend passiert ist.«

»Es ist alles in Ordnung«, versichere ich ihm schnell. »Reden wir nicht darüber.«

»Nein«, protestiert er. »Ich fühle mich schrecklich. Als wäre es meine Schuld. Wenn ich mit dir beim Laden gewartet hätte, bis deine Eltern da waren. Oder ...«

»Ehrlich«, beharre ich. »Es ist alles in Ordnung. Und es ist absolut *nicht* deine Schuld, mach dir also keinen Kopf. Können wir jetzt bitte über etwas anderes reden?«

Er zögert, das Thema zu wechseln, aber nachdem ich ihm einen weiteren flehentlichen Blick zuwerfe, hält er sein Exemplar von Steinbecks Roman hoch und fragt: »Vielleicht sollten wir über das Buch reden?«

»Ja! Bitte!«

Brian legt sofort mit der ersten Frage auf der heutigen Liste von Diskussionsthemen los, und erst da fällt mir auf, dass er seine Brille wieder nicht trägt.

»Hast du erst seit Kurzem Kontaktlinsen?«, frage ich und zeige mit der Spitze meines Stifts auf seine Augen.

Er berührt verlegen sein Gesicht. »Äh, nein. Warum?«

»Weil ich dich vor dem Turnier am Samstag nie mit ihnen gesehen habe.«

»Oh. Ich trage sie nicht oft«, erwidert er schnell.

»Warum trägst du sie dann jetzt?«

Er fängt wieder an, den Stift um seine Finger zu flippen, diesmal extrem schnell. »Ich weiß nicht. Mir war einfach wieder danach.«

»Na ja, sieht gut aus«, sage ich ihm.

Er läuft ein wenig rot an, als er den Kopf senkt und etwas murmelt, das wie »Danke« klingt.

»Wie stehen eigentlich die Dinge zwischen dir und deinem Dad? Habt ihr euch wieder zusammengerauft?«

Doch im selben Augenblick, als ich die Frage stelle, möchte ich sie auch schon gleich wieder zurücknehmen. Es ist, als hätte jemand das Licht in ihm ausgeknipst. Er lässt die Mundwinkel herunterhängen und schaut mich nicht einmal an. »Nicht wirklich«, brummelt er. »Ist aber keine große Sache.«

»Okay«, sage ich schnell. »Wir müssen nicht darüber reden.«

Aber wie es aussieht, ist die Büchse der Pandora schon offen und lässt sich jetzt nicht wieder schließen. »Nach Ansicht meines Dads bin ich ein totaler Versager.«

»Warum?«, will ich aufgebracht wissen. »Nur weil du nicht zu den Vogel-Pfadfindern gehen willst?«

Ein Lächeln huscht über Brians Gesicht. »*Adler*-Pfadfindern.«

»Geschenkt«, schimpfe ich. »Das ist bescheuert. Du bist ein Einserschüler, Kapitän des Debattierteams (in deinem zweiten Highschooljahr!), du könntest es auf jedes College deiner Wahl schaffen. Was will dein Dad denn noch?«

»Dass ich mehr wie er bin.«

Ich pruste. »Und was bedeutet *das*?«

Er seufzt schwer. »Mein Dad trainiert die Ringkampfmannschaft an unserer Schule.«

»Echt?« Offensichtlich war meine Überraschung ein bisschen zu laut, denn Mrs Levy blickt über ihre Lesebrille zu uns herüber, und ich senke den Kopf und tue so, als würde ich eine Passage im Buch studieren, bis sie sich wieder ihrer Klausurbenotung zuwendet.

»Ja«, erwidert Brian. »Und er versucht seit zwei Jahren,

mich für die Mannschaft zu gewinnen. Nur ist Ringkampf einfach nicht mein Ding. Ich debattiere gern. Ich bin gut im Debattieren. Aber mein Dad ist mit einem Ringkampf-Stipendium auf die Universität von Colorado gegangen, und seiner Ansicht nach ist das der einzige Weg aufs College. Es gibt keine Debattier-Stipendien.«

»Aber es gibt doch akademische Stipendien, oder?«

Er zuckt mit den Schultern. »Ja, aber die sind schwieriger zu bekommen. Die Konkurrenz ist größer. Und die Colleges, auf die ich gehen möchte, sind alle akademisch, daher ist es praktisch unmöglich, eins zu bekommen.«

»Oh«, sage ich entmutigt, obwohl wir nicht mal über *mein* Leben reden.

»Deshalb«, fährt er mit gequälter Stimme fort, »will mein Dad, dass ich das Debattierteam verlasse und versuche, es nächstes Semester in die Ringkampfmannschaft zu schaffen.«

Plötzlich habe ich einen Kloß im Hals. Ich weiß nur nicht, woher er kommt. Er lässt meine Stimme ganz zittrig und gebrochen klingen. »Aber du wirst es *nicht* tun, oder? Du kannst das Debattierteam *nicht* verlassen!«

»Natürlich nicht«, gibt er bestimmt zurück, was den Kloß ein wenig schrumpfen lässt.

»Gut«, sage ich. »Steh deinen Mann. Es ist schließlich *dein* Leben. Nicht seins. Und damit muss er klarkommen.«

Brian nickt und fährt mit den Fingern durch seine dichten Locken. »Du hast recht. Danke, Brooks.«

Ich schenke ihm ein strahlendes Lächeln. »Bitte.«

Er sieht aus, als wollte er noch etwas anderes zu dem Thema sagen, aber Mrs Levy steht in genau diesem Moment auf und läuft an unseren Tischen vorbei, und wir tun beide so, als wären wir in eine Diskussion über das Ende von *Früchte des Zorns* vertieft – ein Titel, der langsam mehr Sinn für mich ergibt.

ZUSAMMENFASSUNG DER TÄGLICHEN
ABSTIMMUNGSERGEBNISSE

Datum: Mittwoch, den 10. November
Benutzername: BB4Life
Blog URL: www.MeinLebenVollerFragezeichen.com

Welches Shakespeare-Stück soll ich in Englisch lesen?
(105 abgegebene Stimmen)

Julius Caesar (42 Stimmen)
40%
Was Ihr Wollt (63 Stimmen)
60%

Soll ich auf das Debattier-Turnier mit Übernachtung gehen?
(105 abgegebene Stimmen)

Ja (79 Stimmen)
75%
Nein (26 Stimmen)
25%

Soll ich mein Abonnement für *Vogue Girl* verlängern?
(105 abgegebene Stimmen)

Vogue weiter! (71 Stimmen)
68%
Vogue Ende! (34 Stimmen)
32%

Nerven-zusammenbruch

Ich wollte mich eigentlich an den Blog-Post über Hunters Einladung zum Winterball setzen, hatte aber bisher absolut *null* Zeit. Ich bin diese Woche komplett ausgebucht. Ich habe nicht nur mehrere Interviews mit der Schülerzeitung, dem Schulsender, dem Jahrbuchkomitee und ein paar Aktivistengruppen an der Schule. Die Fernsehredaktion von *Good Day Colorado* hat auch angerufen und möchte, dass ich am Donnerstagmorgen in ihrer Sendung über meine Erfahrungen als Baby Brooklyn und Brooklyn die Geisel spreche. Ihnen zufolge ist es eine unglaublich faszinierende Geschichte.

Außerdem muss ich nach der Schule weiter auf der Baustelle arbeiten. Diese Woche besteht meine Aufgabe darin, dem Typen, der die Tischkreissäge bedient, riesige Holzstücke vom Bauholzstapel zu bringen und dann von ihm zu den Arbeitern, die den Garagenteil des Hauses wieder aufbauen. Es macht genauso viel Spaß und ist genauso spannend, wie es klingt.

Und jetzt, da ich erneut im Licht der Öffentlichkeit stehe und Leute Notiz von mir nehmen, habe ich mein frühmorgendliches Vorbereitungsprogramm wieder dauerhaft aufgenommen. Ich stehe im Morgengrauen auf, um mich für die Schule bildschön zu machen, weil ich momentan wirklich täglich fotografiert *werde*.

Und ehrlich gesagt, habe ich es nicht eilig, eine Abstimmung wegen des Winterballs zu posten. Meine Blog-Leser haben sich in der Vergangenheit nicht gerade als große Rhett-Butler-Fans herausgestellt, und ich glaube, es würde mir wirklich gegen den Strich gehen, ihm noch einmal einen Korb geben zu müssen. Deshalb halte ich es für das Beste, die Sache ein paar Tage lang auszusitzen, in der Hoffnung, dass mir etwas Schlaues einfällt, wie ich sie überzeugen kann, dass er ihrer Zustimmung würdig ist.

Weil ich letztes Wochenende einen ganzen Tag gemeinnützige Arbeit verpasst habe und ich dieses Wochenende zu dem Debattierturnier in Colorado Springs gehe, hat Gail sich einverstanden erklärt, mich am Freitagnachmittag ein paar Stunden nachholen zu lassen.

Als ich schließlich dort ankomme, bin ich geistig und körperlich fix und alle. Ich habe vergessen, wie anstrengend es sein kann, beliebt zu sein. Ich meine, rund um die Uhr auf der Bühne zu stehen, zu wissen, dass man ständig beobachtet wird, dass einem ständig jemand zuhört – echt stressig. Ich freue mich auf meinen unkomplizierten Lektüre-Nachmittag mit Mrs Moody, weit weg von dem ganzen Wahnsinn.

Aber als ich den langen Gang zu ihrem Zimmer hinunterlaufe, höre ich einen lauten Tumult, der vom anderen Ende herüberdringt, und bleibe auf halbem Weg stehen. Mir wird schnell klar, dass der Lärm aus Zimmer 4A kommt. Es klingt wie ein heftiger Krawall, bei dem herumgeschrien und geprügelt wird und Schimpfwörter durch die Luft fliegen. Ein Wurfgeschoss, das ich sofort als ein Teil von Mrs Moodys großer Sammlung von Trödelmarkt-Schnickschnack erkenne (in diesem Fall die zehn Zentimeter große Figur eines Jockeys), fliegt durch die Tür, knallt im Gang auf den Fliesenboden und schlittert unter einen Feuerlöscher. Dann stürmt Carol mit stinksaurer Miene (noch schlimmer als sonst) aus dem Zimmer, hält sich ein blutgetränktes Taschentuch an ihre linke Hand und murmelt etwas, dass das Maß voll sei, während sie an mir vorbeimarschiert und um die Ecke verschwindet.

Als ich mich dem Zimmer nähere, ist noch mehr Geschrei zu hören, und ein weiteres Wurfgeschoss – eins von Mrs Moodys gerahmten Fotografien ihres Hunds Ruby – schießt heraus und fällt klirrend vor meine Füße. Eine zweite Person zieht beleidigt ab. Ich erkenne sofort Harriet, die Heimleiterin.

Sie bleibt kurz vor der Tür stehen, um sich zu sammeln und tief durchzuatmen.

»Was ist los?«, bringe ich den Mut auf zu fragen.

Sie schüttelt den Kopf. »Mrs Moody hat einen weiteren ihrer Tobsuchtsanfälle. Nur ist sie diesmal leider zu weit gegangen. Sie hat Carol in die Hand gebissen.«

Ich reiße die Augen auf. »Sie hat was?« Doch innerlich freue ich mich diebisch, denn es ist nicht so, als hätte diese fürchterliche Frau es nicht verdient.

Harriet nickt ernst. »Ich weiß nicht, wie ich sie kontrollieren soll. Ihr Verhalten übersteigt mittlerweile meine Kompetenz. Wir werden ein neues Heim für sie finden müssen. So ein Verhalten können wir einfach nicht tolerieren.«

»Echt?«, frage ich schwach. Ich meine, Mrs Moody ist nicht gerade die Person, die ich auf der ganzen Welt am liebsten mag, und sie ist mit Sicherheit nicht für ihre Herzlichkeit bekannt, aber bei dem Gedanken, dass man sie rauswirft, tut sie mir wirklich leid.

»Ich weiß nicht, was ich sonst tun soll. Und ich kann nicht zulassen, dass sie noch jemanden verletzt.« In ihrem Ton schwingt etwas Endgültiges mit, das mich berührt, als sie an mir vorbeigeht und den Gang hinunter verschwindet. Da ich nicht so recht weiß, was ich jetzt tun soll, stehe ich sechzig Zentimeter vor Mrs Moodys Tür einfach nur da und recke den Hals, um einen Bick auf die Verwüstung im Zimmer zu erhaschen.

Ich überlege, mich einfach umzudrehen und in die Sicherheit des leisen Beschäftigungsraums zurückzuziehen, in dem normale, ruhige Heimbewohner sich darauf vorbereiten, *Hast du Töne?* mit Gail zu spielen, aber irgendetwas hält mich zurück. Es ist nichts, das ich im Zimmer erblicke, sondern vielmehr etwas direkt vor meinen Füßen. Als ich den sandfarbenen Hund im Holzrahmen betrachte, mit seinem krausen Fell, seiner langen, bärtigen Schnauze und seinen runden, ausdrucksvollen Augen, kommt mir auf einmal eine Idee. Es ist vielleicht ein Schuss ins Blaue, doch offenbar bin ich die Einzige, die bereit ist, irgendetwas zu probieren.

Ich mache auf dem Absatz kehrt und steuere geradewegs auf das Schwesternzimmer zu, wo Harriet schon am Telefon ist, vermutlich auf der Suche nach einem anderen festen Heimplatz für Mrs Moody.

»Warten Sie!«, bitte ich sie, als ich um die Ecke komme. »Werfen Sie sie noch nicht raus.«

Harriet sieht mich besorgt an. »Offen gesagt, Brooklyn, geht dich das nichts an.«

Ich beiße mir auf die Lippe, weil ich unsicher und leicht überfordert bin, aber irgendwo tief in mir drin finde ich die Kraft, weiterzusprechen. »Ich habe vielleicht eine andere Lösung. Erlauben Sie mir, zuerst noch etwas anderes auszuprobieren?«, frage ich, erstaunt, wie entschlossen ich klinge, wenn ich hätte schwören können, dass meine Worte verworren und von Zweifeln zerfressen herauskommen würden.

Harriet blickt widerwillig, genau wie die anderen anwesenden Krankenschwestern, vor allem Carol, der man gerade mehrere Bisse an ihrer Hand mit Desinfektionsmittel reinigt.

»Ich kann das Risiko nicht eingehen, dass du verletzt wirst«, setzt Harriet mit einem entschuldigenden Blick an. »Unsere Versicherung würde meinen Kopf fordern.«

Aber letztlich ist es *ihre* Stimme, in der Unsicherheit mitschwingt, weshalb ich keine Zeit verschwende und ihr Zögern ausnutze, indem ich mein Handy heraushole und eine Nummer wähle, bevor sie mich aufhalten kann. »Geben Sie mir nur dreißig Minuten«, bitte ich sie.

Auf den Hund gekommen

Ich warte draußen, laufe auf dem Fußweg auf und ab und überprüfe wie besessen abwechselnd meine Uhr und den Eingang des Parkplatzes.

Ich hoffe, dass meine Wegbeschreibung zum Altenpflegeheim okay war. Ich hatte es irgendwie eilig und ratterte die Details und die einzelnen Straßen in Lichtgeschwindigkeit herunter, als stünde ein potenzieller Terroristenanschlag mit einer tickenden Zeitbombe bevor, die kurz davor war, hochzugehen.

Und um ganz ehrlich zu sein, ist das auch irgendwie der Fall. Nur dass in diesem Szenario Mrs Moody die tickende Bombe ist.

Ich ziehe die Jacke gegen die Kälte enger um mich und hüpfe auf und ab, um warm zu bleiben. Die Sonne geht allmählich unter, und der Wind wird immer schneidender. Zum Glück muss ich nicht viel länger warten. Ein paar Sekunden später sehe ich, wie ein kleiner blauer, verbeulter Pick-up auf den Parkplatz fährt und in eine Parklücke steuert. Die Tür geht auf, und Brian springt heraus. Er winkt mir kurz zu, rennt auf die Beifahrerseite und öffnet die Tür. Ich sehe, wie er in den Wagen langt und eine Leine packt, bevor ein fideler und eifriger Goldendoodle auf den Asphalt springt, den Boden neugierig mit aufgestellten, wuscheligen Ohren beschnuppert und lebhaft mit seinem buschigen Schwanz wedelt.

Ich renne hinüber, und der Hund leckt mir zur Begrüßung die Hand ab.

Brian lacht und streicht sich die dunklen, lockigen Haare glatt. Irgendwie passen sie zum Fell des Hunds. Zumindest was ihre dicke, drahtige Beschaffenheit betrifft. »Das ist Dudley. Dudley, darf ich vorstellen, meine neue Debattierpartnerin Brooklyn.«

Ich knie mich hin und wuschele Dudley schnell über den Kopf. »Hi, Dudley!« Dann richte ich mich wieder auf. »Danke, dass du so kurzfristig gekommen bist. Ich hoffe, ihr zwei wart nicht gerade mit etwas Wichtigem beschäftigt.«

»Nur das Übliche. Feuerwehrautos verfolgen, Blumenbeete aufbuddeln, die Vorgärten anderer Leute verwüsten. Weißt du, der gute Dudley und ich reizen gerne unsere Grenzen aus.«

Ich versuche zu lachen, bin aber einfach zu zerstreut.

»Also, was ist los?«, fragt er, da er meine Verzweiflung spüren kann. »Du hast am Telefon so panisch geklungen.«

Ich seufze schwer. »Na ja, es handelt sich um so was wie eine Krisensituation. Komm mit, ich erkläre dir alles.«

Als wir den Gang erreichen, der zu Mrs Moodys Zimmer führt, ist Brian voll auf dem Laufenden. Dudley trottet glücklich neben uns her, als würde er genau verstehen, weshalb man ihn hierhergebracht hat, und die Herausforderung pflichtbewusst angenommen hätte, bereit der Menschheit zu dienen – seinem allgemein anerkannten »besten Freund«.

»Ich hatte keine Ahnung, dass du hier ehrenamtlich arbeitest«, sagt Brian und schaut sich um.

»Na, es ist kompliziert«, erwidere ich zurückhaltend. »Sagen wir einfach, dass der *ehrenamtliche* Aspekt nicht meine Idee war.«

Wir sind fast bei Mrs Moodys Tür angekommen, als Carol wie aus dem Nichts erscheint, sich vor uns aufpflanzt und uns den Weg verstellt.

»Ihr könnt den Hund hier nicht reinbringen«, knurrt sie.

»Er ist hier, um Mrs Moody zu helfen«, erkläre ich, weil ich gerade keine Geduld habe, mich mit ihr auseinanderzusetzen.

»In dieser Einrichtung sind Tiere streng verboten.«

»Ich weiß«, setze ich mit einem genervten Seufzer an, aber Brian unterbricht mich schnell mit einer schlauen Antwort.

»Dudley ist ein Servicehund«, sagt er und zeigt mit dem Kopf auf seinen eifrigen Begleiter, der sich zu fragen scheint, warum man uns mitten auf diesem Gang angehalten hat, wenn es doch einen dringenden Job zu erledigen gibt.

Sie betrachtet uns beide sehr argwöhnisch. »Ach wirklich?«

Brian nickt. »Ja. Ich habe einen panischen Anruf von Brooklyn bekommen und in meiner Eile vergessen, seine Serviceweste mitzubringen.«

Carols Augen werden zu Schlitzen. Sie überlegt offensichtlich, ob sie uns glauben soll oder nicht. »Was für eine Art Servicehund?«

»Ein Therapiehund«, antwortet Brian selbstsicher, ohne mit der Wimper zu zucken. »Ja, wir machen so was ständig.

Dudley *liebt* es, in Altenpflegeheime zu gehen. Das ist sein Spezialgebiet.«

Wir sehen auf den Hund hinunter. Als würde er spüren, dass etwas von ihm erwartet wird, macht er Sitz und blickt uns ungeduldig an, als wollte er sagen: »Okay, und jetzt?«

Carol denkt schrecklich lange nach, bis die Lautsprecheranlage quäkend zum Leben erwacht und ihre Gedanken unterbricht. »Carol, bitte zum Empfang. Carol, bitte zum Empfang.«

Aus dem Augenwinkel sehe ich, wie Brian bei dem fürchterlichen Geräusch des korrodierten Lautsprechers zusammenzuckt, aber er schafft es, weiter zu lächeln. Carol blickt den Gang hinunter zur Empfangshalle, dann wieder zu uns und brummelt schließlich, als hätte sie genug von dieser Auseinandersetzung: »Na schön. Haltet ihn bloß von den anderen Bewohnern fern. Manche sind allergisch.« Dann macht sie auf dem Absatz kehrt und stapft davon.

Sobald sie weg ist, flüstere ich: »Stimmt das? Ist er wirklich ein Servicehund?«

Brian lacht einfach und schüttelt den Kopf. »Nö.« Er deutet mit dem Kopf den Gang hinunter und zieht leicht an der Hundeleine. »Komm. Dudley wird nervös.«

Sobald wir die Tür von Zimmer 4A erreicht haben, lasse ich Brian und Dudley draußen warten, damit ich sie in aller Form vorstellen kann. Dann betrete ich zögerlich Mrs Moodys Zimmer, in dem immer noch das Chaos herrscht, das von ihrer Abneigung für ungewollte Besucher zeugt, und ich frage mich sofort, ob ich irgendeine Art Kopfschutz hätte aufsetzen sollen.

»Mrs Moody«, sage ich sanft und bleibe in der Nähe

der Wand stehen. Den Sachen nach zu urteilen, die immer noch im Gang liegen, mag Mrs Moody vielleicht alt und zerbrechlich *aussehen*, aber sie hat den Wurfarm eines Erste-Liga-Baseballspielers.

Sie antwortet nicht, und einen Moment lang glaube ich, dass sie schläft. Doch als ich auf Zehenspitzen näher an ihr Bett trete, sehe ich, dass ihre Augen offen sind und sich ihre Nasenflügel mit jedem wutentbrannten Atemzug aufblähen. Wie ein Drache, der seine Umgebung gleich mit seiner feurigen Puste abfackeln wird.

»Mrs Moody, ich bin's, Brooklyn.« Für den Fall, dass sie *tatsächlich* den Verstand verloren hat, werfe ich ein: »Sie wissen schon, *Baby* Brooklyn.«

Vom Geräusch ihrer unregelmäßigen Atemzüge abgesehen ist es im Zimmer völlig still.

»Ich habe jemanden mitgebracht, der Sie vielleicht aufheitern wird.«

Ihre Atmung wird schneller. Ich bemerke, wie ihre Fingerknöchel wieder weiß werden und mir so anzeigen, dass sie mich gehört hat und mit ihrer üblichen Anspannung reagiert.

Ich strecke den Arm aus und zeige auf die offene Tür. »Er ist auf dem Gang und kann es absolut nicht erwarten, Sie kennenzulernen.«

Wie aufs Stichwort hüpft Dudley ohne Leine ins Zimmer, schnuppert kurz in der Luft und wendet sich schnurstracks Mrs Moodys Bett zu. Dort lässt er die Schnauze auf der Bettdecke ruhen und wartet darauf, bemerkt und getätschelt zu werden.

Ich beobachte aufmerksam Mrs Moodys Reaktion, und sobald sie Dudleys große schwarze Nase und sein verfilztes sandfarbenes Fell erblickt, setzt sie sich auf, um ihn besser zu sehen.

»Ruby!«, ruft sie wehmütig. »Ruby, du bist mich besuchen gekommen. Hier, mein Mädchen!« Sie klopft auf die Decke, und Dudley gehorcht ihr eifrig, springt hoch und tritt um Mrs Moodys gebrechliche und schmächtige Beine herum, bis er sich neben sie legen kann. Es ist fast so, als würde er ihre Zerbrechlichkeit irgendwie spüren. Vielleicht *sollte* er wirklich ein Servicehund sein.

Er legt sich an die Wand und erlaubt Mrs Moody, ihre faltigen und mit Venen überzogenen Arme um seinen Hals zu legen, wie bei einem Teddybär. »Bin ich tot?«, fragt sie den Hund, da sie offenkundig vergessen hat, dass ich im Zimmer bin. »Bist du hier, um mich mit in den Himmel zu nehmen? Oh, ich wusste einfach, dass sie dich schicken würden, Ruby. Ich wusste es!«

Dudley hechelt zufrieden neben ihr, und obwohl mir diese brandneue Seite an Mrs Moody gefällt, halte ich es für keine gute Idee, sie in dem Glauben zu lassen, sie wäre tot. Deshalb unterbreche ich diesen zärtlichen Moment zwischen ihnen und stelle die Sache richtig. »Nein, Mrs Moody. Sie sind nicht tot. Sie sind immer noch am Leben. Das ist Dudley. Er gehört meinem Freund Brian.«

Als ich mich umdrehe, sehe ich Brian, der hinter mir neben dem Bücherregal steht. Ich werfe ihm ein dankbares Lächeln zu und hebe beide Daumen, um ihn wissen zu lassen, dass es wirklich geklappt hat.

»Oh«, antwortet sie und klingt unendlich enttäuscht. Einen Moment lang mache ich mir Sorgen, dass die neue Mrs Moody sich sofort in Luft auflösen, wie ein Gespenst durch die Tür verschwinden könnte und die alte Mrs Moody zurückkehren, Unflätigkeiten durch die Gegend schreien und mit Sachen um sich schmeißen wird, als wäre sie nie weg gewesen.

Aber sie lehnt sich einfach zurück, um sich den Hund genauer anzusehen, der neben ihr mit dem Kopf auf seinen Pfoten liegt. Sie wiederholt den Namen Dudley leise für sich, um auszuprobieren, ob er passt, und fängt an seine Schultern zu streicheln.

»Das ist ein braver Hund, Dudley. Du bist ein guter Junge, nicht wahr? Ja, das bist du.«

Ich beobachte völlig erstaunt, wie Mrs Moody weiter leise vor sich hin schnurrt und ihre Hände unbekümmert über sein zotteliges Fell streichen, als wäre sie für einen Moment in einer Welt ganz für sich allein. Einer Welt ohne Wut, ohne Feindseligkeit und ohne das kleinste bisschen Launenhaftigkeit.

Und dann passiert das Unglaublichste überhaupt. Als sie so dasitzt, den Hund streichelt und in einer leisen, fast flötenden Stimme vor sich hin murmelt, wölben sich ihre Mundwinkel nach oben, ihre Lippen teilen sich, und bevor ich auch nur begreife, was vor sich geht, hallt ein fröhliches Lachen durch den Raum.

Ich drehe mich zu Brian und strahle. Er strahlt zurück, obwohl ich weiß, dass er nicht mal annähernd verstehen kann, wie unglaublich das ist. Ich meine, er *kennt* Mrs Moody nicht einmal. Das Einzige, was er über die Frau weiß, sind die Informationen, die ich in dreißig Sekunden für ihn zusammengefasst habe, als wir vom Parkplatz zum Gebäude gelaufen sind. Er kann auf keinen Fall wirklich begreifen, wie wahrhaft bedeutsam dieser Durchbruch ist.

Dennoch kann ich nicht anders, als zu glauben, dass er

es auf gewisse Weise *doch* begreift. Zumindest kapiert er, wie ich mich dabei fühle. Und aus diesem Grund gibt es niemand anderen auf der Welt, mit dem ich diesen Moment teilen möchte.

Als sich unsere Blicke begegnen, überwältigt mich eine unglaubliche Wärme, die sich in meinem ganzen Körper ausbreitet. Wie Tomatensuppe, wenn es draußen kalt oder regnerisch ist. Sein Lächeln ist entspannt, aber vielsagend. Sein Blick unaufdringlich, aber durchdringend. Und die Farbe seiner Augen ist wirklich von einem bemerkenswerten grünlichen Braun. Sie scheinen selbst ohne die Hilfe der Armaturenlichter zu funkeln.

Brian tritt einen Schritt vor und hebt langsam die Hand an mein Gesicht. Ich stehe völlig regungslos da und schließe die Augen. Aus irgendeinem Grund *möchte* ich, dass er mich in diesem Moment berührt. Ich möchte, dass er mir nahe ist. Ich möchte diese Wärme, die ich spüre, mit jemandem teilen, der lebt, atmet und sich mir nähert. Jemand, der sie schätzen, aufnehmen und mir mit derselben Intensität zurückgeben wird.

Mit geschlossenen Augen kann ich seine Nähe fühlen. Ich spüre, wie er immer näher kommt. Seine Haut strahlt die Hitze seines Körpers aus, die sich an meine heftet. Meine Nackenhaare stellen sich auf. Mein Puls beschleunigt sich. Meine Atmung ebenso.

Und dann fühle ich es. Wie die Spitze seines Zeigefingers meine Wange berührt. Das kühle Prickeln von Feuchtigkeit. Ich schlage die Augen auf und sehe, wie Brian eine Träne abtupft, die mein Gesicht heruntergelaufen ist. Bis dahin hatte ich nicht einmal gemerkt, dass ich weine. Verlegen senke ich den Kopf und wische mir schnell beide Wangen, weil ich mir albern und kindisch vorkomme. Dann, wie das Licht, das im Zuschauerraum am Ende eines fesselnden Films angeht, erinnere ich mich, wo ich bin. *Wer* ich bin. Was ich tue. Ich blinzele und wende mich wieder Mrs Moody zu.

Quartett!

Colorado Springs ist eine wunderschöne, direkt an die Rocky Mountains geschmiegte Stadt mit dem Pikes Peak als herrlicher Hintergrundkulisse. Izzie war einmal in einem Sommer-Tennistrainingscamp in der nahegelegenen Air Force Academy, aber ich bin hier nur ein paarmal gewesen. Leider werden wir nicht viel Zeit haben, uns die Stadt anzusehen, weil unser Programm für das Debattier-Turnier vollgepackt ist. Heute finden drei direkt aufeinanderfolgende Debattier-Runden statt, dann übernachten wir im Holiday Inn in der Nähe der Gastgeberschule und morgen geht's gleich mit weiteren Debatten los.

Es ist eine etwa einstündige Autofahrt nach Colorado Springs. Also genau wie letztes Wochenende. Brian holt mich superfrüh am Samstagmorgen ab. Ich schlafe noch halb, als ich meine Reisetasche auf den Kabinenboden seines Pick-ups werfe und klettere auf den Beifahrersitz.

Obwohl ich noch sehr müde bin, freue ich mich wirklich, ihn heute Morgen zu sehen. Nachdem Harriet mit eigenen Augen sah, wie Dudley auf Mrs Moodys berüchtigte Gemütsverfassung wirkte, willigte sie ein, sie nicht rauszuwerfen, solange wir dafür sorgten, dass ein Therapiehund sie regelmäßig besucht. Brian erklärte sich sofort bereit, Dudley einmal die Woche ins Heim zu bringen. Diese Geste berührte mich wirklich. Ich meine, er musste das absolut nicht tun. Er macht das freiwilig. Und jedes Mal, wenn ich daran denke, zaubert es mir ein Lächeln aufs Gesicht.

Der erste Wettbewerbstag läuft nicht so gut wie unser letzter Wettkampf. Wir gewinnen nur eine von drei Runden. Das liegt vermutlich daran, hat Brian mir erklärt, dass das ein fortgeschrittener Wettbewerb ist, für den man sich erst einmal qualifizieren muss, und daher die Konkurrenz härter ist.

Obwohl er mir versichert, dass ich mich extrem gut schlage, fühle ich mich von den Ergebnissen allmählich total entmutigt. Der erste Tag endet gegen acht Uhr abends, und wir machen einen Zwischenstopp in einem Schnellrestaurant, bevor wir ins Hotel gehen. Weil Katy »Huffy« Huffington und ich die einzigen Mädchen im Team sind, müssen wir uns ein Zimmer teilen, worüber ich, glaubt mir, *nicht* erfreut bin, da Katy so ziemlich nichts an mir ausstehen kann. Aber sobald wir im Zimmer sind, wirft sie ihre Sachen aufs Bett und verschwindet an einen unbekannten Ort, sodass ich das ganze Zimmer praktisch für mich allein habe.

Ich ziehe mein spießiges Kostüm aus, dusche und schlüpfe in eine bequeme Jogginghose und ein Tanktop. Mit nassen Haaren und sauberem Gesicht lege ich mich auf das Doppelbett, schnappe mir die Fernbedienung und schalte den Fernseher ein auf der Suche nach etwas Unterhaltsamem, bevor ich einschlafe.

Ich mache es mir gerade vor einer Wiederholungsfolge einer meiner Lieblingsserien bequem, als es an die Tür klopft. Ich schaue durch den Spion und sehe Brians Gesicht auf der anderen Seite, das wie im Spiegel eines Gruselkabinetts verzerrt ist.

»Hey, was geht?«, frage ich, als ich die Tür öffne und mich an den Türrahmen lehne.

»Bist du beschäftigt?« Er blickt nervös über meine Schulter, als erwarte er, dass ich gerade eine Gruppe ausländischer Würdenträger bewirte.

Ich blicke zurück zum Fernseher. »Nicht wirklich, warum? Wolltest du noch mal die Prämissen durchgehen?«

Er gräbt die Hände in die Hosentaschen und wippt auf den Fersen vor und zurück. Einen Moment lang wirkt er fast *nervös* wegen irgendetwas. »Nein. Ich hab keine Lust mehr, über die Debatte zu reden.«

Ich lache. »Das hätte ich nicht für möglich gehalten.«

Er zeigt mit dem Kopf in Richtung des Gangs. »Ein paar von uns wollen ein Spiel spielen. Hast du Lust, dich anzuschließen?«

»Was für ein Spiel?«

Er zuckt mit den Schultern und schaut irgendwie verlegen. »Nichts Besonderes. Einfach, na ja, das Übliche. Monopoly, Uno, vielleicht Quartett, falls wir es so richtig krachen lassen wollen.«

Ich berühre mein nasses Haar und senke den Blick auf meine Jogginghose und mein Tanktop. »Ich bin nicht wirklich angezogen.«

»Ach, das ist schon in Ordnung«, versichert er mir. »Ist alles ganz entspannt. Wir hängen nur in Jakes und Daves Zimmer ab.«

Ich zucke mit den Schultern und schnappe mir den Zimmerschlüssel von der Kommode. »Okay. Ich zieh nur schnell meine Schuhe an.«

Ich folge Brian ein paar Türen weiter, bis wir vor Zimmer 202 ankommen. Er schiebt die leicht angelehnte Tür auf, und ich erblicke etwas, das definitiv *nicht* eine Partie Quartett ist. Es sei denn, sie haben die Regeln völlig geändert und man muss jetzt mit jemandem rumknutschen, wenn er die Karte nicht hat, nach der man ihn gefragt hat.

Das gesamte Debattierteam ist im Zimmer verteilt, und alle jubeln und zählen im Chor rückwärts, als bereiteten sie sich darauf vor, Neujahr zu feiern oder so was. Und mittendrin ist Jake, ein Elftklässler, der mit Katy »Huffy« Huffington volles Rohr Spucke austauscht.

»Was ist hier los?«, brülle ich Brian über den Lärm hinweg zu.

»Einundzwanzig! Zwanzig! Neunzehn!«

»Wahrheit oder Pflicht«, brüllt Brian zurück und blickt wieder total nervös, als wäre ihm das peinlich. »Man hat ihnen die Aufgabe gestellt, neunzig Sekunden lang zu knutschen!«

Ich starre ihn ungläubig an. »Wahrheit oder Pflicht? Hast du nicht was von Uno erzählt?!«

»Wahrheit oder Pflicht hat beim Colorado-Springs-Wettbewerb Tradition. Wir spielen es jedes Jahr.«

»Zehn! Neun! Acht!«, grölen alle im Raum im Chor.

»Du hast mich unter einem falschen Vorwand hierhergelockt«, sage ich empört, obwohl ich einfach bloß unter Schock stehe. Das Debattierteam spielt Wahrheit oder Pflicht? Wer hätte das gedacht?

»'tschuldige«, erwidert er, obwohl sein schüchternes Lächeln eindeutig das Gegenteil ausdrückt.

»Drei! Zwei! Eins!« Der Raum bricht in lautes Jubelgeschrei aus, als sich Katy und Jake schließlich voneinander lösen und sich den Mund abwischen, bevor sie sich wieder auf ihre Plätze fallen lassen.

Jake erhascht meinen Blick und grinst. »Neuling!«, schreit er, und plötzlich sind alle Blicke auf mich gerichtet.

Ich mache instinktiv einen Schritt auf die Tür zu, aber Brian hält mich fest. »Betrachte es als ein Initiationsritual«, flüstert er mir ins Ohr, während er mir seine Hand aufs Kreuz legt und mich tiefer ins Zimmer schiebt. Er drückt meine Schultern nach unten, bis ich auf einem der Betten sitze. Ich packe seinen Arm und ziehe ihn neben mich. »Wag es ja nicht, mich hier allein zu lassen.«

Er kichert, als er näher an mich heranrutscht. »Das würde mir im Traum nicht einfallen.«

»Wahrheit oder Pflicht?«, wirft mir Jake die Frage der Stunde entgegen.

Da ich hier abgesehen von Brian kaum jemanden kenne, entscheide ich mich für die einfache Option. »Wahrheit«, antworte ich, woraufhin einige enttäuschte Buhrufe zu hören sind.

Brian streckt die Hand aus und drückt meinen Arm. »Ignorier sie einfach.«

»Okay«, sagt Jake und reibt sich unheilvoll die Hände. »Wahrheit.«

»Hey«, warnt Brian ihn. »Lass es langsam angehen. Es ist ihr erstes Mal.«

Ich sehe ihn dankbar an, was er mit einem Zwinkern erwidert.

Jake verdreht die Augen, da er mit den Befehlen seines Kapitäns offensichtlich nicht einverstanden ist. »Na schön. Mit wie vielen Typen hast du schon geschlafen?«

Ich reiße die Augen auf. »Das soll eine *einfache* Frage sein?«

Brian lacht. »Du hättest dich wohl für Pflicht entscheiden sollen.«

Ich sacke auf dem Bett zusammen und lasse den Blick über die neun Augenpaare schweifen, die direkt auf mich gerichtet sind. Ich denke an Shayne und die vielen Vorträge, die sie mir über die Macht des Scheins gehalten hat. An die vielen Male, als auf meine Erfahrung im Bett angespielt, sie aber nie bestätigt wurde. So war es gedacht. Um mein Privatleben geheimnisvoll erscheinen zu lassen. Denn Shayne zufolge ist geheimnisvoll zu sein besser als die Wahrheit. Ich kann jetzt ihre Stimme in meinem Kopf hören. *»Zerstör die Illusion nicht. Wen interessiert's, ob du diese Loser anlügst?«*

Aber auf einmal *tut* es das. Es interessiert mich. Ich habe es satt zu lügen. Habe es satt, mein Leben nach Shaynes Spielregeln zu leben. Ich habe die letzten fünf Jahre damit verbracht, in die Ausstechform von Beliebtheit zu passen. Sie ist nicht einmal mehr meine Freundin, und ich höre immer noch auf ihren imaginären Rat!

Und aus irgendeinem Grund habe ich das Gefühl, dass ich diesen Leuten vertrauen kann. Dass ich sie nicht anlügen *muss*. Ich muss mich nicht auf schmeichlerische Fassaden verlassen, um ihre Zustimmung zu bekommen. Ich meine, ich sitze hier um elf Uhr abends mit nassen Haaren und Jogginghose und ohne Make-up in einem Hotelzimmer. Soweit es mich betrifft, ist die Fassade bereits zerstört worden. Ich bin schon völlig entblößt.

Alle im Raum warten. Jedes Augenpaar ruht auf mir, einschließlich Brians, der irgendwie ein noch größeres Interesse an meiner Antwort zu haben scheint als alle anderen. Ich atme tief durch und gebe mich preis. »Null.«

»Null?«, wiederholt Jake skeptisch. »Wie in mit niemandem?«

Ich bestätige das mit einem Nicken. »Wie in mit niemandem.«

Auch Katy drückt Ungläubigkeit aus. »Willst du mir erzählen, dass Brooklyn Pierce, die amtliche Co-Kapitänin von Königin Kingsley, noch Jungfrau ist?« In so einem netten Tonfall hat sie vermutlich noch nie mit mir gesprochen.

»Genau.«

Im Zimmer herrscht Totenstille. Ich bin ehrlich überrascht. Ich hatte keine Ahnung, dass mein Sexleben von so großem Interesse für alle war.

»Aber«, wirft sie leise ein, »ich dachte, du hättest auf jeden Fall … Wenigstens mit Kyle Logue oder Mike Paisley oder …«

Ich schüttele energisch den Kopf. »Nö. Nie.«

Es ist schon merkwürdig, wie gut es sich anfühlt, es laut auszusprechen. Die Illusion ein für alle Mal zu zerschlagen.

Es tritt noch einmal absolute Stille ein, und ich blicke mich im Zimmer um. Brian sieht völlig verwirrt aus, Jake scheint das Ganze voll anzumachen, und Katy wirft mir ein kleines, völlig unerwartetes Lächeln zu, als hätte sie endlich *etwas* gefunden, das sie an mir mag. Es macht mich total nervös, so im Scheinwerferlicht zu stehen. Deshalb klatsche ich in die Hände, um alle aus ihrer fassungslosen Trance zu reißen und rufe aus: »Okay! Ich bin dran, oder? Jake, jetzt wieder zu dir. Wahrheit oder Pflicht?«

Sofort verlagert sich die Aufmerksamkeit auf ihn, und nach ein paar Minuten lachen alle und jubeln, als Jake seine Hose auszieht und sich daran macht, meine Pflichtaufgabe zu erfüllen: mit nichts außer seinen Boxershorts den Gang hoch und runter zu rennen. Und bald darauf haben alle meinen Moment der Wahrheit vergessen.

Das heißt, alle außer mir.

Dancing in the dark

Das Spiel geht bis weit nach Mitternacht weiter, und ich kann mich nicht erinnern, jemals so viel Spaß gehabt zu haben. Im Laufe des Abends habe ich erfahren, dass Jake jede Nacht von seiner Physiklehrerin fantasiert; Brian, als er sieben war, bei seinen Eltern reinplatzte, als sie Sex hatten, dachte, sie würden ringen, und fragte, ob er mitmachen dürfe; und dass Katy in den zwei Wochen, in denen sie angeblich auf einer Kreuzfahrt war, sich die Brüste hat verkleinern lassen.

Als es immer später wird und wir alle wegen des Schlafmangels ein wenig durchgeknallter werden, werden die Pflichtaufgaben immer abartiger, und obwohl ich es besser wissen müsste, antworte ich morgens um halb zwei »Pflicht«, als ich wieder an der Reihe bin.

»Ha!« Katy kreischt vor Freude. Anscheinend hat sich ihre Abneigung gegen mich vor ein paar Stunden wie von Zauberhand in nichts aufgelöst. »Ich muss mir was richtig Gutes einfallen lassen.«

Ich beobachte ihr Gesicht, als sie meinen Untergang ausheckt, und rechne schon total damit, dass ich mindestens ein Kleidungsstück ausziehen muss.

»Okay, ich hab's«, sagt sie schließlich und fährt sich mit der Zunge über die Oberlippe. »Du musst ins Bad gehen, die Tür schließen und ganze fünf Minuten das Licht ausschalten.«

»Das war's?«, frage ich skeptisch, in dem Glauben, ich wäre leicht davongekommen.

»Oh«, fügt sie lässig hinzu, als wäre das nächste Detail nur ein nachträglicher Einfall, »und du musst Brian mitnehmen.«

Der Raum bricht in Pfeifen und anzügliche Bemerkungen aus, als ich zu Brian hinüberblicke und spüre, wie mir ganz heiß wird. »Katy ...«, setze ich an.

»Mmm«, unterbricht sie mich. »Pflicht ist Pflicht.«

Deshalb stehe ich widerwillig auf und bedeute Brian, dass er mitkommen soll. »Na schön, bringen wir das hinter uns«, sage ich, verdrehe die Augen und marschiere ins Bad. Brian tritt gleich hinter mir ein und schließt die Tür. Die Fliesen sind kalt unter meinen Füßen. »Das ist so bescheuert.« Ich verschränke die Arme und lehne mich ans Waschbecken.

Er nickt, sagt aber nichts.

»Licht aus!«, höre ich Katy aus dem anderen Zimmer rufen. »Wir können unter der Tür das Licht sehen.«

Brian sieht zu mir, während er die Hand auf den Lichtschalter legt.

»Geschenkt«, sage ich mit einem Schulterzucken, und er drückt auf den Schalter.

Wir sind sofort von Dunkelheit umgeben. Der einzige Lichtschimmer kommt vom Spalt unter der Tür und reicht nicht aus, um Brians Gesicht oder gar die Armaturen im Bad zu erhellen.

Zwischen uns tritt eine betretene Stille ein, und einen Moment lang frage ich mich, ob er überhaupt noch da ist.

Dann höre ich ein Knarzen, und mir wird bewusst, dass er sich bewegt hat. Wohin, weiß ich nicht. Ich kann absolut nichts sehen.

»Das ist so bescheuert«, sage ich noch einmal und weiß sehr genau, dass ich mich bloß wiederhole. »Was erwarten sie denn, das wir hier drin machen werden?«

Brian kichert. »Knutschen wahrscheinlich.«

Darüber muss ich lachen. Heftig. Als wäre es urkomisch. So etwas Verrücktes habe ich noch nie gehört. Mit Brian Harris knutschen? *Heimlich*? Ja, alles klar. Warum sollte ich das tun wollen? Ich meine, er ist mein Debattierpartner. Und …

Und …

Na ja, das reicht schon als Grund. Jeder weiß, dass man das Angenehme nicht mit dem Nützlichen vermischen soll.

»Findest du das wirklich so zum Lachen?«, fragt Brian. Ich kann sein Gesicht nicht sehen, aber er klingt fast ein bisschen gekränkt. Da wird mir bewusst, dass ich immer noch lache. Doch es ist kein unkontrollierbarer Lachkrampf. Es ist vielmehr so ein nervöses, langgezogenes, stotteriges Gelächter. Ein leeres, völlig emotionsloses Geräusch.

Denn eigentlich ist es nicht wirklich lustig.

Ich versuche nur, die Leere zu füllen.

»Das ist bescheuert«, sage ich zum dritten Mal. »Ich kann dich nicht mal sehen. Ich weiß nicht mal, wo du bist.«

Ich strecke die Hand aus, und sie landet auf dem weichen Stoff von Brians T-Shirt. Offensichtlich war er näher, als ich dachte. Ich kann unter der Baumwolle seine sich abzeichnenden Brustmuskeln spüren. Und obwohl ich jetzt mit Sicherheit weiß, wo er ist, nehme ich meine

Hand aus irgendeinem Grund nicht weg. Vielmehr scheine ich sie nicht wegnehmen zu können. Sie bleibt an Ort und Stelle an seinen Oberkörper geschmiegt, als hätte sie einen eigenen Willen. Seine Nähe schießt und kribbelt mir den Arm hoch, über meine Schulter und direkt in mein Herz.

Ich kann nicht wirklich erklären, was daraufhin über mich kommt. Vielleicht ist es die Dunkelheit. Vielleicht hat die Dunkelheit auch überhaupt nichts damit zu tun. Aber ich ziehe die Finger ein und greife den Stoff, bis ich mich förmlich an sein T-Shirt klammere. Dann ziehe ich einfach.

Obwohl es stockduster ist, landen seine Lippen direkt auf meinen. Wie ein Magnet auf Metall. Von einer unsichtbaren Kraft zueinander hingezogen. Unsere Münder tanzen. Eine perfekt choreografierte Nummer. Und doch führen sie sie zum ersten Mal auf. Für manche Dinge braucht man keine Übung. Manche Dinge funktionieren einfach gleich beim ersten Mal.

Ich greife nach oben und berühre sein Haar. So, wie es aussieht, könnte man meinen, dass es sich rau und drahtig anfühlt, aber das ist überhaupt nicht der Fall. Es ist sanft und dicht und unglaublich.

Er legt mir die Hände auf die Hüften und schiebt sie hinten unter mein Tanktop. Er gräbt die Finger in meine Seiten, und plötzlich werde ich in die Luft gehoben. Mein Hintern landet auf der Waschbeckenplatte. Ich spüre, wie sich das harte Porzellan des Waschbeckens in meinen linken Oberschenkel drückt. Währenddessen trennen sich seine Lippen nie von den meinen. Unser Tanz wird nie unterbrochen.

Er lehnt sich an mich, und ich wickele meine Fußgelenke um seine Beine und ziehe ihn näher heran. Seine Hände sind immer noch fest um meine entblößte Taille geklammert und drücken sich so fest in meine Haut, dass ich spüre, wie sich von seinen Fingerspitzen langsam weiße Abdrücke bilden.

Ich bin völlig verloren. Ich kann mich nicht erinnern, wo ich bin oder wie ich hier gelandet bin. Es fühlt sich an, als hätte sich mein Geist von meinem Körper getrennt. Ich kann mich nicht mal daran erinnern, wofür mein Geist gut ist. Zeit existiert nicht mehr.

Ich höre das Klicken der Badezimmertür nicht, als sie aufgeht. Bemerke nicht einmal das Licht vom Hotelzimmer, als es das Bad durchflutet. Spüre nicht die acht Augenpaare auf mir. Das heißt, bis das Geschrei losgeht. Gefolgt von anzüglichen Bemerkungen und Jubelrufen und Gelächter.

Brian löst sich mit einem verdrossenen Lachen von mir, und ich löse meine Beine um ihn herum und versuche mein Gesicht hinter seiner Schulter zu verbergen, während die Beschämung meinen ganzen Körper lähmt.

Währenddessen nimmt das Gejohle kein Ende. Ich habe das Gefühl, dass es noch *sehr* lange weitergehen wird. Ich hätte wohl wissen müssen, dass jede gute Tanznummer irgendwann ein Publikum anzieht.

Allerbeste Freundinnen, ja klar

Wahrheit oder Pflicht ist *nicht* schummeln.

Es ist bloß ein Spiel. Ein Haufen Leute, die in einem Hotelzimmer in Colorado Springs zusammen abhängen und nichts Besseres zu tun haben, als sich gegenseitig dazu herauszufordern, sich in verdunkelte Badezimmer davonzustehlen. Außerdem ist es auch nicht so, als wären Hunter und ich offiziell ein Paar oder so was, ich meine, wir hatten noch nicht mal ein Date! Von daher gibt es wirklich *nichts*, weswegen ich ein schlechtes Gewissen haben müsste. Absolut null. Vor allem, weil diese kleine Eskapade mit Brian sowieso völlig belanglos war. Es bedeutet überhaupt nichts. Wenn man zwei Leute in einen dunklen Raum steckt – sei es in einen Wandschrank, einen Vorratsraum oder ein Hotelbadezimmer –, ist es unvermeidlich, dass etwas passieren wird. Das ist völlig normal.

Ich führe die ganze Episode einfach auf pure Biologie zurück. Und Gruppenzwang. Sehr großen Gruppenzwang. Man hat praktisch von uns *erwartet*, dass wir knutschen.

Aber ich halte es wirklich für das Beste, wenn ich das Debattierteam verlasse. Für alle Beteiligten.

Ich weiß, ich habe meiner Blog-Leserschaft diese Frage

nicht zur Abstimmung gegeben oder eine offizielle »Wahl« daraus gemacht, doch ich bin mir einfach nicht sicher, dass das Debattierteam wirklich gerade das Richtige für mich ist. Und seien wir mal ehrlich: Es ist nicht so, als wäre ich beigetreten, weil ich mich tatsächlich fürs Debattieren interessiere. Ich habe es getan, weil man mir die *Wahl* gelassen hat und meine Blog-Leser es für eine gute Idee hielten. Und ich habe meine Verpflichtung ihnen gegenüber erfüllt. Ich bin hingegangen. Ich habe es ausprobiert. Ich hatte dabei eine Menge Spaß und das war's jetzt. Auch wenn ich dankbar für diese Chance bin, sehe ich nicht ein, warum ich mit etwas weitermachen muss, das ich sowieso nicht unbedingt machen wollte. Es ist nichts falsch daran, neue Dinge auszuprobieren, aber irgendwann kommt der Moment, in dem man ein wenig Abstand nehmen, völlig ehrlich mit sich sein und sagen muss: »Ja, das hat Spaß gemacht, aber es ist nicht wirklich mein Ding.«

Ich bin mir todsicher, dass Brian es verstehen wird. Eigentlich glaube ich sogar, dass er ein bisschen erleichtert sein wird. Ich kann mir nicht vorstellen, dass es für ihn sehr lustig gewesen ist. Ich meine, die endlosen Übungsstunden, in denen er mich auf Vordermann bringen musste. Ich bin in den letzten paar Wochen bestimmt eine Last gewesen. Er verdient einen Debattierpartner, der ihm hilft voranzukommen und ihn nicht zurückhält.

Als ich am Montagmorgen nach unten gehe, finde ich einen Zettel von meiner Mom, auf dem sie mir mitteilt, dass sie und mein Dad beide frühe Geschäftstermine haben und ich deshalb mit dem Bus zur Schule fahren muss. Mit einem Frustseufzer schnappe ich mir einen Granola-Riegel aus der

Vorratskammer, schlinge mir meine Tasche über die Schulter und stapfe aus der Tür. Ich ziehe meine Jacke gegen die Novemberkälte und den leichten Schneefall fest um mich und wappne mich für den langen Weg zur Bushaltestelle.

Aber ich komme nicht sehr weit. Eigentlich komme ich nicht mal bis zum Fußweg. Denn in der Auffahrt steht ein Auto mit laufendem Motor, das ich noch nie gesehen habe. Ein glänzender silberner Geländewagen (einer der teuren) mit getönten Fenstern und Händlerschildern, die mir verraten, dass er frisch vom Band kommt. Ich blicke mit zusammengekniffenen Augen durch die Windschutzscheibe, um die Identität des geheimnisvollen Fahrers auszumachen. Ich sehe Strähnen langen blonden Haars, und bevor ich versuchen kann, sie mit einem Namen und einem Gesicht in Verbindung zu bringen, geht auf der Fahrerseite die Tür auf, und ein Paar rote Designer-Lederstiefel klacken auf den Asphalt.

Und ich kenne nur eine Person, die solche Schuhe besitzt.

»Brooks!«, ruft Shayne, als sie vorne um das Auto herumstolziert, und zieht mich in eine sehr peinliche Umarmung, bei der sich unsere Körper nicht einmal berühren. Ich stehe mit schlaff herunterhängenden Armen und leicht geöffnetem Mund da, während sie mir einen Luftkuss auf die linke Wange gibt.

»Wie gefällt dir mein Geburtstagsgeschenk?«, blubbert Shayne, während sie sich umdreht und auf das übergroße Fahrzeug in meiner Einfahrt zeigt, wie ein Bikini tragendes Model auf der Drehbühne einer Autoshow.

»Aber dein Geburtstag ist erst in einem Monat«, wende ich ein, weil mir sonst nichts einfällt. Obwohl »Was zum Teufel machst du hier?« vermutlich die angebrachtere Wortkombination wäre.

Sie zuckt mit den Schultern und kichert verschmitzt. »Ich weiß, aber mein Dad hat ihn mir früher gekauft. Und ich darf ihn fahren, solange meine Mom es nicht erfährt.«

»Aber du hast noch gar keinen Führerschein« ist der Versagerkommentar, der mir über die Lippen kommt.

Das quittiert sie mit einem weiteren Schulterzucken, als wäre das reine Formsache. Ein Tippfehler. So unbedeutend und unerheblich, als wenn man aus Versehen einen zusätzlichen Punkt ans Ende eines Satzes setzt …

Aber ehrlich gesagt, überrascht es mich nicht, dass Shaynes Dad ihr einen Wagen gekauft hat, obwohl sie zu jung ist, um ihn zu fahren. Ihr Vater liest ihr jeden Wunsch von den Augen ab. Es ist seine Art, sie für sich zu gewinnen. Seine Ex-Frau auszustechen. Die Liebe seiner Tochter zu kaufen. Und er kann es sich mit Sicherheit leisten.

Was mich jedoch *überrascht* und was ich immer noch nicht ganz verstanden habe, ist, warum sie gerade diese besondere Bestechung *hierher* gefahren hat. Auch wenn ich den leisen Verdacht habe, dass es etwas mit meiner momentanen Beliebtheit in der Schule zu tun hat.

»Also, willst du mitfahren?«, fragt sie, während sie zurück zum Wagen stolziert und mit dem Kopf in Richtung des Beifahrersitzes zeigt.

Sie stellt die Frage, als wäre das nichts. Als wären wir immer noch die besten Freundinnen – die hochrangige Generalin und ihre Stellvertreterin – und als wäre nichts passiert oder als könnte niemals irgendetwas passieren, um uns zu trennen.

Ich stehe weiter mit hängenden Schultern da und habe

das Gefühl, dass die Welt um mich herum ins Japanische übersetzt worden ist und ich kein Wörterbuch zur Hand habe.

»Komm schon«, drängt sie mich und macht ein zitterndes Geräusch. »Es ist kalt hier draußen. Steig ein. Wir haben *superviel* zu bereden.«

Ich sehe genau in dem Moment auf, als der große gelbe Bus vorbeiprescht und mir gewissermaßen keine andere Wahl lässt, als dem Befehl zu gehorchen, den Shayne geschickt als Bitte maskiert hat. Denn jetzt kann ich entweder mit ihr mitfahren oder zur Schule laufen. Und in dem Fall würde ich den Haupteingang vermutlich gegen Ende der Mittagspause erreichen ... mit einer leichten Unterkühlung.

Ich schlappe zögerlich zur Beifahrertür hinüber und strecke die Hand aus, um den Griff auf Sprengfallen zu überprüfen. Ihr wisst schon, nur um auf Nummer sicher zu gehen, dass das nicht irgendein Scherz mit versteckter Kamera ist, um mich auf YouTube zu blamieren. Aber davon abgesehen, dass das eiskalte Metall an meinen Fingerspitzen schmerzt, scheint die Tür relativ harmlos zu sein. Daher öffne ich sie, werfe meine Tasche auf den Boden und klettere auf den Sitz. Wie Alice im Wunderland, die das Kaninchenloch hinunterfällt, lasse ich mich in diese merkwürdige, auf dem Kopf stehende Dimension locken. Schon allein aus echter Neugierde.

Brooklyn im Wunderland

»Also, wie geht's dir?«, fragt sie, kaum dass sie rückwärts aus unserer Einfahrt gefahren ist.

Ich zucke mit den Schultern und blicke aus dem Fenster, da ich mir weiterhin nicht sicher bin, was ich davon halten soll, dass ich in Shayne Kingsleys Auto sitze. »Gut.«

»Du siehst toll aus«, sagt sie und betrachtet mich aus dem Augenwinkel. »Mir gefällt deine Frisur.«

Sosehr ich mich auch selbst dafür nicht leiden kann, das Kompliment fühlt sich gut an. Tröstend. Wie wenn man einen Anruf von einer alten Freundin bekommt, mit der man seit Jahren nicht geredet hat.

»Ich habe von dir und Hunter gehört«, fährt sie fort, setzt den Blinker und fährt links aus der Siedlung. »Das ist klasse.«

Ich wende mich ihr zu und glotze sie unverwandt an. *Wovon redet sie überhaupt?* Ich sage mir, dass ich den Kommentar einfach ignorieren sollte. Mich nicht auf das Spiel einlassen sollte, das sie spielt. Aber mein Mund redet ohne Erlaubnis. »Was hast du gehört?«

»Dass er dich zum Winterball eingeladen hat«, erklärt sie.

»Er ist echt scharf. Na ja, für einen Highschool-Typen. Ihr zwei gebt ein süßes Paar ab.«

Sie dreht sich zu mir und wirft mir ein Lächeln zu. Was mich am meisten erstaunt, ist nicht das Lächeln an sich, sondern dass es kein bisschen gekünstelt wirkt. Es ist nicht dasselbe Lächeln, das ich vor einem Monat in der Kantine gesehen habe, als sie mich vor allen Leuten hat fallen lassen. Und glaubt mir, wenn irgendjemand den Unterschied erkennen kann, dann bin ich es. So schwer es mir auch fällt, es zu glauben, aber ihr Lächeln scheint aufrichtig. So lächelte sie, als wir einfach zwei Freundinnen waren, die zusammen in ihrem Zimmer abhingen und über Jungs quatschten. Und plötzlich überkommt mich Wehmut. Denn davon abgesehen, dass sie mich ohne lange zu überlegen eiskalt abserviert hat, und trotz der Tatsache, dass sie manipulativ und boshaft und absolut unerträglich sein kann, hatten wir im Laufe der Jahre sehr viel Spaß miteinander. Und Shayne ist nicht nur fies. Sie hat auch ein paar gute Seiten. Wenn man, zum Beispiel, ungerecht behandelt worden ist – von einem Lehrer, einem Elternteil oder einem Mitschüler –, kann man sich immer auf Shaynes Mitgefühl verlassen. Sie ist die Erste, die einen aufmuntert, indem sie den Missetäter aufs Übelste beschimpft und einem erklärt, warum er deiner nicht wert ist. Oder wenn man einen schlechten Tag hat, ist Shayne die Erste, die anbietet, mit einem die Stunde zu schwänzen und einem dank der Platinum-American-Express-Karte ihres Dads eine Maniküre/Pediküre oder eine Wellnessbehandlung zu spendieren. Ich meine, auch wenn sie bestimmt nicht perfekt ist, war sie dennoch meine beste Freundin. Und ich spüre nach wie vor ihre Abwesenheit.

»Danke«, höre ich mich sagen.

»Hör mal«, sagt Shayne, und ihre Miene wird ganz ernst.

»Ich will nicht weiter um den heißen Brei herumreden. Ich muss mich bei dir entschuldigen.«

Meine Kinnlade klappt herunter, und ich sehe sie stumm an.

»Es ist wahr!«, schwört sie als Reaktion auf meinen ungläubigen Blick. »Diese ganze Geiselgeschichte hat mir zu denken gegeben, was unsere Freundschaft betrifft. Meine Mom und ich haben das in den Abendnachrichten mitverfolgt, und ich bin total ausgerastet, als sie deinen Namen als eine der Geiseln genannt haben. Ich war mir nicht sicher, ob du leben oder sterben würdest. Niemand wusste es. Und dann habe ich darüber nachgedacht, was passieren würde, wenn ich dich verliere. Wenn du nie aus dem Laden rauskommen würdest. Und …« Ihre Stimme bricht, und als ich zu ihr blicke, kann ich tatsächlich sehen, dass ihre Augen feucht werden. Es ist, als würde ich beobachten, wie ein Fisch aus seinem Glas springt und einen Spaziergang macht. Ich glaube nicht, dass ich Shayne Kingsley in den letzten fünf Jahren jemals habe weinen sehen. Ich spüre, wie mir selbst Tränen in die Augen treten, und blinzele sie schnell weg.

»Ich bin eine echt schlechte Freundin gewesen«, fährt sie fort, ihre Stimme weiterhin schwer und gebrochen. »Und ich fühle mich deswegen *schrecklich.*«

Mein Mund steht immer noch weit offen. Aber nicht, weil ich ihn zum Sprechen benutze. Eigentlich genau das Gegenteil.

Zum Glück füllt Shayne schnell die Stille. »Die Party im Musterhaus. Und das Feuer und das alles. Ich bin völlig falsch damit umgegangen. Ich dachte an die Reaktion meiner Eltern und bin durchgedreht. Ich meine so RICHTIG durchgedreht. Es tut mir wirklich leid. Ich hätte für dich da sein müssen. Ich hätte die Hälfte der Schuld auf mich nehmen müssen. Oder eigentlich die ganze. Denn, na ja, die Party *war* meine Idee.«

Ich kann einfach nicht fassen, was ich da höre. Shayne Kingsley. Entschuldigt sich. Gibt einen Fehler zu. Gibt eine *Schwäche* zu. Ich wusste gar nicht, dass »Es tut mir leid« Teil ihres Vokabulars ist. Ich bin mir wirklich nicht sicher, was ich mit dieser Information anfangen soll. Ich weiß nicht, wie ich sie verarbeiten soll. Es ist, als würde ich versuchen, ein Mac-Programm auf einem PC laufen zu lassen. Ergibt. Keinen. Sinn.

Ich drehe mich weg und blicke aus dem Fenster. Ihre Stimme treibt durch das Auto, während sie spricht, aber es klingt, als dringe sie aus Millionen von Kilometern Entfernung zu mir herüber. Aus einer anderen Welt. Einem anderen Leben. Nicht aus den sechzig Zentimetern Abstand, die uns jetzt trennen.

»Ich möchte, dass wir wieder befreundet sind«, kommt sie schließlich zum Ende, als sie an einer Ampel anhält, und dreht das Gesicht zu mir. »Ich möchte, dass es wieder so wird, wie es vorher war. Das Leben ist ohne dich verdammt ätzend. Es ist wie ein Martini ohne Oliven. Es schmeckt einfach nicht richtig.«

Ihr Tonfall ist sanft, so hilflos, dass ich keine andere Wahl habe, als mich zu ihr zu drehen. Denn ich *muss* einfach wissen, wie dieser Tonfall aussieht. Ich *muss* wissen, was für ein Gesichtsausdruck ein Geständnis begleitet. Und was ich entdecke, ist etwas, das ich noch nie zuvor gesehen habe. Zumindest nicht auf dem Gesicht von Shayne Kingsley.

Verletzlichkeit.

Schwäche.

Schmerz.

»Äh ...« ist das Einzige, was ich herausbringe. Und obwohl ich weiß, dass es nicht nach viel klingt, fasst es alle meine Gefühle in diesem Moment genau zusammen.

»Was meinst du?«, fragt sie, ihre Stimme immer noch so klein wie die eines Kinds. Eines *Menschen.* »Glaubst du, du kannst mir verzeihen? Glaubst du, wir können wieder befreundet sein?«

Befreundet? Mit Shayne Kingsley? Genau wie früher?

So schwer es mir auch fällt, es zuzugeben, ich *möchte* ihr wirklich glauben. Möchte glauben, dass es ihr aufrichtig leidtut. Dass sie ihre Fehler eingesehen hat und es wiedergutmachen will.

Andererseits war das, was sie gemacht hat, verdammt furchtbar. Ich meine, sie hat mich total gedisst. Vor allen anderen. Hat mich aus ihrem Leben geschmissen, als wäre ich eine Tube abgelaufener Feuchtigkeitscreme. Kann man so etwas wirklich vergeben? Kann man sich je sicher sein, dass sie es nicht genauso schnell wieder tun würde? Ist Shayne Kingsley wirklich fähig, sich zu ändern?

»Ich weiß nicht«, sage ich schließlich nach einer sehr langen Pause und zwei weiteren Kreuzungen. Und ich weiß es *wirklich* nicht. Ich habe nicht die geringste Ahnung. Aber eigentlich will ich sagen: »Ich weiß es nicht, aber ich kenne etwa hundert Leute, die es wissen.«

MEIN LEBEN VOLLER FRAGEZEICHEN

DOCH NICHT MEHR SO ABSCHEULICH?
Gepostet am: *Montag, den 15. November um 8.59 Uhr von* BB4-Life

Am Zeitstempel des Posts werdet ihr wahrscheinlich bemerken, dass ich eigentlich gerade im Unterricht sitzen sollte, weil es in weniger als einer Minute klingeln wird. Aber ich habe SO gigantische Neuigkeiten, dass ich dachte, es wäre die Sache wert, einen weiteren Vermerk wegen Unpünktlichkeit in meiner Schulakte zu bekommen, nur damit ich sie sofort mit euch teilen kann. Ihr wisst schon, so im CNN-Eilmeldungsstil.

Neueste Meldung … Ihre Königliche Abscheulichkeit hat sich entschuldigt! Ja, ihr habt richtig gelesen. Wie in: »Ich hab Mist gebaut. Ich hatte unrecht. Es tut mir leid.« Ich meine, sie war *so* nah dran, auf die Knie zu fallen und mich um Vergebung anzuflehen. Und glaubt mir: Ihre Königliche Abscheulichkeit fleht *niemanden* an. Ihr könnt euch daher bestimmt meine Reaktion ausmalen. Stellt euch einfach eine Zeichentrickfigur vor, deren Augen aus den Höhlen fallen und deren heruntergeklappte Kinnlade bis zum Boden reicht, und dann habt ihr so ziemlich das richtige Bild. Und zur Krönung des Ganzen möchte sie auch noch, dass wir wieder Freundinnen werden.

Natürlich habe ich NICHT die geringste Ahnung, was ich tun soll. Ich glaube, ich war noch nie dankbarer, euch alle zu haben, denn diese Entscheidung möchte ich definitiv *nicht* alleine treffen.

Also, was halten wir von der ganzen Sache?

Oh, und falls ihr den Post verpasst habt, in dem ich bis ins kleinste Detail erkläre, *wofür* sich Ihre Königliche Abscheulichkeit genau entschuldigt hat und woher sie ihren passenden Spitznamen hat, dann checkt ihn auf jeden Fall hier, bevor ihr abstimmt.

Okay, Zeit etwas über Amerikanische Geschichte zu lernen!

Eure Freundin,
BB

Blog-Irrtum zu meinen Gunsten

Es klingelt genau in dem Moment, in dem ich auf »Veröffentlichen« klicke. Dann springe ich von meinem Stuhl an einem der Bibliothekscomputer auf und werfe meine Tasche über die Schulter. Ich beuge mich vor und klicke schnell auf das »X« in der Ecke des Bildschirms, um das Fenster zu schließen. Aber gerade als das Bild meines Blogs verschwindet, fällt mir etwas Ungewöhnliches auf.

Ich habe mir das vermutlich nur eingebildet und sollte in diesem Augenblick so schnell wie möglich aus der Bibliothek verschwinden, um zu versuchen, unbemerkt auf meinen Platz hinten im Geschichtsklassenzimmer zu schlüpfen, bevor Mr Marshall auffällt, dass ich nicht da bin. Doch aus irgendeinem Grund lasse ich mich wieder auf den Stuhl plumpsen und öffne ein anderes Browserfenster, um noch mal zu überprüfen, was ich da gerade gesehen habe. Oder was ich *glaube*, gesehen zu haben.

Ich meine, es *muss* sich um einen Fehler handeln. Es kann auf keinen Fall stimmen. Es übersteigt jegliche Logik. Befindet sich Lichtjahre außerhalb des Bereichs des Möglichen. Als ich mich wieder in mein Konto einlogge und auf »Blog ansehen« klicke, erwarte ich deshalb voll und ganz, die Bestätigung zu erhalten, dass ich es mir nur *eingebildet* habe.

Aber das ist nicht der Fall.

In Wirklichkeit erhalte ich die Bestätigung des genauen Gegenteils. Dass ich *nicht* verrückt werde. Dass mein Geist mir *keinen* Streich spielt. Und dass diese unmögliche Sache, die ich vor ein paar Momenten gesehen habe, tatsächlich *real* ist.

Eigentlich ist es klar wie Kloßbrühe.

Unter den Worten »Anzahl der Blogbesucher« steht »782 764«.

Ich blinzele den Bildschirm an. Zweimal. Dann reibe ich mir die Augen, um sicherzugehen, dass kein Schlaf von heute Morgen übrig ist und drücke »Aktualisieren« auf dem Webbrowser. Aber die Zahl verändert sich nicht. Sie *steigt* sogar. Um etwa zweitausend Besucher.

Zweitausend Besucher mehr in *zwanzig* Sekunden?

Wie ist das möglich? Und wo kommen die alle her? Oder noch wichtiger, *warum* interessiert sie das alle überhaupt? Als ich gestern Abend ins Bett gegangen bin, stand der Zähler bei 125.

Plötzlich kriege ich keine Luft mehr. Habe Schwierigkeiten, mich auch nur zu bewegen. Ich habe das Gefühl, mein Hintern wäre auf dem Stuhl festzementiert, meine Hand an die Maus geklebt und meine Augen festgefroren. Eigentlich ist das Einzige, das sich *bewegt*, mein Zeigefinger, als er wie besessen immer und immer wieder auf »Aktualisieren« drückt, während ich zusehe, wie die unfassbare Zahl mit jedem Fingerklicken weiter steigt.

786 975.

789 085.

793 468.

797 101.

Was zum Teufel ist hier los?

Ich scrolle zurück an den Anfang der Seite, in dem Versuch, mir einen Reim auf diesen Wahnsinn zu machen. Dann fällt mir noch etwas anderes auf. In einer kleinen gelben Blase oben am Bildschirm steht: »Das System ist wegen Reparaturarbeiten zwischen 10 und 12 Uhr außer Betrieb. Wir entschuldigen uns für die Unannehmlichkeiten.«

Ich gebe einen erleichterten Stoßseufzer von mir und sacke auf meinem Stuhl zusammen, weil ich das Gefühl habe, dass mir eine riesige Last von den Schultern genommen worden ist.

Na ja, das erklärt alles!

Es gibt wohl irgendeine Störung im Programm. Ein systemweiter Fehler, der dafür sorgt, dass die ganze Seite durchdreht. Und jetzt müssen sie alles runterfahren, um es zu reparieren. Das scheint *so* logisch! Ich meine, wie könnte man sonst einen Ausschlag von 797 000 Hits *über Nacht* erklären?

Kann man nicht.

Daher ist das die einzige glaubwürdige Erklärung.

Ich gehe auf die Hilfeseite, tippe eine schnelle E-Mail an das Support-Team, in der ich mein Problem darlege, in der Hoffnung, dass es ihnen bei der Suche nach einer Lösung helfen wird, und stürme aus der Bibliothek zu meiner ersten Unterrichtsstunde.

Ich kann mir genau ausmalen, wie die IT-Leute der Website irgendwo im Silicon Valley, Kalifornien, wie aufgescheuchte Hühner herumrennen, sich gegenseitig Befehle zuschreien und versuchen, dieses peinliche Problem zu lösen, das dafür sorgt, dass alle Blogs verrücktspielen. Ich muss darüber beinahe lachen. Aber sie werden das Problem bestimmt lösen. Sie werden diese Panne beheben. Und wenn ich in der Mittagspause wieder in die Bibliothek komme, wird alles wieder in Ordnung sein.

Montag, 15. November

Liebe BB4Life,

danke, dass du uns über den ungewöhnlich hohen Verkehr auf deiner Seite informiert hast. Nach genauer Durchsicht haben wir keine Funktionsprobleme in deinem Konto feststellen können und können bestätigen, dass der Zugriffszähler deines Blogs korrekt funktioniert.

Melde dich jederzeit, wenn wir dir noch anderweitig behilflich sein können.

Mit freundlichen Grüßen,
Dein Blog-Support-Team

Wo Rauch ist …

22980.

Das ist die Anzahl der Kommentare zu meinem letzten Blog-Post.

Zweiundzwanzig*tausend*neunhundertachtzig Leute hatten das Bedürfnis, meine Entscheidung, Shayne Kingsley zu verzeihen oder nicht zu verzeihen, zu kommentieren. Mein Kopf dreht sich so schnell, dass ich mich kaum lange genug auf den Bildschirm konzentrieren kann, um auch nur einen zu lesen.

Ich blicke noch einmal auf den Zugriffszähler. Er steht jetzt bei eineinhalb Millionen. Einein*halb* Millionen. Das ist die Bevölkerung von Idaho. Das ist die Geldsumme, die man brauchen würde, um ein Haus in der Neubausiedlung meiner Mutter zu kaufen.

Und es hört nicht da auf. Es geht immer so weiter. Jedes Mal, wenn ich den Bildschirm aktualisiere.

Wie ein Großflächenbrand.

Es fängt mit einem Streichholz an, unschuldig angezündet, um den Weg durch eine dunkle Baumgruppe zu erleuchten. Dann fällt es einem aus den Fingern und bevor man reagieren kann, steht der ganze Wald in Flammen.

Vielleicht bin ich wirklich eine Brandstifterin.

Ich schließe schnell das Fenster. Als würde es auch aus

meinem Leben verschwinden, wenn ich es von meinem Bildschirm verschwinden lasse. Selbstverständlich funktioniert das nicht. Denn das Bild ist in mein Gedächtnis eingebrannt. Deshalb öffne ich es wieder und blicke wie benommen auf den Bildschirm.

Mein Herz schlägt mir bis zum Hals. Meine Finger liegen kalt und klamm auf den Maustasten.

Wer sind diese Leute? Wo kommen sie her? Wie haben sie von *meinem* kleinen, unbedeutenden Blog erfahren?

Letzte Woche war dieser Blog ein Nichts, heute ist er der Stolz des Internets. Wie lange wird es dauern, bis die Leute dahinterkommen, wer ihn geschrieben hat? Wie lange werden sie brauchen, um die Puzzleteile zusammenzusetzen und zu folgern, dass ich mich, genau wie BB, dem Debattierteam angeschlossen, bei einem Probetraining der Rugbymannschaft teilgenommen, mich für *Die Früchte des Zorns* als Englischlektüre entschieden habe und beinahe in der Kantine erstickt wäre?

Meine Schätzung: nicht sehr lange.

Und das bedeutet, dass ich wenig Zeit habe, bevor die Hölle losbricht.

Eine Hand legt sich mir auf die Schulter, und ich erschrecke mich fast zu Tode.

»Da bist du!« Shaynes Stimme hallt trotz der »Ruhe bitte«-Schilder, die an jeder Wand kleben, durch die ganze Bibliothek. »Was machst du *hier* drin?«

In ihrer Stimme schwingt eindeutig Verachtung, während sie sich im Raum umsieht und ihre Umgebung wahrnimmt, als würde sie sie zum ersten Mal sehen. Eine geheime Kammer, die man in dem Haus entdeckt, in dem man sein ganzes Leben lang gewohnt hat.

Ich greife schnell nach der Maus, um das Fenster zu schließen, bevor Shayne es sieht. Doch es ist zu spät. »Oh«, sagt sie, als sie auf den Bildschirm blickt und die Augen verdreht »Das. *Bitte* sag mir nicht, dass du auch darauf abfährst?«

Viel zu spät.

Mir bleibt die Luft im Hals stecken.

Shayne Kingsley weiß über den Blog Bescheid.

Shayne Kingsley hat ihn gelesen.

Es passiert schon. Ich bin bereits verloren.

Ihr kann unmöglich nicht klar sein, dass ich über sie rede. Sie muss zumindest sich selbst erkennen. Könnte das der wahre Grund für ihre Entschuldigung sein? Könnte sie den Blog gelesen haben und jetzt zu irgendeinem rachsüchtigen Vergeltungsschlag ausholen?

»Alle reden über diesen dämlichen Blog«, fährt sie fort.

»Echt?«, kriege ich heraus. Aber es ist nicht viel mehr als ein Quieken.

»Ich finde ihn total überbewertet.«

Ich suche in ihrem Gesicht nach einem Hinweis. Einem anklagenden Aufflackern. Doch da ist nichts.

»Hast du ihn gelesen?« Meine Stimme zittert jetzt.

Sie senkt den Blick auf ihre Maniküre, als wäre für sie sogar die Pflege ihrer Fingernägel von größerem Interesse als das Thema, über das wir gerade reden. »Ja, teilweise, gestern Abend, nachdem DishnDiss ihn gepostet hat. Aber ich weiß nicht, was das Theater soll. Irgendein Mädchen braucht Hilfe, ihr Leben auf die Reihe zu kriegen. Na und?«

»Moment mal.« Ich spule ihre Worte zurück, bis ich wieder an der Stelle bin, die mir merkwürdig vorkommt. »DishnDiss? Wie in DishnDiss *dot com*?«

Sie sieht mich an, als hätte ich sie nicht mehr alle. »Ähm, ja.«

»Die haben das auf ihrer Website gepostet? Die Website, die von Millionen von Leuten *am Tag* gelesen wird?«

»Ja klar«, gibt sie zurück, wobei sie dieses Gespräch eindeutig zu langweilen scheint. »Wie hättest du sonst davon gehört?«

Ich suche nach Worten, aber sie kommen nur in kurzen, unzusammenhängenden Klumpen heraus. »Äh ... ich ... weiß ...«

»Geschenkt.« Sie rettet mich davor, den Satz beenden zu müssen. »*So* was von öde. Gehen wir Mittag essen.«

Ich weiß nicht, ob es der Schock oder die Tatsache ist, dass ich immer noch versuche, wieder festen Boden unter den Füßen in meiner auf den Kopf gestellten Welt zu finden – wie ein Fohlen, das zögerlich seine ersten Schritte macht –, aber ich wende nichts ein. Ich lasse mich den Gang hinunter und in die Kantine führen. Und bevor ich weiß, was los ist, sitze ich wieder am Tisch in der Mitte von allem und besetze den begehrten Platz neben Shayne Kingsley.

Als wäre ich nie weg gewesen.

Inkognito

Alle reden über meinen Blog. Und diskutieren über das Schicksal von BBs Freundschaft mit Ihrer Königlichen Abscheulichkeit, als handele es sich um eine Fehde in einer MTV-Realityshow. Währenddessen sitze ich einfach da und höre zu, wie die Leute hin und her argumentieren, von der ständigen Angst gelähmt, bloßgestellt zu werden. Überzeugt, dass jeden Augenblick jemand zum Tisch marschieren, mit dem Finger auf mich zeigen und sagen wird: »Hey, du bist BB4Life, oder?« Und dann werden sich alle umdrehen und mich erstaunt anstarren, während sich die Zahnräder in ihren Köpfen in Bewegung setzen und sich alle Puzzleteile zusammenfügen.

Zum Glück ist »dieser bescheuerte Blog« das Aller*letzte*, worüber Shayne reden will. Und sie gibt ihrem Unmut etwa fünf Minuten, nachdem wir uns hingesetzt haben, unmissverständlich Ausdruck.

»Können wir *bitte* über etwas anderes reden?«, jammert sie. »Das ist *so* eine Verschwendung von Hirnaktivität. Außerdem ist BB voll der Loser, wenn sie auch nur in Betracht zieht, ihrer Ex-Freundin zu vergeben. Wenn die sie wirklich so übel abserviert hat, warum überlegt sie da überhaupt noch? Ihre Königliche Abscheulichkeit ist eindeutig voll das Miststück. Ende der Diskussion. Reden wir über was anderes. Über den Winterball, zum Beispiel. Ooh! Oder über die Wahnsinnsgeburtstagsparty, die mein Vater für meinen sechzehnten Geburtstag nächsten Monat plant.«

Und zum ersten Mal in meinem Leben bin ich tatsächlich dankbar, als alle ihrem Befehl gehorchen wie weinerliche Hunde, die dem Alphatier folgen und sofort das Thema wechseln.

Ich gebe vor, etwas vor der Englischstunde ausdrucken zu müssen, um früher aus der Mittagspause zu verschwinden, und mache mich auf den Weg zurück zu den Computern in der Bibliothek. Ich gehe direkt auf DishnDiss.com und scrolle eilig an den Sorgerechtsstreiten, den Essstörungen und Geschichten von zugespielten Sexvideos vorbei, bis ich finde, was ich suche.

Es ist nicht lang. Es ist nicht kompliziert. Und doch ergibt alles, was in den letzten paar Stunden passiert ist, einen Sinn, nachdem ich es gelesen habe.

Wie faul sind Teenager eigentlich heutzutage?

Als ich fünfzehn war, gab es keine Blogs oder Online-Abstimmungen. Wir mussten wirklich unsere *eigenen* Entscheidungen treffen. Und wir mussten zur Schule laufen … bergauf in beide Richtungen … im Schnee.

Klick hier, um über das Leben eines hoffnungslosen Mädchens abzustimmen.

Das ist übel. Das ist sehr, *sehr* übel. Das könnte mein Ende bedeuten. Um Himmels willen, mein Blog ist unter der »Diss«-Kolumne gelistet. Ich bin von der bekanntesten Tratsch-Website in Amerika öffentlich gedisst worden! Wenn die Leute herausfinden, dass der Blog von mir ist, werde ich mich nie wieder davon erholen.

Kein Wunder, dass ich das bis jetzt nicht gesehen habe. Ich war nicht mehr auf DishnDiss.com, seit Shayne *mich* gedisst hat. Denn ich hatte keinen Grund dazu. Sich über den neuesten Klatsch und Tratsch auf dem Laufenden zu halten war immer Shaynes Ding. Nicht meins. Es war mir völlig egal, welcher Promi geschwängert worden und welcher Star bei einem Mode-Faux-Pas auf frischer Tat ertappt worden war. Aber Shayne war es nicht egal. Und deshalb erwartete sie von mir dasselbe.

Und in dem Moment wird mir klar, warum mich niemand als die rätselhafte Bloggerin hinter MeinLebenVollerFragezeichen.com identifizieren kann. Warum ich offenbar die einzige Person an dieser Schule bin, die weiß, dass dieser Blog mir gehört und nicht »irgendeiner Person in Ohio«, wie ein paar Leser spekuliert haben. Denn nachdem ich offiziell aus der Kirche von Shayne exkommuniziert wurde (und vor meinem Lokalheldinnenstatus), war ich unsichtbar. Ich war nicht mehr das Thema öffentlicher Spekulationen. Ich wurde nicht mehr diskutiert, beobachtet, analysiert, gemustert oder imitiert.

Und jetzt mit den Einzelheiten direkt vor Augen, mit allen zur öffentlichen Begutachtung ausgelegten Beweisen könnte die Antwort nicht offensichtlicher sein. Und doch, im Schatten von Shayne Kingsley kann es niemand erkennen.

Na ja, fast niemand.

Ob ihr es glaubt oder nicht, es gibt *eine* Person, die weiß, dass ich mich dem Debattierteam angeschlossen habe. Dass ich bei einem Rugby-Probetraining teilgenommen und den Hintern voll bekommen habe. Dass ich auf einer freiwilligen Exkursion war, um mir in Gesundheitskunde zerstückelte Leichen anzusehen. Und dass ich beinahe in einer versteckten Ecke der Kantine erstickt und gestorben wäre.

Die eine Person, die mein *wahres* Ich kennt.

Nicht als Anhängsel von Shayne Kingsley, sondern als eigenständige und vollkommene Person.

Brian »Heimlich« Harris.

Mein Debattierpartner. Oder schon bald Ex-Debattierpartner.

Ich bleibe langsam vor der Tür meines Englischklassenzimmers stehen und denke über die Folgen nach. *Was ist, wenn er Bescheid weiß? Wird er sich darüber aufregen? Oder wird er es lustig finden?*

Und dann, als hätte ich ihn telepathisch gerufen, steht er auf einmal direkt neben mir.

»Hey, du«, sagt er und stupst mich am Arm an.

Ich springe fast dreißig Zentimeter in die Luft. Brian kichert. »'tschuldige, ich wollte dich nicht erschrecken.«

Ich zwinge ein unbehagliches Kichern heraus. »Hi.« Und dann starre ich ihn einfach an und warte. Warte darauf, dass die Bombe platzt. Warte darauf, dass er meine schlimmsten Befürchtungen bestätigt.

»Was?«, sagt er und wischt sich die Nase und den Mund. »Hängt mir was im Gesicht?«

Ich schüttele schnell den Kopf. »Nein, ich … ich frage

mich nur, ob du irgendwas zu sagen hast. Oder über irgendwas mit mir reden möchtest.«

Er zieht fragend eine Augenbraue hoch, und dann sehe ich, wie ihm eine Erleuchtung kommt. »Oh«, sagt er, senkt die Stimme und beugt den Kopf weiter zu mir vor. »*Das.*«

Genau, wie ich vermutet hatte. Er weiß *Bescheid.*

»Ja«, sage ich mit einem Schaudern. »Das.«

»Also, ich will tatsächlich mit dir darüber reden.«

Ich atme tief durch und bereite mich auf das Schlimmste vor. »Okay.«

»Aber nicht hier«, erklärt er und blickt sich um. »Lass uns nach der Schule vor der Debattierzentrale treffen.«

Mein ganzer Körper sackt zusammen. Ich wollte es wirklich einfach hinter mich bringen. Ich möchte nicht den ganzen Tag herumlaufen und darüber nachdenken. Aber er hat wohl recht. Der Unterricht fängt in weniger als einer Minute an, und dieses Gespräch wird um einiges länger dauern. Deshalb nicke ich und sage: »Okay. Alles klar«, bevor ich ihm ins Klassenzimmer folge.

Ausgedisst

Sobald es zum Schulende klingelt, gehe ich nicht einmal bei meinem Spind vorbei, sondern mache mich direkt auf den Weg zur Debattierzentrale und warte. Brian taucht ein paar Minuten später mit einem Grinsen im Gesicht auf.

Na ja, denke ich, *wenn er wegen des Blogs sauer ist, hat er auf jeden Fall eine interessante Art, es zu zeigen.*

»Also«, gebe ich ihm nervös das Stichwort.

Brian zeigt auf die offene Tür des Debattierraums. »Sollen wir reingehen?«

Ich nicke und trete ein. Da Ms Rich bei einer Fakultätsbesprechung ist, haben wir das Klassenzimmer ganz für uns allein. Brian setzt sich an einen Tisch, und ich folge schnell seinem Beispiel und lasse mich auf den Platz neben ihn plumpsen.

»Worüber möchtest du mit mir reden?«, frage ich und erinnere mich daran, tief durchzuatmen und ihn ausreden zu lassen, ohne völlig durchzudrehen.

Brian wirkt auf einmal sehr nervös. Er sieht immer wieder auf seine Hände hinunter und vermeidet jeglichen Blickkontakt. »Also«, fängt er schüchtern an. »Ich wollte über letztes Wochenende reden.«

»Letztes Wochenende«, wiederhole ich argwöhnisch. »Wieso? Was ist damit?«

»Ich meine, was während des Wochenendes *passiert* ist«, formuliert er um.

Ich lege die Stirn in Falten. »Meinst du, dass du ihn letztes Wochenende *gelesen* hast?«

Er spiegelt meinen verwirrten Gesichtsausdruck wider. »Was gelesen?«

Und dann erstarre ich und sehe ihn mit zusammengekniffenen Augen an, während ich in seinem Blick nach irgendeinem Hinweis suche. »Geht es hier um etwas, das du auf DishnDiss.com gesehen hast?«

Sein Gesicht verzieht sich zu einem noch verwirrteren Ausdruck. »Was ist DishnDiss.com?«

Oh mein Gott. Er weiß nicht Bescheid!

Das hätte mir klar sein müssen. Ich meine, wenn es auf dieser Welt jemanden gibt, der DishnDiss.com vermutlich nicht liest, ist das Brian. Er ist zu sehr damit beschäftigt, Artikel über illegale Einwanderung in der *Time* oder *Newsweek* zu lesen. Warum sollte sich jemand wie Brian Harris, der Gute, für Promiklatsch interessieren?

»Dann geht es also nicht um etwas, das du kürzlich *gelesen* hast?«, frage ich nach und mustere sein Gesicht, als könnte es mir irgendetwas verraten.

»Nein«, antwortet er, immer noch ein wenig verloren. »Es geht darum, was bei dem Debattierturnier passiert ist.«

Und dann dämmert es mir langsam.

Er will über den Kuss reden.

Aber ich will nicht über den Kuss reden. Ich will nicht einmal über den Kuss nachdenken. Hoffentlich werde ich in ein paar Wochen mit Hunter auf den Winterball gehen, und das ist das Einzige, was zählt. Dieser Kuss hat nichts bedeutet. Und es bringt nichts, weiter auf etwas herumzureiten, das nichts bedeutet.

Ich muss ihm zuvorkommen. Ich muss das Gespräch an mich reißen und das Thema wechseln.

»Oh«, antworte ich und mein Gesicht erhellt sich. »Alles klar. Das Turnier. Natürlich. Darüber wollte ich auch mit dir reden.«

Er atmet laut aus, während sich sein Gesicht scheinbar vor Erleichterung entspannt. »Oh, gut. Dann fang du doch an.«

Ich atme tief durch und lege mit dem Vortrag los, den ich gestern Abend zu Hause bei meiner Rückkehr aus Colorado Springs vor dem Spiegel eingeübt habe. »Na ja, also, ich glaube, wir wissen beide, dass ich nicht sehr gut darin bin, du weißt schon, *im Debattieren*. Und obwohl ich Spaß hatte und dankbar bin, dass du mir die Gelegenheit gegeben hast, es auszuprobieren, ist es ziemlich offensichtlich, dass es nicht wirklich mein Ding ist. Daher ist es wahrscheinlich das Beste, wenn ich jetzt aussteige.«

Ich zucke innerlich zusammen und warte auf seine Antwort.

»Du hörst auf!«, schreit er praktisch.

Ich beiße mir auf die Lippe und nicke schüchtern. »Ja.«

»Aber du fängst doch gerade erst an, den Dreh rauszukriegen. Du kannst jetzt nicht aufhören. Der Greeley-Wettbewerb findet nach Thanksgiving statt. Es ist eines der größten Turniere des Jahres.«

»Äh …«, stammele ich und versuche, mir etwas Schlaues und Überzeugendes einfallen zu lassen, scheitere aber kläglich.

»Liegt es daran, was im Hotelzimmer passiert ist?«

»Du meinst die Mutprobe?«, wiederhole ich und stelle mich dumm. Denn ehrlich gesagt, weiß ich nicht, was ich sonst tun soll.

Er wirft frustriert die Hände in die Luft. »Ja, die Mutprobe!«

Ich tue seine Vermutung mit einem Lachen ab. »Natürlich nicht. Das hat nichts damit zu tun. Ich glaube nur nicht, dass ich eine besonders gute Debattiererin bin. Das ist wirklich nicht … na ja … mein Ding. Es wäre, glaube ich, besser für dich, einen Partner zu finden, der dir einen Vorteil verschafft und keine Belastung für dich ist.«

Brian springt von seinem Stuhl auf und fängt an, im Raum auf und ab zu gehen. Dann bleibt er abrupt stehen und kneift die Augen zu einem sehr argwöhnischen Blick zusammen. »Warum tust du das wirklich?«, will er wissen.

»Das … das habe ich dir doch gesagt«, erwidere ich stockend, auf einmal unfähig, seinem durchdringenden Blick zu begegnen. »Es ist nicht mein Ding. Und es macht mir keinen Spaß.«

»Nein«, widerspricht er und macht einen bedrohlichen Schritt auf mich zu. »Das ist nicht der wahre Grund.«

»Doch, ist es«, beharre ich und werde langsam sauer. Beschuldigt er mich etwa, dass ich lüge? Nachdem ich ihm und allen anderen am Samstagabend meine Seele offenbart habe?

»Ich glaube, dass es da einen anderen Grund gibt.«

Ich stehe auf und stelle mich ihm mit verschränkten Armen gegenüber. »Es gibt aber keinen anderen.«

Wir stecken jetzt in der totalen Pattsituation fest und starren uns gegenseitig an, wobei keiner von uns als Erster wegsehen will. Aber nach ein paar Augenblicken belastenden Schweigens gibt er nach. Seine Haltung entspannt sich, und sein Blick wird weicher. Dann sieht er mir direkt in die Augen und fragt mit leiser, verletzlicher Stimme, fast wie die eines Kindes: »Aber was ist mit uns?«

Ich entspanne mich auch und berühre seinen Arm. »Brian«, sage ich sanft. »Mach dir keine Sorgen. Du wirst bestimmt einen anderen Debattierpartner finden. Einen, der zehnmal qualifizierter ist als ich.«

»Nein«, gibt er zurück und lässt den Kopf ein wenig hängen. »Was ist mit *uns*? Wie in du und ich. Was ist mit dem Kuss?«

Zuerst glaube ich, dass er Witze macht, und muss darüber kichern. Aber sobald ich bemerke, dass er meine Belustigung nicht teilt, höre ich auf zu grinsen und stecke mir nervös eine Haarsträhne hinters Ohr. »Ähm«, fange ich verlegen an. »Das war Teil des Spiels, schon vergessen? Ich habe nur die Aufgabe erfüllt, die Katy mir gegeben hat.«

»Nein«, sagt Brian noch einmal, diesmal so schnell, dass ich blinzeln muss. »Deine Aufgabe war, mit mir ins Bad zu gehen. Du hast dich *entschieden*, mich zu küssen.«

»Brian«, sage ich bedächtig, während meine Handflächen zu schwitzen anfangen. »Es ist ziemlich offensichtlich, was ›zusammen ins Bad gehen‹ bedeutet. Es war nur eine *Mutprobe*.«

»Wir wissen beide, dass der Kuss mehr war als eine Mutprobe«, schießt er zurück. »Dass es etwas bedeutet hat.«

Sein Kommentar macht mich sprachlos. *Mehr als eine Mutprobe?* Nein, das habe ich mir schon alles durch den Kopf gehen lassen. Es kann nicht mehr als eine Mutprobe gewesen sein. Wir reden hier von Brian Harris. Ja klar, er ist niedlich und süß und versteht mich vermutlich besser als sonst jemand an dieser Schule, aber er ist ein *Freund.* Jemand, mit dem man herumalbert. Über illegale Einwanderung debattiert. John-Steinbeck-Romane diskutiert. Nicht jemand, den man datet. Nicht jemand, mit dem man *knutscht.* Es sei denn, es ist Teil eines harmlosen Wahrheit-oder-Pflicht-Spiels.

Warum versucht er also, etwas anderes daraus zu machen?

»Hat dir *irgendetwas* etwas bedeutet?«, fragt er und unterbricht mein Schweigen. »Das Debattierteam? Die Exkursion? Colorado Springs?«

Die Frage hängt in der Luft und tropft auf mich herunter, wie aus einem undichten Wasserballon, der kurz vorm Platzen ist. Ich kann sie nicht beantworten. Bis zu diesem Augenblick war Brian einfach nur eine Frage in einem Blog. Eine Antwortmöglichkeit in einer Multiple-Choice-Abstimmung. Ich hätte wohl nie gedacht, dass er zu einer echten Person werden könnte.

Aber mein Schweigen scheint ihm als Antwort auszureichen. Denn er lässt die Schultern und den Kopf hängen. Er sieht wie ein aufblasbares Badespielzeug aus, aus dem man die Luft herausgelassen hat.

»Ist schon okay«, sagt er und bläst sich wieder ein bisschen auf. »Weißt du was? Du musst nicht mal gehen. Ich werfe dich aus dem Team.«

Dann stürmt er aus der Tür.

Zwischenräume

Der öffentliche Nahverkehrsbus ist gerammelt voll und stinkt ein wenig, aber es ist meine einzige Transportmöglichkeit. Ich kann meine Eltern nicht anrufen, weil ich *eigentlich* in genau diesem Moment vor der Schule warten sollte, damit mich meine Mom abholt und zur Baustelle bringt. Ich kann Shayne nicht fragen, mich in ihrem neuen Auto hinzufahren, weil ich weiß, dass sie nichts von meinem Ziel halten würde. Und ich kann auf keinen Fall Brian fragen, weil er eindeutig nichts mehr mit mir zu tun haben will.

Bleibt also nur der Bus.

Ich muss zweimal umsteigen und sitze neben einem Mann mittleren Alters, der vor sich hin singt, doch eine Stunde später erreiche ich endlich das Jahrhundert-Altenpflegeheim. Warum habe ich mir speziell diesen Ort ausgesucht? Ich weiß es nicht wirklich. Vielleicht, weil es weit genug entfernt ist, um mir das Gefühl zu geben, dass ich allem entkommen bin. Oder weil hier unter Garantie niemand meinen Blog gelesen hat. Oder überhaupt *irgendeinen* Blog.

Vielleicht ist der Grund aber auch, weil Mrs Moody ironischerweise im Moment die einzige Person ist, die ich sehen will.

Ich beschließe, mich durch die Hintertür reinzuschleichen, damit ich mich nicht mit Carol herumärgern muss, wenn ich am Empfang vorbeigehe, oder mit Gail, wenn ich den Beschäftigungsraum passiere. Als ich den Gang zu Zimmer 4A hinunterschleiche, freue ich mich darauf, es mir auf dem unbequemen Plastikstuhl mit einer Ausgabe von *Du bestimmst die Geschichte* bequem zu machen und dabei zuzusehen, wie Mrs Moody unser Abenteuer in jede falsche Richtung lenkt, die ihr auch nur in den Sinn kommt. Ich freue mich darauf, mich zur Abwechslung auf die Entscheidungen einer anderen Person zu konzentrieren.

Aber als ich die Tür aufschiebe und mich leise ankündige, erhalte ich keine Antwort. Und das Erste, was ich bemerke, ist die Kommode, die neben der Tür steht. Sonst ist sie immer mit ihrem Krimskrams in Miniaturgröße und ihren Porzellanfiguren übersät. Nicht heute. Heute ist sie leer. Als hätte jemand die Oberfläche mit einer ausladenden Handbewegung leergefegt.

Besorgt betrete ich zögerlich den Raum. »Mrs Moody. Was ist mit all Ihren …«

Mir verschlägt es den Atem, als ich die leeren Bücherregale sehe, und mein Herz bleibt stehen, als ich die nackte Matratze auf dem Bett erblicke. Die Laken sind abgezogen. Das Zimmer ist vollständig geräumt worden.

Und da steigt die Wut in mir auf.

Ich mache auf dem Absatz kehrt und marschiere direkt zum Schwesternzimmer. Harriet ist über die Rückenlehne des Stuhls gebeugt und zeigt einer neuen Krankenschwester, wie man etwas am Computer macht. Ich knalle die Faust so fest auf die Tischfläche, dass der Monitor wackelt und ein Becher voller Stifte auf den Boden fällt.

»Wo haben Sie sie hingeschickt?«

Harriet sieht zu mir auf und lässt sofort die Schultern hängen. Ich kann es ihr ansehen. Sie wusste, dass sie es irgendwann mit mir zu tun haben würde, und jetzt ist die Zeit gekommen. »Brooklyn«, setzt sie an, ihre Stimme spitz und bevormundend.

»Nein!«, knurre ich. »Sie haben mir gesagt, dass sie bleiben darf. Sie hat Fortschritte gemacht. Die Hundebesuche hätten alles geändert. Sie brauchte nur ein wenig mehr Zeit.«

»Brooklyn«, wiederholt sie mit gerunzelter Stirn. »Hör mir bitte zu.«

»Nein, *Sie* hören mir zu!«, schreie ich zurück. Ich habe keine Ahnung, warum ich so aufgebracht bin. Mrs Moody ist nicht mal sonderlich nett zu mir. Aber ich weiß, dass sich sonst niemand für sie stark machen wird. Weil sie sonst niemanden hat.

Wir sind uns in dem Punkt wohl irgendwie ähnlich.

»Sie können Leute nicht einfach so aufgeben! Sie können ihnen nicht einfach den Rücken zukehren, weil sie *einen* Fehler gemacht haben. Sie können sie nicht einfach wegschicken, damit Sie sich nicht mehr um sie kümmern müssen!«

»Brooklyn, ich habe sie nirgendwo hingeschickt«, erwidert Harriet und sieht mich fest an. »Mrs Moody ist gestern gestorben.«

Plötzlich wird mein Körper ganz taub. Ich kann meine Beine nicht spüren. Ich kann meine Füße nicht spüren. Mein Hirn ist nur noch Matsch. Mein Hals brennt. Als hätte jemand Säure hineingekippt. »Gestorben …?«

»Es tut mir sehr leid«, sagt sie.

»Aber … sie war …«

»Sie war alt«, erklärt Harriet. »Und sie war unheilbar krank. Das sind die meisten Patienten hier.«

Ich nicke schwach. Ich weiß nicht, was ich sagen soll. Oder ob es überhaupt irgendetwas zu sagen *gibt*. Und ich will auf keinen Fall weiter hier bleiben, während Harriet mich mitleidig ansieht. Deshalb drehe ich mich um und fange an zu laufen. Ich weiß nicht, wohin. Ich gehe einfach. Gail taucht von irgendwoher auf und fragt mich, ob ich reden will, aber ich höre nichts. Es ist alles nur noch weißes Rauschen. Wie Knistern im Radio. Der Raum zwischen Frequenzen. Der Raum zwischen Erkenntnissen.

Plötzlich steht der verrückte, einäugige Murmler vor mir. Ich bin mir nicht sicher, wie er hier gelandet oder woher er gekommen ist, doch er ist da.

»Ha du ma li-wa Pu-hi ge-hen?«

»Nein«, sage ich ausdruckslos und laufe geradewegs an ihm vorbei. »Tut mir leid. Ich habe Ihren lila Pulli nicht gesehen.«

Ich gehe durch die Eingangstüren und lasse mich an der Seite des Parkplatzes auf eine Holzbank plumpsen. Es ist eiskalt draußen, aber das ist in Ordnung. Ich bin bereits erstarrt.

Ich habe keine Ahnung, wie lange ich schon hier sitze, als meine Mom auftaucht. Die Zeit scheint still gestanden zu haben. Doch ich weiß, dass sie nicht gerade gut auf mich zu sprechen ist. Ich kann es ihrem Tonfall anmerken. Die Art, wie sie meinen Ellbogen packt, mich zum Beifahrersitz zerrt und die Tür hinter mir zuknallt.

Ich beobachte, wie sie vorne um das Auto herumgeht. Beobachte, wie Gail aus dem Gebäude eilt und beide ein paar Worte wechseln. Beobachte, wie sich die Miene meiner Mom ändert. Weicher. Länger wird.

Dann lausche ich ihren Entschuldigungen. Die ganze Autofahrt bis nach Hause. Ich lausche ihrem Vortrag über Tod, Akzeptanz und Trauer. Es klingt, als käme es geradewegs aus einem Selbsthilfebuch. *Wie man seiner jugendlichen Tochter hilft, mit Verlust umzugehen.*

Ich höre zu, nehme aber nichts auf.

Warum habe ich das Gefühl, dass ich mehr als eine alte, launische Frau verloren habe? Warum habe ich das Gefühl, dass nichts in meinem Leben einen Sinn ergibt? Warum habe ich das Gefühl, dass ich, obwohl ich alles versucht habe, auf jegliche Entscheidungsmacht in meinem Leben zu verzichten, dennoch eine schreckliche Entscheidung getroffen habe?

Zu Hause gehe ich direkt in mein Zimmer. Ich schließe die Tür. Ich setze mich an meinen Computer und logge mich in mein Blogkonto ein. Als ich gefragt werde, ob ich meinen Blog wirklich löschen will, zögere ich nicht. Ich überlege nicht zweimal. Ich klicke einfach auf »Ja«, und dann knalle ich den Laptop zu.

Wieder ganz oben

Das Telefon klingelt um sieben. Die Anruferkennung sagt »Unbekannt«, aber sobald ich die Stimme am anderen Ende höre, weiß ich genau, wer es ist.

»Hey, Süße.«

»Shayne«, sage ich benommen und verspüre eine seltsame Mischung aus Enttäuschung und Erleichterung. Enttäuschung, weil ich mehr oder weniger gehofft hatte, dass es jemand anderes sein würde. Und Erleichterung, weil ich mir nicht sicher bin, dass ich in diesem Moment mit jemand anderem hätte umgehen können.

»Was treibst du gerade?«

Ich sehe mich im Raum um. Ich habe ihn nicht verlassen, seit mich meine Mom vom Altenpflegeheim nach Hause gebracht hat. »Nicht viel.«

»Dann zieh dir was Süßes an, wir gehen aus.«

In dem Moment denke ich über viele Dinge nach. Manche sind wichtig, manche nicht. Manche scheinen mein Leben verändert zu haben, manche erscheinen sinnlos. Ich denke an die Party. Das Feuer. Das Gericht. Ich denke an Shaynes tief empfundene Entschuldigung heute Morgen im Auto.

Ich denke an Brian.

Ich denke an Hunter.

Ich denke über die Bedeutung von Entscheidungen nach.

Und dann höre ich mich sagen: »Alles klar. Hol mich in fünfzehn Minuten ab.«

Shayne trifft in ihrem illegalen Luxusgefährt ein, und wir fahren rüber zu Billy Jenkins' Haus, weil seine Eltern weg sind und den Alkoholschrank nicht abgeschlossen haben. Die übliche Crew ist da, und es fühlt sich gut an, wieder unter ihnen zu sein. Ihre Sprache zu sprechen, über ihre Witze zu lachen, ihre Werte zu teilen. Es fällt mir so leicht, mich wieder einzugliedern, dass es mir fast so vorkommt, als wäre ich nie weg gewesen. Manche Dinge hat man wohl einfach im Blut. Manche Dinge vergisst man nie.

Und als Shayne und ich am nächsten Morgen zusammen durch die Eingangstüren der Schule treten und so wie früher den Hauptkorridor wie einen Laufsteg hinunterstolzieren, fällt es unseren Mitschülern sofort auf. Köpfe drehen sich. Lippen bewegen sich. Blicke verfolgen uns. So wie Shayne sich bei mir eingehakt hat, mich auf den neuesten Stand über den ganzen Klatsch und Tratsch bringt, den ich in den letzten paar Wochen verpasst habe, und mir sagt, wie toll sie meine Accessoires findet und was auch immer Kreatives ich mit meinem Lidschatten gemacht habe, fühle ich mich sicher. Zufrieden.

Ich habe das Gefühl, nach Hause gekommen zu sein.

Zuerst scheint es die Leute aufzuregen, dass mein Blog gelöscht wurde. Alle haben eine Theorie darüber, warum ich auf einmal verschwunden bin. Manche gehen sogar so weit, zu spekulieren, BB4Life wäre ermordet worden, aber nach ein paar Tagen haben sie das Ganze offenbar auch schon wieder völlig vergessen. Oder zumindest hören sie auf, sein Verschwinden zu bedauern. Außerdem hat DishnDiss.com irgendeine Website gepostet, wo man Zeichentrickfiguren verkuppeln kann, und seitdem bin ich Schnee von gestern.

Nicht dass mich das groß stören würde.

Hunter fragt mich noch einmal, ob ich mit ihm auf den Winterball gehen will, und diesmal zögere ich nicht. Ich sage einfach Ja, während Shayne neben mir begeistert in die Hände klatscht und schwärmt, wie toll es werden wird, wenn wir zu viert hingehen: Hunter und ich und Shayne und Jesse.

Sie versichert mir, dass ich die richtige Entscheidung getroffen habe. Dass Hunter unter Garantie meine Aktien steigen lassen wird. Gut aussehend, beliebt und bei allen Mädchen in der Schule heiß begehrt. Und was will man – Shayne zufolge – mehr von einem Typen?

Ich sage ihr, dass mir sonst eigentlich nichts einfällt.

Aber die Wahrheit ist, dass ich mich nicht wirklich anstrenge. Shayne stellt immer nur rhetorische Fragen. Sie benötigt keine Antworten.

Danach sitzt Hunter in der Mittagspause immer bei uns am Tisch. Und jedes Mal, wenn er sich rüberbeugt und mit mir flirtet oder mir einen sanften Kuss auf die Wange drückt, bemerke ich aus dem Augenwinkel, wie Shayne zustimmend nickt. Und Hunters Liebesbekundungen sind immer von einem wohligen Gefühl der Zufriedenheit und Erleichterung begleitet. Als hätte man mir eine Last abgenommen. Als wäre mein Leben nach so vielen Umwegen wieder auf dem richtigen Weg.

Der Kampf ist vorbei.

Als die Herbstferien anfangen, habe ich es geschafft, mein altes Leben wieder nahtlos aufzunehmen. Ich bin wieder Shaynes Stellvertreterin. Ich habe den begehrten Platz neben ihr am Tisch in der Mitte wiedererlangt. Habe meinen hochrangigen Status an der Schule zurückbekommen.

Und wisst ihr was? Ich war noch nie glücklicher.

An der Spitze ist das Leben glamouröser. Man wird respektiert. Leute machen Platz, wenn man an ihnen vorbeiläuft. Sie reden darüber, was man anhat und wo man am Abend zuvor gesehen worden ist.

Alles ist hier viel einfacher. Man muss weniger Entscheidungen treffen. Shayne und ich gehen ins Einkaufszentrum, und sie sucht meine nächste Lieblingsjeans aus. Wir gehen in die Essenshalle, und sie sagt mir, was ich essen kann, damit ich trotzdem noch in diese Jeans passe. Wir gehen an den Make-up-Theken vorbei, und sie sagt mir, welche Farben meine Augen zur Geltung bringen und welche mich langweilig aussehen lassen. Wir sehen einen Tisch, an dem lauter scharfe Typen sitzen, und sie bestimmt, ob sie es wert sind, dass wir mit ihnen reden.

Ich muss nicht mehr so viel nachdenken. Und das gefällt mir.

Vielleicht war ich nie dazu bestimmt, eine Anführerin zu sein. Vielleicht war ich nie dazu bestimmt, große Entscheidungen alleine zu treffen. Vielleicht bin ich einfach von Natur aus die zweite Geige.

Und wenn ich mich genug anstrenge, kann ich mich *fast* davon überzeugen, dass die vergangenen sechs Wochen gar nicht passiert sind.

Der Star von Harvard

Brian ist die Ausnahme.

Die Gedanken, die um ihn kreisen, sind fast wie Gespenster aus meinem vorherigen Leben – meinem *vorübergehenden* Leben, wie ich es mittlerweile nenne –, die von den Toten auferstanden sind, um mich heimzusuchen. Um mich daran zu erinnern, was ich zurückgelassen habe. In Trümmern.

Egal, wie sehr ich mich anstrenge, ich scheine seine Anwesenheit immer noch nicht völlig ausradieren zu können. Seine Stimme klingt in meinen Ohren nach. Sein Gesicht taucht an jeder Ecke auf. Der Schmerz in seinen Augen ist mir immer noch frisch im Gedächtnis.

»Wir wissen beide, dass dieser Kuss mehr war als eine Mutprobe.«

Dieser Satz verfolgt mich überallhin. Verhöhnt mich. Provoziert mich. Fordert mich dazu heraus, ihn zu widerlegen. Fordert mich heraus, die andere Seite der Fragestellung zu debattieren. Und so sehr ich es auch möchte, ich kann es einfach nicht. Ich kann kein überzeugendes Argument finden, um eine entgegengesetzte Meinung zu unterstützen.

Es ist wieder Wahrheit oder Pflicht. Nur dass ich diesmal das Spiel nicht spielen will. Ich möchte mich nicht für eins von beiden entscheiden. Die Wahrheit ist zu vernichtend. Aber die Pflicht enthüllt zu viel.

Und jetzt bleibt mir nur eine unbeantwortete Frage.

Meine Schwester kommt am Mittwochmorgen um elf Uhr mit dem Flugzeug an, und meine Mom besteht darauf, dass die ganze Familie da ist, um sie zu begrüßen, wenn sie aus der Maschine steigt.

Izzie sieht so anders aus, dass ich sie kaum wiedererkenne. Sie hatte immer langweilige, völlig glatte straßenköterblonde Haare, die ihr wie ein totes Anhängsel am Kopf anlagen. Sie trug so gut wie kein Make-up, und ihre Kleider kamen immer direkt aus einem Nullachtfünfzehn-Katalog. Es hatte mich nie gestört, weil ich mir so zumindest nie Sorgen machen musste, dass sie meinen Kleiderschrank plündert.

Jetzt ist ihr Haar honigblond gefärbt und stufig geschnitten. Ihre Augen sind hervorgehoben, ihre Lippen umrandet, und ihre Kleidung ist sogar ziemlich trendig. Sie hat diesen hippen Ostküsten-Elitestudi-Look. Und sobald sie durch die Sicherheitstüren läuft, geht mir nur ein Gedanke durch den Kopf: *Toll. Jetzt ist sie intelligent* und *modisch. Was bleibt da noch für mich übrig?*

»Bist du in eine Studentinnenverbindung eingetreten?«, frage ich, als sie die Arme um mich schlingt und mich drückt.

Sie lacht und wuschelt mir durchs Haar, als wäre ich fünf. »Erzähl keinen Quatsch, Brooks. Wenn man nach Harvard geht, hat man keine Zeit für *Studentinnenverbindungen.*« Die Art, wie sie das Wort ausspricht, lässt mich erschaudern. Als wäre sie in Hundekacke getreten.

Ich will ihr sagen, dass ich nie aufs College gehen würde, ohne einer Verbindung beizutreten, weil Shayne und ich, seit wir zwölf sind, planen, derselben beizutreten, aber ich bekomme keine Gelegenheit dazu. Izzie fängt im selben Augenblick, als sie aus dem Flugzeug tritt, zu quatschen an und hört die gesamte Autofahrt bis nach Hause nicht auf. Jetzt mal im Ernst, die Frau kann nicht eine Sekunde die Klappe halten. Sie ist wie eine dieser unheimlichen, sprechenden Puppen … auf Steroiden. Sie benutzt Wörter, die man nur im Kritisches-Leseverständnis-Abschnitt des Collegeaufnahmetests findet, und sie wechselt so schnell von einem Thema zum nächsten, dass ich nicht übel Lust hätte, ihren Kopf hinten aufzuklappen und nachzusehen, ob sie batteriebetrieben ist.

Sie labert in einer Tour darüber, wie sie in ihrem Kunstgeschichtskurs gelernt hat, irgendeinen französischen Maler, von dem ich nie gehört habe, richtig zu schätzen. Sie mault über das sozioökonomische Klima unseres Landes und dass wir an der Erderwärmung alle mit schuld sind. Und dann behauptet sie, dass ihre Judaistik-Studien sie inspiriert haben, nach Osteuropa zu reisen, um die Konzentrationslager zu besuchen.

»Aber wir sind nicht mal Juden«, wende ich ein.

Sie dreht sich mit mitleidiger Miene zu mir und sagt: »*Nie wieder*, Brooklyn. Diejenigen, die sich nicht an die Vergangenheit erinnern können, sind dazu verurteilt, sie zu wiederholen.«

Hat sie gerade Deutsch *mit mir gesprochen?*

Aber bevor ich den letzten Satz richtig verdauen kann, schwafelt sie bereits über etwas völlig anderes.

Ihr Energielevel lässt keinen Augenblick nach. Sogar

nachdem wir zu Hause angekommen sind. Ich glaube, meine Schwester hat sich eineinhalb Tage lang nicht ein einziges Mal hingesetzt. Sie ist wie eine Biene, die von Raum zu Raum schwirrt. Erst hilft sie meiner Mutter in der Küche beim Kochen, im nächsten Augenblick trägt sie mit meinem Vater Kaminholz ins Haus, und dann läuft sie in meinem Zimmer herum, fummelt an meinen Sachen herum und fragt mich über Jungs und mein Leben aus, als wären wir die besten Freundinnen.

Wenn es etwas gibt, dass meine Schwester und ich nie gewesen sind, dann Freundinnen. Gar nicht zu sprechen von *besten* Freundinnen. Ich sehe alle diese Filme, in denen zwei Schwestern unzertrennlich sind und alles miteinander teilen, einschließlich Liebe und Leid. Na ja, das ist so ziemlich die unzutreffendste Beschreibung für Izzie und mich, die man sich vorstellen kann. Wir haben uns gestritten, solange ich mich erinnern kann. Jetzt, da wir älter sind, sind wir ein bisschen reifer geworden. Das bedeutet, dass wir uns nicht mehr am Boden rollen und versuchen, uns gegenseitig die Haare auszureißen. Unsere Auseinandersetzungen bestehen aus oberflächlichen Seitenhieben und manipulativen Psychospielchen.

Deshalb finde ich es überaus verdächtig, als sie am Donnerstagmorgen in mein Zimmer kommt und auf mein Bett springt, während ich versuche, den ersten Akt von *Was Ihr Wollt* zu lesen.

»Hey, Schwesterchen. Mir ist langweilig. Lass uns irgendwo hingehen.«

Ich werfe ihr einen komischen Blick zu. Die Beleuchtung in meinem Zimmer lässt ihre Pupillen riesig aussehen. Und irgendwie unheimlich. Das fühlt sich total wie eine

Falle an. »Lass mal«, sage ich kopfschüttelnd. »Ich glaube, ich werde hier abhängen. Ich muss das fertig lesen.«

»Oh, Brooks«, sagt sie und wuschelt mir noch einmal durchs Haar. Ich hoffe, dass das nicht zu einer Angewohnheit wird. »Du bist manchmal so halsstarrig.«

»Geschenkt«, murmele ich und konzentriere mich wieder auf mein Buch.

Sie legt den Kopf schief, um sich den Buchdeckel genauer anzusehen. »Liest du das für die Schule?«

Ich verdrehe die Augen. »Nein, ich lese das zum Spaß. Natürlich ist es für die Schule.«

Sie springt von meinem Bett herunter, schnappt sich meinen iPod vom Tisch und fängt an, durch meine Playlisten zu gehen. »Das ist so witzig, weil, das hat dieses BB4Life-Mädchen auch gelesen.«

Plötzlich interessiere ich mich nicht mehr für *Was Ihr Wollt*. Es fällt mir aus den Händen und plumpst aufs Bett. »Wer?«

»Sag bloß nicht, du hast noch nicht von diesem Blog gehört! MeinLebenVollerFragezeichen.com.«

»Oh«, sage ich und kichere schwach. »Klar. *Das*.«

»Alle auf dem Unicampus sind *voll* drauf abgefahren.«

»In Harvard?«, frage ich ungläubig.

»Ja. Als er außer Betrieb genommen wurde, sind die Leute Amok gelaufen. Sie waren stinksauer. Alle auf meiner Etage haben Wetten abgegeben, mit wem sie am Schluss zusammenkommen wird.«

»Was meinst du?« Ich kann meine Stimme kaum über ein Flüstern anheben.

Ich beobachte, wie meine Schwester ein Unterwasserbasketballspiel auf meinem Schreibtisch entdeckt und wie besessen versucht, den versunkenen Ball durch den Korb zu bekommen.

»Rhett Butler oder Heimlich«, sagt sie, als wäre das offensichtlich.

»Heimlich?«, sage ich mit erstickter Stimme. »Warum sollte sie mit Heimlich zusammenkommen? Sie hat ihn nicht mal gedatet. Ich meine, sie mochte ihn nicht mal wirklich. Nicht auf diese Weise jedenfalls.«

Frustriert schüttelt sie das Spiel und unternimmt einen weiteren Versuch, den orangefarbenen Ball in den Korb zu manövrieren. »Ja, aber du weißt ja, wie Mädels sein können. Der Typ, mit dem man wirklich zusammen sein sollte, könnte direkt vor einem stehen und man merkt es nicht mal, weil man zu sehr von dem Typen abgelenkt ist, von dem man meint, er wäre der Richtige. Das passiert ständig. Manchmal sind die offensichtlichsten Entscheidungen am schwierigsten zu erkennen.«

Ich schlucke. Es tut weh. Wie ein Hähnchenknochen, der sich meinen Hals hinunterschiebt.

»Echt?«

Sie streckt ganz konzentriert die Zunge raus und schafft es schließlich, den kleinen orangefarbenen Basketball durch den roten Korb segeln zu lassen, indem sie den mit Wasser gefüllten Plastikcontainer ruckelt. Sie reißt triumphierend den Arm in die Luft. »Bingo!«

»Izzie«, setze ich an und versuche, einen Plauderton anzuschlagen. »Wenn du BB treffen würdest, ich meine, wenn sie deine Freundin wäre oder so was. Was würdest du ihr raten zu tun?«

Sie legt das Spiel auf meinen Schreibtisch und hüpft rüber zu den DVDs. »Ich würde ihr sagen, dass sie ihren dämlichen Blog wieder online stellen soll, damit ich während meiner Pausen etwas zu lesen habe.«

»Nein, ich meine, wegen Heimlich und …«

»Oh mein Gott!«, ruft sie aus und zieht eine DVD aus dem Stapel, woraufhin alle anderen auf den Boden purzeln. »Ich hab diesen Film schon seit Ewigkeiten nicht mehr gesehen! Weißt du noch, wie wir ihn uns immer und immer wieder angeschaut haben?«

»Ja«, murmele ich. »Das weiß ich noch. Aber …«

»Ich schaue ihn mir jetzt an!«, beschließt sie, drückt die Hülle an sich, tänzelt durch die Tür und hinterlässt mich mit nichts … außer einem Durcheinander an DVDs zum Aufräumen.

Unser Thanksgiving-Essen hat sich im Laufe der Jahre nicht sehr verändert. Es ist immer derselbe zusammengewürfelte Haufen. Ich, meine Eltern, meine Schwester, meine senilen Großeltern väterlicherseits und meine verrückte und verbitterte geschiedene Tante Linda mittleren Alters.

Um vier sind alle um den Tisch versammelt, und die vertrauten Geräusche eines Feiertagsessens füllen den Raum. Silberbesteck klirrt gegen gutes Porzellangeschirr. Weingeschlürfe. Schlechte Witze. Höfliches Gelächter.

Erst als ich meinen Teller fast leer gegessen habe, bemerke ich, dass Izzie ihren nicht angerührt hat. Und sie hat keinen Ton gesagt, seit sie sich hingesetzt hat. Sie war zu sehr damit beschäftigt, mit ihrem Serviettenring zu spielen. Schlüpft mit ihren Fingern rein und raus, als wäre es ein riesiger Fingerring aus Holz.

»Izzie?«, frage ich. »Ist mit dir alles in Ordnung? Du wirkst irgendwie rastlos.«

»Natürlich ist mit mir alles in Ordnung«, blafft sie mich an, was alle am Tisch aufsehen und mitten in ihren Gesprächen innehalten lässt. Das scheint meine Schwester noch wütender zu machen. Sie stöhnt und funkelt mich böse an. Als wäre es meine Schuld, dass alle sie jetzt anstarren. »Meine Güte. Entspannt euch alle. Ich bin einfach nur gestresst. Harvard ist superanstrengend, okay? Sobald die Uni wieder anfängt, gehen meine Abschlussprüfungen los, und ihr habt keine Ahnung, unter welchem Druck ich gerade stehe.«

»Izzie?«, setzt meine Mom zögernd an.

»Was?«, brüllt sie zurück. »Was habt ihr alle für ein Problem?« Dann wie aus dem Nichts fängt sie an, sich wie besessen die Hände zu reiben, als würde sie versuchen, sie von Dreck zu befreien. »Und was machen alle diese Käfer im Haus? Sie krabbeln überall auf mir herum.«

Wenn das Zimmer nicht schon leise genug war, herrscht jetzt Totenstille. Mein Dad schiebt seinen Stuhl zurück und will an unser Ende des Tischs kommen. »Izzie«, sagt er sanft. »Vielleicht sollten wir ein bisschen frische Luft schnappen.«

Aber sie ist zu schnell. Sie schiebt ihren Stuhl gewaltsam mit einem lauten Kratzen über den Holzfußboden und springt auf. »Ich brauche keine frische Luft«, beharrt sie. »Hört einfach nur auf, mich zu nerven.«

So, wie sie ihre Serviette auf den Tisch wirft, rechne ich damit, dass sie vorhat, einen theatralischen Abgang aus dem Esszimmer zu machen, doch so weit kommt sie nicht. Sie macht einen Schritt und bricht auf dem Boden zusammen.

Dann höre ich meine Mutter schreien.

Der Preis für Perfektion

Seit sie Kinder hat, musste meine Mom drei Krankenwagenfahrten ins Krankenhaus durchmachen. Das erste Mal, als man mich aus dem stillgelegten Schacht rettete, nachdem ich zwei Tage lang darin festgesteckt hatte. Beim zweiten Mal war ich acht Jahre alt, und ein Nachbarskind hatte mich zu der Mutprobe herausgefordert, einen Schluck Desinfektionsmittel zu trinken. Und das dritte Mal war vor zwei Jahren, als ich drei Tage lang nichts aß, um in eine Skinny-Designerjeans zu passen, die Shayne mir vermacht hatte, weil sie beschlossen hatte, dass sie »zu groß« für sie wäre.

Der gemeinsame Nenner bei allen diesen tragischen Ereignissen bin natürlich ich.

Ich war immer diejenige, die auf der Tragbahre lag. Ich war immer diejenige, die den beinahe tödlichen Fehler beging. Ich war kein einziges Mal in dem Auto *hinter* dem Krankenwagen.

Bis heute.

Mein Dad fährt schweigend und folgt den blinkenden Lichtern vor uns. Dem großen rotweißen Transporter, in dem sich meine Mom und meine bewusstlose Schwester befinden.

Es ist eine völlig andere Erfahrung, auf diesem Platz zu sitzen. Das Gefühl von Bedauern ist durch lähmende Angst ersetzt. Die Scham, mal wieder meine Eltern enttäuscht zu haben, durch zermürbende Panik. Und die Ungewissheit, ob man mir verzeihen wird, durch die Ungewissheit, ob ich meine Schwester jemals wiedersehen werde.

Ich bin mir nicht sicher, welche Seite der Gleichung schlimmer ist.

Die Sanitäter konnten uns nicht viel sagen. Außer dass ihr Herz anormal schnell und ein wenig ungleichmäßig schlägt. Sie hat erhöhte Temperatur, und ihre Pupillen sind stark geweitet. Man hat uns versprochen, dass wir mehr erfahren, sobald wir im Krankenhaus eintreffen.

Es kommt mir so vor, als würden wir schon seit Stunden fahren, und ich verstehe nicht, warum sie sie so weit wegbringen. Erst als ich das Schild vom Parker Adventist Hospital vor uns sehe, wird mir bewusst, dass wir gerade einmal ein paar Minuten unterwegs sind. Im Schatten der Sirenen vergeht die Zeit langsamer. Das sollte ich wohl mittlerweile wissen.

Meine Schwester wird durch den Eingang der Notaufnahme gerollt, und ich folge der Tragbahre mit den Augen, bis sie durch ein paar Schwingtüren verschwindet. Meine Eltern folgen gleich dahinter, während ich im Eingang mit meinen Großeltern und meiner Tante warte. Sie versuchen, mit mir zu reden, um mich abzulenken, aber ich höre kein Wort. Sie sind wie Figuren in einem Stummfilm. Ich stehe ganz still da und behalte die Türen im Auge.

Ich frage mich, ob Mrs Moody so gegangen ist. Ob ihre letzten Momente auf der Erde hektisch und chaotisch waren. Während Ärzte um ihr Leben kämpften. Krankenschwestern hin und her rannten. Oder ob sie einfach friedlich im Schlaf dahingegangen ist.

Um ihretwillen hoffe ich, dass Letzteres zutrifft.

Mein Dad taucht eine halbe Stunde später wieder auf, und ich mustere sein Gesicht nach Hinweisen, wie es meiner Schwester geht. Aus irgendeinem Grund kann ich es nicht erwarten, dass er etwas sagt. Ich brauche irgendeinen Anhaltspunkt, womit ich rechnen muss, bevor ihm die Worte über die Lippen kommen. Ich brauche diesen zusätzlichen Bruchteil einer Sekunde, um mich vorzubereiten.

»Es geht ihr gut«, sagt er, und ich höre die Seufzer der Erleichterung vom Rest der Familie, die mich wie eine warme Decke einhüllen. »Sie wird wieder auf die Beine kommen.«

Aber ich kann noch nicht ausatmen. Ich brauche mehr. »Was ist passiert?«

Mein Dad bricht auf einem der Wartezimmerstühle zusammen und winkt mir zu, damit ich mich an seine Seite setze.

»Deine Schwester hat in letzter Zeit an der Uni unter einer Menge Stress gestanden«, erklärt er. »Harvard ist viel schwieriger, als sie erwartet hatte – auf jeden Fall viel schwieriger als die Highschool –, und der Druck ist schließlich zu viel für sie geworden. Sie hat angefangen, ein Medikament namens Adderall zu nehmen.«

Ich runzele die Stirn. »Verschreiben die das nicht Kindern mit ADS?«

Er nickt.

»Ich wusste nicht, dass man ihr das verschrieben hat«, sage ich.

Mein Dad seufzt. »Hat man auch nicht. Aber dem Arzt zufolge ist das ein äußert begehrtes Medikament an Eliteuniversitäten. Leute verschaffen sich Rezepte und verkaufen es dann an Studenten, die es als Lernhilfe benutzen.

Es stärkt die Konzentration. Und da in Harvard ein sehr großer Konkurrenzdruck herrscht, konnte Izzie dem einfach nicht widerstehen.«

»Und das heißt was? Hat sie eine Überdosis genommen?«

Mein Dad senkt den Kopf. »Ja. Adderall stärkt die Konzentration, aber es beschleunigt auch die Herzfrequenz. Und wenn man zu viel davon nimmt, kann es sehr gefährlich werden. Es sorgt auch dafür, dass man sich unberechenbar verhält.«

»Aber sie wird doch wieder auf die Beine kommen?«, frage ich nach.

Mein Dad legt mir einen Arm um die Schulter und drückt mich. »Sie wird wieder auf die Beine kommen.«

»Kann ich sie sehen?«

Er hievt sich auf die Beine. »Natürlich. Komm, ich bringe dich hin.«

Ich folge meinem Vater zögernd, als er mich durch eine Reihe von langen Korridoren führt. Der Geruch von Reinigungsmitteln ist überwältigend, was mich an das Jahrhundert-Altenpflegeheim erinnert, in dem ich in den letzten paar Monaten so viele Wochenenden verbracht habe.

Mein Dad betritt ein Patientenzimmer, doch ich bleibe erst einmal an der Tür stehen. Meine Schwester ist wach und redet, sieht aber in ihrem blauen Krankenhaushemd und mit den ganzen mit verschiedenen Teilen ihres Körpers verbundenen Schläuchen so merkwürdig aus, dass es mir schwerfällt, mich ihr zu nähern. Ihre Haut ist blass, und ihre Arme liegen wie schlaffe Spaghetti an den Seiten.

Ein Wort geht mir durch den Kopf, als ich sie so beobachte. Und es ist ein Wort, das ich in meinem ganzen Leben nie benutzt habe, um meine Schwester zu beschreiben.

Besiegt.

Plötzlich habe ich das Gefühl, dass mir der Wind aus den Segeln genommen worden ist. Als wäre die ganze Welt auf den Kopf gestellt worden.

Das kann nicht stimmen. Das muss ein Traum sein.

Izzie macht keine Fehler. Sie stellt keine Sachen an, für die sie in einem Krankenhausbett, auf einer Polizeiwache oder in den Spätnachrichten landet. Das ist *mein* Spezialgebiet. Izzie die Kluge. Die *gute* Entscheidungen trifft. Die Perfekte.

Aber die piependen Herzmonitore schreien etwas anderes. Das Gekritzel auf dem Krankenblatt, das vor ihrer Tür hängt, erzählt eine andere Geschichte. Der pinkfarbene Vorhang, der den Raum teilt, wird zurückgezogen und fördert eine ganz andere Wahrheit zu Tage.

Dass niemand perfekt ist.

Dass jeder an einer zeitweiligen Fehleinschätzung leiden kann.

Sogar Isabelle Pierce.

»Brooks.« Meine Mom winkt mich herein. »Es ist okay. Du kannst reinkommen.«

Als sie meinen Namen hört, strengt Izzie sich an, den Kopf zur Tür zu drehen. Ein Lächeln kämpft sich an die Oberfläche.

»Ich hole mir einen Kaffee«, sagt meine Mom zu uns. »Dan, kommst du mit?«

Als meine Eltern durch die Tür verschwinden, trete ich zögerlich auf Izzie zu und greife nach ihrer Hand.

»Wie fühlst du dich?«

»Ziemlich bescheuert«, erwidert sie mit einem schwachen Lachen.

Ich lache auch. Aber nur, weil ich das Gefühl habe, dass ich es muss. Nicht, weil die ganze Sache auch nur annähernd lustig ist. »Du hast mir einen Schrecken eingejagt«, sage ich heiser zu ihr.

»Ich weiß«, gibt sie leise zu. »Es tut mir leid.«

Ich lege meine Finger um ihre Hand und lächele gezwungen. »Ist schon okay. Ich bin nur froh, dass es dir gut geht.«

Izzie seufzt und dreht das Gesicht zum Fenster. Die Sonne geht unter und hinterlässt einen wunderschönen korallenfarbenen Himmel. »Nein, ich meine, es tut mir leid, dass ich dich habe hängen lassen.«

Ich löse sofort meinen Griff und schüttele verwirrt den Kopf.

»Als wir klein waren«, erklärt sie, »haben mir Mom und Dad gesagt, dass du zu mir aufsiehst. Ich habe ihnen nicht geglaubt. Aber ich dachte immer, dass ich, nur für den Fall, dass es doch stimmt, ein gutes Beispiel sein sollte. Deshalb habe ich immer versucht, dieses perfekte Vorbild für dich zu sein. Die perfekte ältere Schwester. Aber heute Abend war ich das nicht. Und es tut mir leid.«

»Das muss es nicht«, versichere ich ihr und blicke zu dem Infusionsbeutel hoch, der über unseren Köpfen hängt, und strecke die Hand aus, um eine ihrer Tränen mit der Fingerspitze aufzufangen. »Ich hab dich nie besonders gemocht, wenn du perfekt warst. Du bist viel cooler, jetzt da du menschlich bist.«

Die Kehrseite von Moody

Nach Mrs Moodys Tod bot meine Mom an, Anwalt Bob anzurufen und ihn zu bitten, eine Versetzung zu beantragen, damit ich den Rest meines gemeinnützigen Dienstes woanders zu Ende bringen kann, aber ich lehnte ab und beharrte darauf, dass ich nur ein freies Wochenende brauchte, und dann könnte ich wieder zurückgehen.

Meine Schwester ist gestern aus dem Krankenhaus entlassen worden und genießt jetzt einen entspannten Tag vor dem Fernseher, während ich wieder durch die Eingangstüren des Jahrhundert-Altenpflegeheims marschiere.

Die erste Hälfte des Tages gibt mir Gail extrem viel zu tun. Ich glaube, sie fühlt sich verpflichtet, mich abzulenken. Und sie bekommt das recht gut hin. Sie hat den Beschäftigungsplan mit Spielen, besonderen Veranstaltungen und sogar einem Ausflug in den Park vollgepfropft, wo wir Krocket mit den aktiveren Heimbewohnern spielen.

Aber jetzt wird hier alles allmählich ruhiger, und die alten Leute werden müde und ziehen sich in ihre Zimmer für einen verlängerten Nachmittagsschlaf zurück. Ich habe im Beschäftigungsraum Rummikub aufgebaut, doch bisher ist niemand aufgetaucht, um zu spielen. Jane, mit der ich regelmäßig Rummikub spiele, ist über die Thanksgiving-Feiertage bei ihrer Tochter, und ich habe sehr schnell gelernt, dass allein Rummikub zu spielen nicht nur langweilig, sondern auch so gut wie unmöglich ist.

Nachdem ich drei Runden Solitär gewonnen habe, beschließe ich, die Krankenschwestern aufzusuchen, für den Fall, dass sie Hilfe bei irgendetwas brauchen, aber das Zimmer ist leer. Daher laufe ich weiter. Ich weiß genau, wohin ich gehe, ich bin mir nur nicht sicher, ob ich da wirklich hin will. Doch meine Füße scheinen einen eigenen Willen entwickelt zu haben, und bevor ich sie überzeugen kann, kehrtzumachen, stehe ich auch schon in Zimmer 4A.

Es ist leer. Unbewohnt. Anscheinend müssen sie erst noch neue Heimbewohner aufnehmen.

Ich ziehe den orangefarbenen Plastikstuhl in die Mitte des Raums und lasse mich darauf plumpsen. Dann warte ich. Nur wird mir nach fünf Minuten bewusst, dass ich nicht weiß, worauf ich warte. Es ist merkwürdig. Dass jemand hier und im nächsten Moment verschwunden sein kann.

Ich habe noch nie jemanden gekannt, der gestorben ist. Alle meine Großeltern leben noch. Meine Mom ist allergisch gegen Hunde und Katzen, weshalb wir nie wirklich Haustiere hatten. Meine Schwester und ich hatten eine Schildkröte, als wir klein waren, aber sie starb schon nach ein paar Tagen, daher glaube ich nicht, dass es zählt, denn ich habe sie nie richtig kennengelernt.

Als ich die Augen schließe, kann ich Mrs Moody beinahe noch im Raum spüren. Ich stelle sie mir im Bett vor, wie ihre knochigen, venenüberzogenen Hände ihre Decke fest umklammern. Ich frage mich, wohin sie sie gebracht haben. Nachdem sie gestorben ist. Wurde sie beerdigt? Eingeäschert? Ist es schlimm, dass ich nie daran gedacht habe, nachzufragen?

»Entschuldigung?« Eine Stimme lässt mich aufschrecken und ich springe von meinem Stuhl hoch.

Ich blicke auf und sehe einen Mann mittleren Alters in Jeans und einem Sakko – so eins mit Lederflicken an den Ellbogen – in der Tür stehen. Er hat eine große Kiste und einen Briefumschlag in den Händen.

»'tschuldigung«, sage ich und stelle den Stuhl wieder in die Ecke. »Ich war gerade dabei zu gehen.«

Er macht einen Schritt in den Raum. »Eigentlich suche ich nach jemandem namens Baby Brooklyn. Die Empfangsmitarbeiterin sagte, dass ich sie hier finden könnte.«

Die Erwähnung meines Spitznamens überrascht mich, aber ich zeige auf mich und sage: »Ähm, das bin wohl ich.«

Er scheint das witzig zu finden, denn er fängt an zu lächeln. »Bei dem Namen war ich mir nicht sicher, welches Alter ich erwarten sollte.«

»Na ja, es ist nicht wirklich mein Name.«

Er senkt den Blick auf seine Füße. »Nein, natürlich nicht. Ich dachte nicht … ist auch egal. Ich bin hier, um dir etwas zu bringen.« Er hievt die Kiste nach vorne und setzt sie vor meinen Füßen ab.

»Was ist das?«, frage ich und betrachte sie misstrauisch.

»Das hat dir Gertrude Moody vermacht.«

»Mrs Moody?«

Er schenkt mir ein schmallippiges Lächeln. »Ja.« Er nimmt einen dicken Stapel Unterlagen aus dem Umschlag und blättert auf eine Seite in der Mitte. »In ihrem Testament hat sie darum gebeten, dass man dir diese übergibt. Na ja, ›Baby Brooklyn‹ vielmehr.«

»Oh, Sie müssen ihr Anwalt sein«, sage ich und schaue auf die Unterlagen.

»Nein«, antwortet der Mann, dem das Ganze extrem unangenehm zu sein scheint. »Aber ihr Anwalt hat mich hierhergeschickt.«

Ich nehme vorsichtig den Deckel der Kiste ab und spähe hinein. Die Kiste ist gefüllt mit Mrs Moodys ordentlich gestapelter, vertrauter *Du-bestimmst-die-Geschichte*-Sammlung.

»Ach, du meine Güte!«, schreie ich und beuge mich vor, um ein Buch herauszuziehen. »Vielen Dank!«

Offenbar gefällt ihm meine Reaktion. »Bitte. Die Krankenschwestern hier haben mir erzählt, dass du sie ihr vorgelesen hast.«

Ich nicke. Tränen brennen mir in den Augen, als ich mit der Hand über den abgewetzten und verwitterten Deckel des Buchs fahre. Ich schlage ihn auf und erblicke den »Dieses Buch gehört«-Aufkleber im Innern.

Ich hebe den Kopf und betrachte den Mann neugierig, der vor mir steht. »Moment mal«, sage ich und berühre den Aufkleber. »Wenn Sie nicht ihr Anwalt sind, wer *sind* Sie dann?«

»Oh, ich glaube kaum, dass sie mich je erwähnt hat.« Er tut meine Frage mit einem niedergeschlagenen Lächeln ab. »Ich heiße Nicholas Townley. Ich bin ihr Sohn.«

»*Sie* sind Nicholas Townley?«, frage ich und schaue mir den Fremden noch einmal genauer an. Ich weiß nicht, was ich erwartet hatte, wie Nicholas Townley aussehen würde, und das liegt vermutlich daran, dass ich nie erwartet hatte, ihn tatsächlich zu treffen. Der einzige Beweis, den ich für seine Existenz hatte, waren diese Aufkleber und ein verblichenes Foto von einem vierjährigen Jungen in einem roten Overall, der ein Gänseblümchen in der Hand hält.

Er verlagert betreten sein Gewicht. »Dann hat sie mich also erwähnt.«

Ich pruste ein Lachen heraus. »Na ja, das würde ich nicht gerade sagen.«

»Woher weißt du dann von mir?«

Ich drehe das Buch in meiner Hand um und zeige ihm den beschriebenen Aufkleber. »Weil Ihr Name in allen Büchern steht. Und als ich sie gefragt habe, wer Sie sind, hat sie beinahe einen Herzinfarkt bekommen.«

Ein Ausdruck der Bestätigung huscht über das Gesicht des Mannes, und er nickt ernst. »Ja, das scheint mir passend.«

»Wenn Sie ihr Sohn sind«, setze ich anklagend an, »warum haben Sie sie dann nie besucht, als sie noch am Leben war?«

»Ich wusste nicht, dass sie hier war!«, verteidigt er sich. Schmerz überschattet seine Augen und die tiefen Linien um seinen Mund. »Sie hat sich geweigert, mich zu sehen oder meine Anrufe anzunehmen oder mir gar zu sagen, wo sie lebt.«

Ich verschränke die Arme über der Brust. »Warum sollte sie das tun? Und warum hat sie so auf Ihren Namen reagiert?«

Er lässt niedergeschlagen die Schultern hängen und blickt auf den Boden. »Wir haben uns zerstritten. Schon vor Jahren. Als ich ihr erzählt habe, dass ich heirate, ist sie ausgerastet. Hat gesagt, dass sie mich nie wiedersehen will. Dass ich für sie nicht mehr existiere.«

Skepsis schleicht sich in meinen Tonfall. »Nur weil Sie geheiratet haben?«

»Nur weil ich *einen Mann* geheiratet habe«, stellt er klar.

»Oh.«

»Ich habe versucht, sie zu kontaktieren. Ich habe mehrere Male versucht, mich mit ihr zu versöhnen. Aber das war ihre Entscheidung. Und wenn meine Mutter eine Entscheidung trifft, war's das. Es bringt nichts zu versuchen, ihre Meinung zu ändern.«

Ich senke den Blick auf *Du bestimmst die Geschichte* in meiner Hand. Zufälligerweise ist es der Band über die von Vampiren bewohnte Insel, der erste Band, den ich ihr vorgelesen habe. Ich drücke ihn an mich. »Ich weiß«, flüstere ich mit einem kleinen Lächeln im Gesicht.

»Und deshalb haben wir nie wieder miteinander gesprochen. Als mein Vater vor etwa zehn Jahren gestorben ist, hat sie wieder ihren Mädchennamen – Moody – angenommen, und von heute auf morgen war es, als wären wir nicht einmal verwandt. Bis ihr Anwalt mich angerufen hat, um mir zu sagen, dass sie verstorben ist und dass ich ihre Sachen unter dieser Adresse abholen kann ... falls ich interessiert wäre.«

»Tut mir leid«, murmele ich, während ich an dem Buch in meiner Hand herumfummele, den Deckel aufschlage und durch die vergilbten Seiten blättere. Dann werfe ich einen Blick auf die Kiste vor meinen Füßen, die vollgepackt ist mit Abenteuern, die darauf warten, dass man sie unternimmt, und ich denke an den Aufkleber in jedem einzelnen von ihnen mit dem Namen des rechtmäßigen Besitzers. »Diese Bücher haben Ihnen gehört, oder?«

Er beugt sich vor, zieht eins aus dem Pappkarton und lacht wehmütig, als er den Titel liest. »Es waren meine Lieblingsbücher«, erklärt er mir und berührt den Einband. »Als ich klein war, hat sie sie *mir* vorgelesen. Jeden Abend vorm Schlafengehen. Ich durfte alle Entscheidungen selbst treffen. Und wenn wir in eine Sackgasse gerieten, ließ sie mich immer wieder von vorne anfangen … bis ich das Ende fand, nach dem ich suchte.«

Ich lache auch. Denn auf einmal ergeben die vielen Stunden in Mrs Moodys Zimmer im Pflegeheim einen Sinn.

Ich stecke das Buch in meiner Hand zurück in den Karton und schiebe ihn ihm zu. »Sie sollten sie behalten.«

Aber er schüttelt den Kopf und macht einen Schritt auf die Tür zu. »Meine Mom wollte, dass du sie bekommst. Und ich möchte diese Entscheidung respektieren. Zur Abwechslung. Denn, weiß Gott, es gab so viele, bei denen mir das nicht möglich war.«

»Danke«, flüstere ich und hebe den Bücherkarton hoch. »Dass Sie sie hergebracht haben.«

Er winkt mir ein wenig betreten zu. »Kein Problem.«

»Na ja, falls Sie sich dann ein bisschen besser fühlen«, versuche ich ihn aufzuheitern, »ich durfte ihr nichts anderes vorlesen.«

»Danke. Ja. Ein bisschen.« Ein gezwungenes Lächeln tritt in sein Gesicht, als er sich zum Gehen wendet.

»Warten Sie!«, rufe ich, als mir noch ein Gedanke kommt. Ich krame im Karton, bis ich das Buch finde, das ich suche, dann blättere ich durch seine verblichenen Seiten, bis ich auf das Foto stoße.

Nicholas Townley, 4 Jahre alt.

»Hier«, sage ich und reiche es ihm. »Ich habe es in einem der Bücher gefunden. Vielleicht bedeutet es ja etwas …«

Ich merke, dass er sich hier nicht mehr wohlfühlt. Er nimmt mir das Foto aus der Hand, bedankt sich noch einmal und ist kurz darauf verschwunden.

Ich bin wieder allein. Und obwohl Mrs Moodys mysteriöses Geheimnis größtenteils enthüllt worden ist, bin ich über ihre Abwesenheit immer noch genauso traurig. Sie hat eine Leere hinterlassen. Ein riesiges, klaffendes Loch. Und es ist zu spät, um es zu füllen. Es wird immer da sein und einen düsteren Schatten auf Nicholas Townleys Leben werfen.

Und auf bestimmte Weise wohl auch auf meines.

Denn plötzlich wird mir etwas bewusst. Mrs Moody und ich sind uns ähnlich. Wir sind aus demselben Guss. Ein Guss aus schlechtem Urteilsvermögen und einer Neigung zu schrecklichen Entscheidungen. Deshalb mochte sie mich. Deshalb vertraute sie mir und niemandem sonst. Ich war »das kleine Mädchen, das in den Grubenschacht fiel«. Das kleine Mädchen, das für ihren Fehler berühmt wurde.

In Mrs Moodys Augen war ich ungefährlich, weil sie mich als Spiegel ihrer selbst betrachtete.

Das Zimmer fühlt sich allmählich viel zu eng an. Die Wände kommen immer näher, und wenn ich nicht von hier verschwinde, werden sie mich zerquetschen.

Ich stürme aus dem Zimmer, den Gang hinunter und durch die Eingangstüren, bis ich mich auf dem offenen Gelände des Parkplatzes wiederfinde. Ich atme tief durch, wobei die kalte Luft meine Lungen kühlt und meine Gehirnzellen weckt.

Ich möchte nicht wie Mrs Moody sein. Ich möchte keine neunzigjährige Frau mit einem Leben voller Dinge werden, die ich bereue. Ich möchte nicht in fünfundsiebzig Jahren eines Morgens aufwachen und feststellen, dass mein Leben eine Reihe von schlechten Entscheidungen, Fehltritten und Kummer war.

Aber was ist, wenn das mein Schicksal ist? Was ist, wenn ich dazu verdammt bin, genau hier zu enden, in genau diesem Altenpflegeheim, verbittert und reizbar, und den Krankenschwestern die Hand abbeiße, weil ich wütend über alle fürchterlichen Entscheidungen bin, die ich getroffen habe? Was ist, wenn ich ironischerweise keine Wahl habe?

Als ich nach Hause komme, sehe ich meinen Computer und weiß, was ich tun muss. Es ist, was ich schon die ganze Zeit hätte tun müssen, doch irgendwann hat sich mein Blick getrübt und verzerrt, und ich bin vom Plan abgewichen. Ich kann meinen eigenen Entscheidungen nicht trauen. Ich kann meiner Fähigkeit nicht trauen, mich selbst in die richtige Richtung zu führen. Und ich weiß, dass mich nur eine Sache davor retten kann, sie zu werden. Oder noch wichtiger, dass nur eine Sache mich vor mir selbst retten kann.

MEIN LEBEN VOLLER FRAGEZEICHEN

ZWISCHEN ZWEI STÜHLEN

Gepostet am: *Samstag, den 27. November um 23.01 Uhr von* BB4Life

Ich weiß, dass ich mich bei euch allen entschuldigen muss. Ich weiß, dass ihr wahrscheinlich eine Menge Fragen habt. Und ich weiß, dass ein paar von euch möglicherweise sogar sauer auf mich sind. Aber ich hoffe, es genügt euch, wenn ich sage, dass es mir leidtut. Es tut mir leid, dass ich den Blog aufgegeben habe. Es tut mir leid, dass ich euch aufgegeben habe. Ich kann euch meine vorherige Entscheidung, den Blog hinzuschmeißen, nicht bis ins kleinste Detail erklären, doch ich brauche noch einmal eure Hilfe. Ihr müsst mich mit eurer Weisheit auf den richtigen Weg leiten. Mich davon abhalten, etwas zu tun, das ich später bereuen werde.

Erinnert ihr euch an Rhett Butler? Erinnert ihr euch daran, wie charmant und attraktiv und beliebt er ist? Na ja, er hat mich gefragt, ob ich nächste Woche mit ihm auf den Winterball gehen will, und ich habe Ja gesagt. Und ich bin deswegen superaufgeregt. Rhett ist alles, was ich jemals von einem Freund wollte. Er fügt sich mühelos in mein Leben ein. Wie weiß auf weiß.

Was ist dann das Problem, fragt ihr?

Na ja, erinnert ihr euch noch an Heimlich? Meinen niedlichen und ein bisschen geekigen Debattierpartner? Er ist genau das Gegenteil von jemandem, in den ich mich verlieben würde, jedenfalls dachte ich das. Eigentlich habe ich ihm vor diesem Blog nie einen zweiten Blick geschenkt (oder auch nur einen ersten, um genau zu sein). Aber jetzt, da ich auf ihn aufmerksam geworden bin, kann ich nicht mehr wegsehen. Irgendwie hat er es geschafft, sich einen Weg in meine Gedanken zu bahnen, und er will einfach nicht wieder verschwinden. Irgendwie hat er mich *kapiert*, obwohl ich es nicht mal selbst tue.

Und das ist mein Dilemma.

Was soll man tun, wenn man sich mit einer Person sicher fühlt und mit einer anderen lebendig? Es ist, als wäre ich zwischen zwei Versionen meiner selbst gefangen. Der Person, die ich einmal war, und der Person, die ich zu viel Angst habe zu werden. Ich habe das Gefühl, dass ich in einen Spiegel sehe, aber mein Spiegelbild nicht passt. Ich möchte einfach wieder ich selbst sein. Doch wer ist das? Das Mädchen im Spiegel? Das Mädchen, das ich mich mein ganzes Leben lang angestrengt habe zu sein? Oder ist es diese Fremde, die in mir lebt und nichts mit ihr zu tun haben will? Wie entscheidet man zwischen beiden? Woher weiß man, welche der beiden man wirklich ist? Vor allem, wenn sie jeweils in eine andere Person verliebt sind.

Also bitte, sagt mir, was ich tun soll. Sagt mir, für wen ich mich entscheiden soll.

Ich schaffe es nicht alleine. Ich kann den Wald vor lauter Bäumen nicht mehr sehen. Ich brauche eure Klarheit.

Eure verlorene und einsame Freundin,
BB

Vermisst

Shayne hat nicht eine Sekunde aufgehört, über den Winterball zu reden, seit die Schule wieder angefangen hat. Sie kann an nichts anderes denken. Kleider und Limousinen und Frisuren und die wunderschöne Kette, die sie am Wochenende im Einkaufszentrum gefunden hat. Obwohl ich es nie laut aussprechen würde, hängt es mir ehrlich gesagt langsam zum Hals raus, in einer Tour davon zu hören. Ich meine, kann die Frau wirklich über nichts anderes reden als Kleider, Jungs und Hochsteckfrisuren? Ist sie schon immer so gewesen, oder ist es bloß das erste Mal, dass es mir auffällt?

»Also«, fährt sie am Montag nach dem Mittagessen auf dem Weg zu meinem Spind fort. »Wir sollten diese Woche zusammen shoppen gehen. Um sicherzugehen, dass wir auf Fotos nebeneinander gut, aber auch nicht zu aufeinander abgestimmt aussehen, weißt du?«

»Mm-hm«, stimme ich ihr voll und ganz zu.

»Mein Dad bucht die Limousine, das ist alles geregelt. Jesse fährt am Samstagnachmittag hier runter. Sag Hunter, dass wir uns bei dir treffen. Und dann müssen wir die Ohren offen halten, wer die beste Party danach schmeißt und …«

»Vergesst nicht, dass nächste Woche das Vorsingen für

das Frühlingsmusical stattfindet!«, unterbricht uns eine begeisterte Vollblutschauspielerin und drückt uns grüne Flyer in die Hand. »Wir führen *Wicked – Die Hexen von Oz* auf!«

»Nein! Echt?«, trällert Shayne, ihr falsches, öffentliches Lächeln voll aufgedreht. »Das ist mein absolutes Lieblingsmusical!«

Die begeisterte Vollblutschauspielerin strahlt. »Meins auch!«

»Wir kommen auf jeden Fall«, verspricht Shayne, drei Schritte später zerknüllt sie den Flyer und wirft ihn in den nächsten Mülleimer. »Loser«, murmelt sie leise, nimmt mir meinen Flyer ab und unterzieht ihn derselben Behandlung. »Ich würde nie im Leben bei einem Musical mitmachen.«

Als wir meinen Spind erreichen, labert Shayne ohne Ende über irgendeinen Artikel, den sie in *Vogue Girl* über die neuesten Trends bei Lidschatten gelesen hat, während ich mein Exemplar von *Was Ihr Wollt* und mein Englischbuch heraushole.

»Oh mein Gott!«, ruft sie entsetzt aus, unterbricht ihr eigenes Geschwafel und betrachtet finster das Innere ihres Pulliärmels. Ich verdrehe dem Spind zugewandt die Augen und kämpfe gegen das Bedürfnis an zu fragen: »Was ist jetzt schon wieder?«

Aber das muss ich nicht mal. Shayne hält mir ihren Arm direkt vor die Nase. »Schau dir diesen Fleck an!«

Der Stoff ist keine acht Zentimeter von meinem Gesicht entfernt, und ich kann nicht sehen, wovon sie redet. Doch das kann ich natürlich nicht zugeben, weil ich dann das Risiko eingehe, dass sie mir den Stoff noch näher unter die Nase schiebt. Deshalb rümpfe ich die Nase, um Shaynes unzufriedene Miene widerzuspiegeln, und sage: »Ja, ganz schön übel.«

Sie stampft mit dem Fuß auf und schaut mürrisch. »Verdammt. Ich habe Lupita gesagt, dass sie den Fleck rausmachen soll. Sie ist echt zu nichts zu gebrauchen. Was bringen sie diesen Leuten in El Salvador eigentlich bei?«

»Weißt du«, höre ich mich sagen, bevor ich mich selbst zensieren kann, »Lupita war vermutlich Physikerin oder Ärztin oder so was, bevor sie hierhergekommen ist. Viele Einwanderer haben angesehenere Jobs in ihren Heimatländern aufgegeben, um hier Haushälterin oder Gärtner zu werden. Für die Aussicht auf ein besseres Leben.«

Ich habe es kaum ausgesprochen, als ich es auch schon bereue. Shayne verengt die Augen und tritt einen Schritt auf mich zu. Ich weiche ein wenig in meinen Spind zurück. Und dann, gerade als ich glaube, dass sie jeden Augenblick völlig ausrasten wird, bricht sie in grelles Gelächter aus. Fast wie eine geistig labile Person.

»Oh mein Gott, Brooks. Du bist *so* lustig!«

Ich lache auch. Aber mein Lachen kommt wie ein Stottern heraus.

»Lupita? Ärztin?«, kreischt Shayne. »Das ist urkomisch. Kannst du dir das vorstellen? Sie würde sagen: ›Der Typ hat einen Herzinfarkt. Reich mir das Desinfektionsmittel!‹«

»Alles klar«, presse ich nervös hervor und wirbele herum, um meine Spindtür zu schließen.

»Komm«, sagt Shayne und hakt sich bei mir unter. »Ich begleite dich zum Englischklassenzimmer.«

Sobald wir den Gang hinunter losmarschieren, ertönt ein lautes »Ding!« aus der Lautsprecheranlage und kündigt eine schulweite Bekanntgabe an.

Normalerweise beachte ich solche Ankündigungen nicht, weil sie selten etwas mit mir zu tun haben, aber als ich die Worte »Parker-Highschool-Debattierteam« höre, spitze ich die Ohren. Ich muss mich anstrengen, die Bekanntgabe über Shaynes Geschwafel hinweg zu hören.

»Wir möchten dem Team zu seiner eindrucksvollen Leistung bei dem Greely Debattier-Turnier letztes Wochenende gratulieren, insbesondere allen, die dort angetreten sind.«

Das war das große Turnier. Auf das sich Brian so gefreut hat.

Die Sprecherin fängt an, die Namen der Mitglieder des Debattierteams runterzurattern, angefangen mit Jake Towers, Katy Huffington und Dave Shapiro, und ich halte die Luft an, während ich darauf warte, dass Brians Name aufgerufen wird. Ich will ihn einfach hören. Laut. Über die Lautsprecheranlage. Damit ich für einen kurzen, flüchtigen Moment in der Erinnerung von etwas schwelgen kann, von dem ich einmal Teil war.

Aber dann höre ich, wie die Ansagerin etwas über den Winterball an diesem Wochenende faselt und alle an das strenge Alkoholverbot der Schule erinnert, und mir ist klar, dass sie bereits das Thema gewechselt hat.

Moment mal. Was ist mit Brians Namen passiert?

Warum hat sie ihn nicht ausgerufen? War ich so geistesabwesend, dass ich ihn einfach überhört habe?

»*Hallo?* Hörst du mir zu?« Shayne ist sichtlich genervt.

Ich kehre zurück ins Hier und Jetzt und löse mich von ihr. »Ja, entschuldige«, murmele ich. »Schau, ich muss noch kurz bei jemandem vorbeigehen. Ich seh dich nach dem Unterricht, okay?«

»Geschenkt«, erwidert sie, verdreht die Augen, wirbelt

herum und stolziert davon. Ich laufe in die entgegengesetzte Richtung. Steuere geradewegs die Debattierzentrale an.

Als ich das Klassenzimmer betrete, sitzt Ms Rich hinten an ihrem Schreibtisch und benotet Klausuren. Sie sieht zu mir auf und begrüßt mich mit einem Lächeln und nicht, wie ich erwartet hatte, mit einem finsteren, durchdringenden Blick.

»Hallo, Ms Rich.«

»Brooklyn. Wie geht's dir?«

Ich neige den Kopf, weil ich mich schuldig fühle, dass ich überhaupt hier bin.

»Gut«, antworte ich leise. »Ich habe die Ankündigung gehört. Herzlichen Glückwunsch.«

Sie strahlt. »Danke. Alle im Team haben sehr hart gearbeitet. Sie haben es verdient.«

»Und Brian?«, frage ich in der Hoffnung, dass ich nicht mehr sagen muss.

Aber offensichtlich muss ich mehr sagen, weil sie die Stirn runzelt, als hätte sie keine Ahnung, wovon ich rede. »Was ist mit Brian?«

»Na ja«, stammele ich. »Ich hab nur ... seinen Namen nicht gehört. War er krank oder so was?«

Sie blickt mich weiterhin verwundert an. »Brian ist nicht angetreten.«

Ein sehr dumpfes Gefühl breitet sich langsam in meiner Magengrube aus. Als würde mir jemand Steine in den Unterleib drücken. »Warum nicht?« Ich schlucke schwer, bevor ich die Frage mit Mühe hervorpressen kann.

»Hat er dir das nicht gesagt?«

Ich schüttele den Kopf.

Ms Rich sieht hin- und hergerissen aus. Als wollte sie etwas sagen, sich aber nicht sicher ist, ob sie es sollte. »Er hat das Team verlassen«, teilt sie mir schließlich mit.

»WAS?«, schreie ich. Ich hatte nicht vor, es so laut herauszuschreien. Es ist mir einfach so herausgerutscht. Unabsichtlich. »Warum?«

»Er fängt nächstes Semester mit Ringkampf an. Deshalb meinte er, dass es nichts bringen würde weiterzumachen.«

»Ringkampf?!« Ein weiterer spontaner Ausbruch. »Aber das kann er nicht! Er will nicht mal ringen. Sein Dad trainiert die Mannschaft und zwingt ihn dazu. Sie können ihn selber fragen.«

Ms Rich hebt ratlos die Hände. »Ich weiß davon nichts. Ich weiß nur, was er mir gesagt hat.«

Mir wird klar, dass es nichts bringt, hier zu stehen und Ms Rich deswegen anzuschreien. Ich bin nicht auf sie wütend. Derjenige, der meine Wut verdient, sitzt in einem Englischklassenzimmer am anderen Ende des Gangs. Wartet darauf, so zu tun, als würde ich nicht mehr existieren, genauso wie ich es in den letzten zwei Wochen mit ihm zu machen versucht habe.

Aber heute habe ich nicht vor, diese dämlichen Vermeidungsspielchen mit ihm zu spielen. Heute existiere ich. Und er wird es nicht ignorieren können. Er wird sich mir stellen müssen.

Ich danke Ms Rich für die Information, verlasse den Raum und marschiere in den Englischunterricht, wobei ich Rauchschwaden der Entschlossenheit hinter mir herziehe.

Das Marionettentheater

Der Unterricht hat bereits begonnen, als ich ins Zimmer stürme, und Mrs Levy weist mich für meine Verspätung zurecht.

Ich werfe Brian die ganze Stunde lang böse Blicke zu. Wie ein Gangster, der den Typen ins Visier nimmt, der ihn bei der Polizei verpfiffen hat. Er weiß eindeutig, dass etwas nicht stimmt. Was vermutlich der Grund ist, warum er im selben Moment, als es klingelt, aus dem Raum stürmt und ich ihm hinterherrennen muss, damit ich ihn noch auf dem Gang erwische.

»Warte mal«, sage ich, packe ihn am Ellbogen und wirbele ihn zu mir herum.

»Was willst du, Brooklyn?« Der kalte Tonfall, mit dem er meinen ganzen Namen ausspricht, lässt mich erschaudern.

»Ringen?«, frage ich. »Echt jetzt?«

Er reißt seinen Ellbogen aus meiner Umklammerung. »Was kümmert es dich, was ich tue?«

Die Frage tut weh. Wie ein Schlag ins Gesicht. »Weil es mich kümmert, Brian«, erwidere ich mit Nachdruck. »Es kümmert mich, dass du das Debattierteam – dein Ein und Alles – verlassen hast, nur weil dein *Dad* es will.«

»Du würdest es nicht verstehen«, knurrt Brian zurück.

Ich rühre mich nicht vom Fleck, mein Blick hart und fest. »Wetten, dass?«

»Du hast keine Ahnung, was es bedeutet, mit ihm zu leben. Mit ihm täglich zu tun haben zu müssen. Manchmal ist es die Sache nicht wert, zu kämpfen. Manchmal ist es einfacher, auf die Seite zu rollen und sich tot zu stellen.«

Das macht mich noch wütender. »Es ist *dein* Leben, Brian! Du kannst nicht einfach auf die Seite rollen und dich tot stellen! Du musst deine eigenen Entscheidungen treffen.«

»Ach ja? Das bedeutet ja viel aus *deinem* Mund«, höhnt er zurück.

Ich kneife die Augen zusammen. »Was soll das denn jetzt heißen?«

»Du triffst *keine* einzige Entscheidung selbst!«, schreit er. »Du lässt dir alles, was du tust, von Shayne Kingsley vorschreiben. Du hast echt Nerven, mich zu kritisieren, obwohl du selbst nichts weiter als eine weitere hirnlose Marionette in ihrer manipulativen, kleinen Marionettenshow bist. Du folgst ihr überallhin. Sagst alles, was sie dir vorgibt, zu sagen. Du liegst nur schlaff herum und wartest, bis sie an einem der unsichtbaren Schnüre über deinem Kopf zieht und dich tanzen lässt.«

Jetzt schäume ich vor Wut. Mir kommt schon der Rauch aus den Ohren, als er eine tanzende Marionette mimt.

»Und weißt du, was mir so richtig gegen den Strich geht?«, fährt Brian fort, seine Stimme ruhiger, aber sein Kiefer immer noch genauso angespannt. »Dass du die Wahl *hast*. Du hattest sie schon immer. Und du hast dich dafür *entschieden*, sie aufzugeben.«

»Genau wie du«, flüstere ich hart.

»Nein«, sagt er und hebt einen Finger in die Luft. »Da liegst du falsch. Mit meinem Dad hat man nie die Wahl. *Nie*.«

»Das glaube ich nicht.«

Er lacht spöttisch darüber. »Na schön. Wenn du mir nicht glaubst, frag meine Mom. Sie hat den Job, den sie geliebt hat, aufgegeben, um zu Hause zu bleiben und seine Kinder großzuziehen. Oder frag meine ältere Schwester. Sie heiratet einen Typen, den sie nicht liebt, weil er der Sohn des besten Freundes meines Dads ist. Du kannst sogar *Dudley* fragen. Er hat ihn zum Jagdhund ausgebildet, obwohl er es sichtlich hasst und jedes Mal jault, wenn mein Dad ihn mit einem Gewehr hinten in den Pick-up steckt. Und jetzt ich. Ich will debattieren. Ich will in zwei Jahren die Highschool abschließen und aufs MIT gehen. Ich will als Hauptfach Umwelttechnik studieren und Anlagen bauen, die das Trinkwasser des Landes nicht verschmutzen. Aber es spielt keine Rolle, was ich will. Mein Leben ist bereits für mich bestimmt worden. Ich werde für Parker High ringen, ich werde ein Stipendium für ein hiesiges, staatliches College bekommen, und damit hat sich's. Warum? Weil. Ich. Nicht. Die. Wahl. Habe.«

Auch wenn mir in diesem Moment eine passende Erwiderung einfallen würde, würde ich sie nicht rausbekommen. Mein Hirn würde meinem Mund auf keinen Fall befehlen können, Töne zu bilden, oder meiner Zunge, Worte. Und so bleibt mir nichts anderes übrig, als dazustehen und zuzusehen, wie er davonmarschiert.

Mal wieder.

Von Grund auf

Das neue Musterhaus wurde am Tag vor dem Winterball fertig. Meine Mom machte mit mir eine exklusive Führung, nachdem die Dekorateure es wieder komplett eingerichtet hatten. Es war ein extrem seltsames Gefühl, durch das Haus zu laufen, weil es nahezu *identisch* war mit dem, das ich vor weniger als zwei Monaten abgefackelt hatte. Meine Erinnerung hat vielleicht ein paar kleinere Details ausgelöscht, aber soweit ich es sagen konnte, hatten sie nichts verändert.

Im Wohnzimmer standen dieselben dunkelroten Ledersofas mit denselben cremefarbenen und braunen Dekokissen. Dieselben Wasserhähne mit gebürstetem Nickel-Finish zierten das Badezimmerwaschbecken. Sogar das Plastikgemüse, mit dem die Schüsseln auf der Küchenarbeitsfläche gefüllt waren, hatten sie nicht vergessen. Die grünsten grünen Paprika, die man sich vorstellen kann, und Tomaten ohne einen einzigen Makel.

Als ich so inmitten des Wohnzimmers stand, hatte ich das Gefühl, zum Ausgangspunkt zurückgekehrt zu sein. Dass, was auch immer dieses Haus zerstört hatte, irgendwie wiedergutgemacht worden war. Denn hier stand es. Erneut. Genau wie zuvor.

Ich gebe meinem Make-up noch den letzten Schliff, als ich die E-Mail im Posteingang pingen höre. Nennt es sechster Sinn oder so was, aber ich muss nicht mal auf den Bildschirm schauen, um zu wissen, um welche E-Mail es sich handelt. Der Winterball ist heute Abend. Die Limousine trifft in zwanzig Minuten ein, und Hunter, Shayne und Jesse werden jeden Augenblick hier sein, um Fotos zu machen.

Und *diese* E-Mail wird mir sagen, ob ich auf irgendeinem dieser Fotos sein werde.

Langsam und vorsichtig setze ich mich auf meinen Stuhl und starre den Bildschirm an. Ich sehe die Nachricht – die mit der Betreffzeile »Tägliche Zusammenfassung der Abstimmungsergebnisse«. Sie wartet nur darauf, geöffnet zu werden. Die Betreffzeile fordert mich förmlich dazu heraus. Bringt mich mit dem Versprechen einer Lösung in Versuchung. Mit dem Versprechen eines Lebens ohne Reue.

Ich lege die Hand auf die Maus und bewege den Cursor Zentimeter für Zentimeter näher und näher auf diese versprochene Erlösung zu.

Hunter gegen Brian.

Ich habe mir diese Frage schon länger gestellt, als mir klar war.

Und jetzt ist die Antwort da. Meine Blog-Leserinnen und -Leser haben entschieden. Alle zwei Millionen. Diesmal hat das Volk wirklich *gesprochen*.

Es spielt keine Rolle, was ich will. Es spielt keine Rolle, was ich *hoffe* zu sehen, als ich die Maustaste drücke. Es zählt nur, was da vor mir ist. Was *sie* entschieden haben.

Ich hatte in fünfzehn Jahren mehr Nahtoderfahrungen als die meisten Menschen in ihrem ganzen Leben. Ich hatte mehr Erlebnisse, bei denen es »knapp« war, als ich zugeben möchte. Aber kein einziges Mal ist mein Leben wie ein Film vor meinen Augen vorbeigezogen.

Ich würde diesen Moment zwar nicht als eine »Nahtoderfahrung« bezeichnen, doch auf jeden Fall als Scheideweg, und die Bilder, die mir gerade durch den Kopf schwirren, sind es nicht wert, zu einem Film gemacht zu werden.

Meine Schwester und der Krankenwagen und der piepende Herzmonitor. Mrs Moody und ihr Sohn und ihre *Du-bestimmst-die-Geschichte-*Bücher. Das Feuer und die Polizeiwache und der furchterregende Gerichtssaal. Und schließlich Brian und sein Vater und die Ringkampfmannschaft.

Und plötzlich geht mir ein Licht auf.

Wenn ich die E-Mail öffne, bin ich genauso schuldig, einfach auf die Seite zu rollen und mich tot zu stellen.

Wenn ich auf diese Maustaste drücke, gebe ich im Grunde mein eigenes Leben auf. Und meine einzige Chance, es zu leben.

Fehler können wiedergutgemacht werden. Schlechte Entscheidungen können rückgängig gemacht werden. Musterhäuser können wieder aufgebaut werden. Und Perfektion ist nur ein Wort, bei dem man sich schlecht fühlt.

Meine Mom klopft an die Tür, um mir zu sagen, dass Hunter, Shayne und Jesse unten sind.

»Ich komme gleich runter«, sage ich, während ich aufstehe, mein Kleid glatt streiche und mein Spiegelbild ein letztes Mal betrachte. »Ich muss nur noch kurz was machen.«

Als meine Mom geht und sich die Tür hinter ihr schließt, lehne ich mich über die Rückenlehne des Stuhls und drücke die »Löschen«-Taste.

Zerschlagen

Die Limousine trifft um acht ein, und nach mindestens drei Dutzend Fotos steigen Hunter, Shayne, Jesse und ich ein und machen uns auf den Weg ins Stadtzentrum, wo der Ball im Marriott Hotel stattfindet. Das Innere der Limousine ist der Wahnsinn. Vornehme Ledersitze, ein Flachbildschirmfernseher, eine volle Bar und eine Hammer-Surround-Sound-Anlage. Jesse schließt seinen iPod an und schenkt uns Champagner ein, und kurz darauf cruisen wir stilvoll den Highway 83 hinunter. Die Musik ist laut. Der Alkohol fließt. Und ich fühle mich gut. Richtig gut.

Ich habe meine Wahl getroffen, eigenständig, und ich bin überglücklich.

»Übrigens«, sagt Shayne zu mir, als wir uns auf der Rückbank zusammendrängen, während Hunter und Jesse am anderen Ende über ihre Lieblingsbands sprechen. »Wir machen noch einen Zwischenstopp.«

»Warum?«, frage ich.

»Ich habe diesem neuen Mädchen, Brianna Hudgens, gesagt, dass sie mit uns kommen kann.«

»Wer ist das?«

»Ach, niemand Besonderes«, antwortet Shayne herablassend und nimmt einen Schluck von ihrem Champagner. »Ihre Familie ist aus Kansas oder so hierhergezogen.«

»Warum hast du sie eingeladen«, frage ich argwöhnisch, »wenn sie niemand Besonderes ist?«

Ein freches Grinsen umspielt Shaynes Lippen. »Weil ihr älterer Bruder in der nächsten Staffel von *Reality Bites* ist.«

Ich blicke verwirrt. »Die MTV-Show?«

Shayne nickt, extrem stolz auf sich. »Jep. Die Info hab ich von einem Insider. Daher dachte ich, dass wir uns mit ihr anfreunden sollten. Du weißt schon, für den Fall, dass sie hierherkommen, um ein paar Szenen zu filmen.«

Die Limousine bleibt langsam stehen, und ich sitze da und starre sie völlig verblüfft an. »Machst du Witze?«

Sie erwidert meinen Blick, als würde sie die Frage nicht verstehen. »Nein.«

»Aber …«

Shayne bringt mich schnell zum Schweigen, als sich die Tür der Limousine öffnet und Brianna den Kopf reinsteckt. »Hi, Leute!«, sagt sie.

»Bree!«, schreit Shayne, als würde sie eine Freundin begrüßen, die sie seit Ewigkeiten nicht mehr gesehen hat. Brianna steigt ein, und Shayne gibt ihr den obligatorischen Luftkuss, bevor sie den Rest von uns vorstellt.

Ich winke und begrüße sie so begeistert, wie ich es hinbekomme.

Jesse versorgt sie mit Champagner, bevor er auf die Trennscheibe klopft und dem Fahrer sagt, dass wir weiterfahren können.

»Das ist so cool«, ruft Brianna aus und blickt sich in der Limousine um. »Danke, dass du mich eingeladen hast. Es ist wirklich schwer, an einer neuen Schule Leute kennenzulernen.«

Shaynes Augen funkeln, während ihr Lächeln noch breiter wird. »Aber klar doch!«, sagt sie, ihre Stimme so quirlig wie der Champagner in ihrem Glas. »Eine Party ohne dich ist wie ein Martini ohne Oliven. Er schmeckt einfach nicht richtig.«

Alle in der Limousine brechen gleichzeitig in schallendes Gelächter aus.

Alle außer mir.

Denn während die anderen Shaynes scheinbar geistreiche und kreative Metapher witzig finden, habe ich den Spruch schon einmal gehört.

Vor etwa drei Wochen. Als ich auf dem Beifahrersitz von Shaynes verfrühtem Geburtstagsgeschenk saß, während sie mich um Vergebung bat.

Wenn ich mich richtig erinnere, *weinte* sie sogar.

Und wisst ihr was? Es hat funktioniert.

Ich hab es geschluckt und wollte dann noch mehr.

Mir wird alles schmerzhaft klar ... schmerzhaft schnell. Shayne *wollte* nie wieder meine Freundin sein. Sie *wollte* nie, dass es wieder so wie früher wird. Sie wollte nur wieder im Rampenlicht stehen. Und in dem Augenblick, als der Scheinwerfer auf mich gerichtet war – in dem Augenblick, als sie auch nur einen Anflug der Kälte und Dunkelheit spürte, den er zurückließ –, musste sie etwas tun, um ihn wieder auf sich zu lenken, so wie es sich ihrer Meinung nach gehörte.

Ich habe mich einwickeln lassen. Genau wie alle anderen habe ich mich in diese Fantasie hineinziehen lassen. Angelockt von dem hellen, glänzenden Licht wie ein Insekt, das mit voller Geschwindigkeit in eine ultraviolette Fliegenfalle flattert.

Und genau so fühle ich mich gerade. Als wäre ich geködert und plattgedrückt worden.

Ich hätte wissen müssen, dass es nur aufgesetzt gewesen war. Die Tränen, die Entschuldigung, die Verletzlichkeit. Sie tischte mir genau das auf, worauf ich ihrer Meinung nach reagieren würde. Worauf sie *wusste*, dass ich reagieren würde. Und ich wollte so unbedingt, dass die Dinge wieder wie vorher wurden – dass sich alles wieder sicher anfühlte –, dass ich völlig ignorierte, was sich die ganze Zeit direkt vor meiner Nase befand. Und je mehr ich darüber nachdenke, umso mehr wird mir klar, dass Shayne eine so undurchdringliche, so undurchlässige Fassade aufgebaut hat, dass selbst *ich* niemals dahinter gesehen habe.

Es ist fast, als wäre Shayne Kingsley nicht einmal eine richtige Person. Sie ist eine Illusion. So falsch wie das Plastikgemüse in der Küche eines Musterhauses. Dazu gedacht, den Anschein von Realität auszuströmen. Den Anschein von Perfektion.

Und bei Shayne gibt es *nichts anderes* als den schönen Schein.

Ich drehe mich um und schaue aus dem Fenster. Ich kann in der getönten Scheibe kaum mein Spiegelbild ausmachen. Aber die Person, die mir entgegenblickt, ist eine Fremde. Ich bin nicht mehr das Mädchen, das ich einmal war. Ich bin nicht das unsichere, überhilfsbereite Anhängsel, das Angst davor hat, allein zu sein. Das lieber im Schatten von jemand anderem lebt, als eigenständig zu denken. Und sosehr ich mich in den letzten drei Wochen auch angestrengt habe, ich kann nicht zu meinem alten Leben zurückkehren. Ich habe zu viel gesehen. Ich habe Abstand gewonnen und meine Welt von außen betrachtet. Und sobald man sie einmal aus diesem Blickwinkel betrachtet hat, kann man nicht zurück. Nichts darin fühlt sich noch gleich an.

Alles ist aus Plastik.

»Wer ist gestorben?«, fragt Hunter, kraxelt durch den Wagen und lässt sich auf die Sitzbank neben mir plumpsen. »Du schaust so ernst.«

Shayne gibt ein überhebliches Lachen von sich und setzt sich neben Jesse. »Ich glaube, Brooks ist mal wieder schlecht gelaunt.«

Hunter beugt sich rüber und küsst mich auf den Hals. Er neckt mich mit gedämpfter Stimme. »Ah, hast du etwa schlechte Laune? Muss ich dich aufheitern?« Dann gibt er ein lautstarkes Knurren von sich, wie ein hungriger Bär, und zieht mich auf seinen Schoß.

Er drückt seine Lippen auf meine. Ich betäube mit ihnen meinen Geist. Versuche so, das widerliche Gefühl, das sich in meinem ganzen Körper ausbreitet, zu unterdrücken. Hunter verschlingt mich. Seine Hände sind überall. Ich schmecke etwas Komisches in seinem Mund und begreife, dass er heute Abend nicht nur Champagner getrunken hat.

Die Limousine bleibt mit einem Ruck an einer roten Ampel stehen, und der Champagner schwappt aus meinem Glas und auf Hunters Anzugjacke.

»Mist!«, brülle ich, rolle von ihm und greife nach ein paar Servietten. »Entschuldige.«

Aber Hunter winkt ab. »Hey, kein Problem. Das gehört alles dazu.«

In dem Moment schaue ich zufällig aus dem Fenster und sehe, wo wir angehalten haben. Und obwohl Parker eigentlich nur eine lange Straße mit aneinandergereihten

Geschäften und Gebäuden auf beiden Seiten ist, weiß ich, dass wir nicht rein zufällig genau hier stehen geblieben sind. Dass irgendeine Macht, die größer ist als ich, *diese* Ampel und diesen Moment ausgesucht hat, um meine Aufmerksamkeit nach draußen zu lenken.

Denn genau hinter der Fensterscheibe, keine dreißig Meter von meinem Sitzplatz entfernt, befindet sich der Diner, in dem Brian und seine Freunde ihre Samstagabende verbringen.

Und in einer Sitzecke am Fenster schaufelt sich niemand anderes als Brian Pfannkuchen in den Mund, lacht über die Witze seiner Freunde und amüsiert sich blendend.

Ich weiß, dass Shayne mit mir spricht. Und ich weiß, dass es Folgen haben wird, dass ich nicht gleich antworte, aber ich kann nicht anders. Das, was in dieser Limousine passiert, interessiert mich nicht mehr. Ich kann nur noch sehnsüchtig auf diese kleine braune Hütte starren – eines der ältesten Restaurants in der Stadt – und darüber nachdenken, wie es wäre, neben ihm in dieser Ecke zu sitzen.

»Brooks!«, brüllen vier Stimmen im Chor, und ich reiße mich schließlich vom Fenster los.

Ich kann mich kaum erinnern, wo ich bin. Ich kann kaum die Gesichter um mich herum erkennen. Ich glaube, eins von ihnen gehört der Person, die angeblich mal meine beste Freundin war. Und ein anderes ähnelt ein bisschen meinem Date. Aber ich kann nicht klar sehen.

Ich blicke auf den Champagner in meiner Hand.

Wie viele Gläser habe ich davon getrunken?

Alle in der Limousine brechen in schallendes Gelächter aus. Hunter legt mir einen Arm um die Schulter, zieht mich näher heran und schmiegt seine Lippen an meinen Nacken.

»Meine Güte, du verträgst aber auch gar nichts«, neckt er mich mit seinem Südstaatenakzent. »Aber das ist gut. Dann wird es mir nicht so schwerfallen, dich später zu verführen.«

Ich lache. Doch nur, weil es alle tun. Ehrlich gesagt, weiß ich eigentlich nicht, was so lustig ist. Andererseits habe ich den anderen kaum zugehört. Ich war zu sehr mit dem Versuch beschäftigt, ein kompliziertes, logisches Problem in meinem Kopf zu lösen. Es ist eigentlich ganz einfach.

Ich sehe zu Shayne hinüber. Perfekte, bildhübsche, makellose Shayne. In ihrem ausgeschnittenen Hochglanzmagazinkleid, mit ihrem Make-up-Theken-Gesicht und ihrer Friseursalon-Hochsteckfrisur. Dann denke ich darüber nach, was sich dahinter verbirgt und wie weit sie geht, um es zu verstecken, und ich lache fast laut auf.

Dann sehe ich zu Hunter. Perfekter, attraktiver, makelloser Hunter. Mit seinem sexy Akzent, seinem windgepeitschten Haar und seiner Geburtsurkunde mit römischer Ziffer. Dann denke ich darüber nach, was mir sonst an ihm gefällt, was wir gemeinsam haben, welche besonderen, denkwürdigen Momente wir miteinander verbracht haben, und mein Kopf füllt sich mit Leere.

Jetzt schaue ich aus dem Fenster. Meine Augen konzentrieren sich genau auf Brian. Auf sein zerzaustes Haar. Auf die Freunde, die ihn umgeben – Leute, die ich zu einer bestimmten Zeit in meinem Leben einfach ignoriert hätte. Aber ich sehe nichts von alledem. Ich sehe nur *ihn*.

Die Person, die mir das Gefühl gibt, dass ich etwas wert bin … als eigenständiger Mensch.

Und dann geht mir ein Licht auf.

Hunter ist die Illusion, und Brian ist die Wahrheit.

Hunter ist Schein, und Brian ist Wirklichkeit.

Hunter ist alles, was ich dachte, das ich wollte … aus all den falschen Gründen. Der perfekte Typ … der für *mich* einfach nicht perfekt ist. Die Wahl, die ich fünf Jahre lang getroffen habe, während ich mich vergeblich bemühte, etwas zu verkörpern, das nicht wirklich existiert.

Und Brian ist die Wahl, die ich jetzt treffen muss.

Ich blicke zur Kreuzung vor uns und sehe, wie die Ampel auf Gelb schaltet. Ich habe keine Zeit für Erklärungen. Ich stürze mich auf die Türklinke und reiße an ihr. Die Tür fliegt auf, und ich purzele auf den Fußweg.

Die kalte Dezemberluft trifft meine nackten Schultern wie ein Messer, das mir in die Haut schneidet. Sie sickert mühelos durch den hauchdünnen Stoff meines Kleids und lässt meinen ganzen Körper heftig erzittern. Als hätte mir jemand einen Eimer eiskaltes Wasser über den Kopf gegossen.

Nicht vergessen: Das nächste Mal, wenn du dich mitten im Winter aus einer Großraumlimousine stürzt und nur ein Abendkleid anhast … denk daran, dir deinen Mantel zu schnappen.

Ich strenge mich an, in meinen zierlichen, strassbesetzten Stöckelschuhen Bodenhaftung zu bekommen, und schlittere über den vereisten Asphalt unter meinen Füßen. Ich kann hinter mir die Schreie hören. Die Stimmen, die wissen wollen, was ich da treibe. Warum ich den Verstand verloren habe. Die Witze über meine mangelnde Trinkfestigkeit. Und dann höre ich Shayne. Ihre Diktatorenstimme. Die darauf besteht, dass ich sofort wieder in den Wagen steige.

Aber ich achte nicht auf sie.

Sie kann an diesen Schnüren so viel zerren, wie sie will. Sie sind nicht mehr an mir befestigt.

Ich drehe mich um und sehe Hunter, auf dessen Gesicht sich ein riesiges Fragezeichen abzeichnet. »Ich habe einen Fehler gemacht«, versuche ich ihm zu erklären. »Ich habe aus den falschen Gründen Ja gesagt, und es tut mir leid. Ehrlich.«

Die Ampel schaltet auf Grün, ich schließe die Tür, und die Limousine düst in die Nacht hinein. Ich bleibe nicht stehen, um mich zu verabschieden. Ich nehme mir nicht die Zeit, mich an die guten Zeiten zu erinnern. Ich steuere direkt auf die Eingangstüren des Diners zu. Und sehe nicht zurück.

Das Ende

Ich war seit meiner Kindheit nicht mehr in diesem Main Street Diner. Es ist eines dieser altmodischen und heimeligen Restaurants im Blockhüttenstil, die es schon seit ewigen Zeiten gibt. Einer der wenigen Läden, die aus den Tagen übrig geblieben sind, bevor unsere kleine Stadt von großen stillosen Abholmärkten unterwandert wurde. Es ist ein beliebtes Stammlokal. Und wenn ich »Stammlokal« sage, meine ich, dass Leute hierherkommen, deren Familien seit Generationen in Parker, Colorado, leben. Seit Gold hier entdeckt wurde. Und anscheinend ist das der Ort, an den die echten Einheimischen jeden Samstagabend gehen.

Ich platze atemlos durch die Tür und zittere immer noch von der Kälte.

Ich weiß, ich könnte stundenlang um den heißen Brei rumreden. Mir nichts, dir nichts an Brians Tisch auftauchen und bedeutungslosen Smalltalk machen über den Diner und die Stadt und wie nett es ist, alle wiederzusehen, aber das tue ich nicht. Ich habe genug Zeit mit Dingen verschwendet, die keine Bedeutung haben, und ich möchte nicht länger warten.

»Es war mehr als nur eine Mutprobe!«, rufe ich durch das Restaurant.

Die Gespräche an den verschiedenen Tischen verstummen allmählich, und fünfundsechzig Köpfe drehen sich zu mir. Wie ein Publikum, das es sich im Theater bequem macht, kurz bevor das Orchester anfängt zu spielen. Unterhaltungen werden eingestellt. Handys werden ausgeschaltet. Alle Augen richten sich auf die Bühne.

Und ich habe das Wort.

Brian sieht mich und wirft mir einen Blick zu, der eindeutig besagt: »Was machst du da?«

»Der Kuss«, erkläre ich und schreite zielstrebig auf ihn zu. »Es war so viel mehr als eine Mutprobe.«

Obwohl ich die fragenden Blicke aller Gäste spüren kann – der Steak-und-Ei-Einheimischen, der geschwätzigen, Kaugummi kauenden Bedienungen, von Brians verblüfften Freunden –, sehe ich nur ihn. Brians ernste, gefühlvolle Augen durchdringen mich, graben sich tief in mein Unterbewusstsein, sezieren meine Gedanken und machen meine Fähigkeit zunichte, mich von der Welt abzuschotten.

»Und *du*«, fahre ich fort und lasse mich in seinen kraftvollen Blick hineinziehen, »du bedeutest mir so viel mehr, als ich es je für möglich gehalten hätte. Als ich je gedacht hätte, dass ich es *erlauben* könnte. Es tut mir leid, dass ich es nicht schon früher erkannt habe. Es tut mir leid, dass ich mich von Sachen habe blenden lassen, die überhaupt keine Rolle spielen. Du hattest recht. Ich habe das Leben von jemand anderem gelebt. Habe nach den Regeln von jemand anderem gespielt. Habe alle, nur nicht mich selbst Entscheidungen treffen lassen. Ich hatte so schreckliche Angst davor, die falschen zu treffen, dass ich dachte, es wäre das Beste, gar keine zu treffen. Damit man mich nie würde dafür verantwortlich machen können, wenn etwas schiefließ. Denn nach meiner Erfahrung gehen die Dinge *immer* schief, wenn ich etwas damit zu tun habe. Ich habe mein Leben lang schlechte Entscheidungen getroffen, und das ist jetzt vorbei. Ich bin bereit, eine gute zu treffen. Ich bin bereit, mit dir zusammen zu sein.« Ich halte inne und betrachte sein Gesicht, um seine Reaktion zu sehen, aber da ist bisher nichts zu erkennen. Und sein ausdrucksloser Blick ist wie ein Splitter in meinem Herzen. »Das heißt … wenn du mit mir zusammen sein willst«, flüstere ich.

Aus jeder Ecke des Restaurants kommt leises Gemurmel. Gedämpfte Stimmen, die meine Identität, meine Integrität … und vor allem meinen Verstand hinterfragen.

Es passiert wahrscheinlich nicht jeden Abend, dass ein Mädchen in einem Abendkleid dem ganzen Restaurant sein Herz ausschüttet.

Ich atme ein und halte die Luft an. Herrlicher Sauerstoff füllt meine Lungen und beruhigt meine Beklommenheit wie eine Droge. Mir war nicht bewusst gewesen, wie viel Luft ich in den letzten dreißig Sekunden verbraucht hatte.

Brian steht auf. Er ist über eins achtzig groß, und ich muss aufsehen, um den Augenkontakt zu halten, aber sein bezaubernder Blick lässt mich nie los. Ich sehe, wie seine Mundwinkel anfangen zu zucken – die Anfänge eines Lächelns.

Wortlos fährt er mit einem Finger an meinem Haaransatz und meiner Wange entlang. Dann beugt er sich vor und berührt meine Lippen sanft mit seinen. Es fühlt sich an, als wäre mein ganzer Körper in Brand gesetzt worden. Die Bilder und Gerüche des alten Diners verblassen. Die Geräusche um mich herum rücken in den Hintergrund. Und für einen kurzen Augenblick sind nur noch wir da. Stehen in Flammen in einem hohlen Raum.

Als er sich wieder aufrichtet, ist sein Grinsen vollständig, und er strahlt von innen. »Ich hoffe, das beantwortet deine Frage.«

Ich nicke, unfähig zu sprechen, als meine Füße den Boden wieder berühren und mein Herz sich an sein neues, beschleunigtes Tempo gewöhnt.

Hinter uns fängt die gesamte Sitzecke an zu klatschen. Sogar ein paar der umgebenden Tische stimmen in den Beifall mit ein. Mein Gesicht läuft in allen möglichen Rotschattierungen an. Ich lache und verstecke mein Gesicht an Brians Schulter.

»Komm«, sagt er, legt mir seine Hand unten auf den Rücken und schnappt sich seine Jacke aus der Sitzecke. »Gehen wir raus.«

Wir verlassen das Restaurant Schulter an Schulter. Draußen legt Brian seine Jacke eng um mich.

»Du siehst übrigens toll aus«, sagt er und bewundert mein Outfit.

Ich trete einen Schritt zurück und drehe mich einmal im Kreis. »Gefällt's dir?«

Er lacht und zieht mich an sich. Stürmisch. Leidenschaftlich. Ich falle hilflos in seine Arme und lasse den Kopf an seinem warmen Oberkörper ruhen. »Also«, sagt er, wobei Belustigung in seinem Tonfall mitschwingt. »Wie es aussieht, hat Heimlich das Mädchen am Ende also doch bekommen. Wer hätte das gedacht?«

Ich brauche einen Moment, bis mir klar wird, was er da gerade gesagt hat. Und in dem Moment rutscht mir ein Japsen heraus, das über den Parkplatz hallt, und ich springe nach hinten. »WAS?«

Er zuckt mit den Schultern, als wäre das bloß eine ganz

alltägliche Unterhaltung. Eine, die wir schon Millionen Mal geführt haben. »Also ich weiß, dass Rhett Butler eine Zeitlang der Spitzenreiter zu sein schien, aber ich hatte große Hoffnungen für Heimlich. Ich wusste, dass es nur eine Frage der Zeit sein würde, bis du zu dir kommst.«

Ich sehe starr und mit heruntergeklappter Kinnlade zu ihm auf, die Augen weit aufgerissen und so groß wie die Flapjacks, die sie im Diner servieren. »Du hast es gewusst?«

Er gräbt die Hände in die Hosentaschen und wirft mir dieses verlegene Grinsen zu, das ich zu lieben gelernt habe.

»Wie lange schon?«, will ich wissen.

»Eine Weile«, gibt er leise zu. »Etwa seit dem ersten Post.«

»Dem *ersten* Post!«, wiederhole ich schockiert. Mir dreht sich der Kopf, als ich an alle Blogposts denke, die ich je geschrieben habe. Jede Entscheidung, die ich zur Abstimmung gestellt habe. Jede Stimme, die ich je gezählt habe. »Aber wie hast du ihn gefunden?«

»Jemand hat ihn auf einem der Bibliothekscomputer offen gelassen. Ich nehme an, das warst du, obwohl ich es zu dem Zeitpunkt nicht wusste. Wie auch immer, er sah interessant aus, und ich habe angefangen, ihn zu lesen. Und ihm zu folgen. Nach dem zweiten Post hatte ich eine recht gute Vorstellung davon, wer der Verfasser ist. Ich meine, komm schon. *Die Früchte des Zorns?* Die Exkursion zur Körperwelten-Ausstellung? Das Rugby-Probetraining? Ich habe das blaue Auge gesehen. Du hast mir erzählt, woher du es hast. Aber erst als ›Heimlich‹ BB gefragt hat, ob sie sich dem Debattierteam anschließen will, wusste ich es mit Sicherheit.«

Mein Hirn scheint diese Neuentwicklung immer noch

nicht verarbeiten zu können. Die ganze Zeit. Er wusste die *ganze* Zeit Bescheid. Und er hat nichts gesagt!

»Obwohl«, fährt er mit einem spöttischen Grinsen fort, »du warst nicht hundertprozentig ehrlich, oder?«

»Hä?«

Seine Augen hören nicht auf zu funkeln. »Wir haben alle dafür gestimmt, dass du an dem Abend mit mir zum Diner gehst.«

»Oh, *das*.« Ich lache betreten, als ich mich an den schicksalhaften Zwischenstopp im Minisupermarkt und an meine kleine Lüge erinnere, um ihn zu vertuschen. »Na ja, das war …« Aber eine weitere erstaunliche Erkenntnis lässt mich mitten im Satz innehalten. »Moment mal. Du hast auch *abgestimmt*?!«

»Natürlich!«, ruft er aus. »Das war das Beste daran. Ich musste meine Meinung dazu abgeben, ob du mit irgendeinem anderen Typen ausgehen sollst oder nicht. Und das auch noch in einen angesagten Klub im Stadtzentrum. Ich muss ehrlich sagen, dass ich sehr erleichtert war, als ich gesehen habe, wie viele Leute meiner Meinung waren.«

»Aber bist du nicht sauer?«, frage ich. »Ich meine, dass ich nur deshalb auf dein Angebot eingegangen bin und überhaupt Zeit mit dir verbracht habe, weil ein Haufen völlig fremder Leute mir gesagt hat, ich soll es tun?«

Er scheint diese Frage witzig zu finden, als er seine Jacke noch enger um meinen Körper wickelt. »Wie könnte ich über etwas sauer sein, dass dich mir nähergebracht hat?«

Die kalte Luft trübt meinen Blick. Aber vielleicht haben die glitzernden Tränen nichts mit dem Wetter zu tun. Ich trete auf Brian zu und schmiege mich wieder an ihn. Doch er packt meine Schultern und hält mich auf Armeslänge von sich. Sein Gesicht ist auf einmal sehr ernst. Sehr ruhig.

»Wenn wir schon beim Thema sind. Was ist mit dem Blog?«

»W-was meinst du?«, stammele ich.

»Dein letzter Post«, ruft er mir in Erinnerung. »Heimlich gegen Rhett Butler. Der ultimative Showdown. Ich habe die Ergebnisse gesehen, bevor ich heute Abend hierhergekommen bin. Ich habe gesehen, dass …«

Doch ich lasse ihn nicht zu Ende sprechen. Ich weiß bereits alles, was ich wissen muss. Es gibt nichts mehr zu sagen. Deshalb küsse ich ihn. Lange, leidenschaftlich und lustvoll.

»Ich kenne das Ergebnis nicht«, sage ich ihm, unsere Lippen nur Millimeter voneinander entfernt. »Ich hab es mir nicht angesehen.«

Mit dieser Antwort hat er offensichtlich nicht gerechnet. »Warum nicht?«

»Weil es mir egal ist.« Ich stelle mich auf Zehenspitzen und drücke meine Stirn gegen seine. Meine Augen schließen sich langsam. »*Ich* entscheide mich für dich, Brian. Weil ich es kann. Weil es *meine* Entscheidung ist. Und weil ich mir hundertprozentig sicher bin, dass es die richtige ist.«

MEIN LEBEN (NICHT MEHR) VOLLER FRAGEZEICHEN

EPI-*BLOG*
Gepostet am: *Samstag, den 1. Januar um 11.22 Uhr von* BB4Life

Hallo, Leute! Habt ihr mich vermisst? Tut mir leid, dass ich mich schon so lange nicht mehr gemeldet habe. Aber ich dachte, dass es da wohl noch ein paar offene Fragen gibt, die ich klären muss. Ihr wollt bestimmt wissen, was mit mir, Heimlich, Rhett Butler und sogar Ihrer Königlichen Abscheulichkeit passiert ist. Daher wollte ich euch auf den neuesten Stand bringen.

Rhett Butler datet die Neue, die gerade aus Kansas hierhergezogen ist. Sie haben sich am Abend des großen Winterballs kennengelernt. Aber keine Sorge, ich bin nicht traurig. Eigentlich finde ich es toll. Sie sind ein echt süßes Paar. Ihr Bruder wird demnächst in irgendeiner Reality-Show auftreten, vielleicht werden sie sogar in unserer Stadt filmen. Natürlich kann ich euch nicht verraten, um welche Reality-Show es sich handelt, aber wenn ihr irgendwann mal zufällig durch die Fernsehkanäle zappt und auf einen superscharfen Kerl mit Südstaatenakzent trefft, denkt daran, dass es Rhett Butler sein *könnte*.

Und Ihre Königliche Abscheulichkeit? Na ja, sagen wir mal, dass sie ihren Titel verloren hat. Das mit der Abscheulichkeit ist zwar immer noch wahr, doch wie sich herausgestellt hat, ist das ganze Geld, das ihr Dad verdient hat, nicht wirklich *sein* Geld. Er hat es von seinen Kunden gestohlen. Könnt ihr das fassen? Also ich auf jeden Fall. Der Apfel fällt nicht weit vom Stamm, was?

Anscheinend hat die Polizei letzten Monat bei ihrer Geburtstagsfeier eine groß angelegte Razzia durchgeführt, bei der ihr Dad in Handschellen abgeführt wurde. Alles im Haus wurde konfisziert einschließlich des brandneuen Autos Ihrer Königlichen Abscheulichkeit (ein verfrühtes Geburtstagsgeschenk) sowie ihrer gesamten Designergarderobe. So ein Pech aber auch!

Und ich? Na ja, ich habe festgestellt, dass ich *tatsächlich* ein Händchen für gemeinnützige Arbeit habe. Deshalb habe ich beschlossen, noch ein wenig länger im Altenpflegeheim zu arbeiten, auch nachdem meine vom Gericht festgesetzten Stunden rum sind. Wir haben dem Beschäftigungsplan eine neue Aktivität hinzugefügt. Sie heißt *Du-bestimmst-die-Geschichte*-Stunde, und ich bin für sie zuständig. Im Prinzip ist es wie eine Lesestunde in der Bibliothek … nur mit einem interaktiven Dreh.

Bei Heimlich und mir läuft es auch gut. Wir bereiten uns auf das Bundesqualifikationsdebattierturnier nächsten Monat vor, und ich bin deswegen *richtig* nervös. Ich hätte ihn fast an die Ringkampfmannschaft verloren, aber es hat sich herausgestellt, dass ich nicht die Einzige bin, die gelernt hat, Verantwortung für ihr Leben zu übernehmen … und ihre Entscheidungen.

Also das war's so ziemlich. Ihr werdet vermutlich eine ganze Weile nichts mehr von mir hören … oder eigentlich *nie* mehr. Aber ich wollte, dass ihr wisst, wie dankbar ich dafür bin, dass ihr beschlossen habt, mich auf dieser Reise zu begleiten. Man muss jeden Tag Entscheidungen treffen. Und ich bin froh, dass ihr euch für mich entschieden habt. Denn wer weiß, wo ich jetzt ohne euch alle wäre. Danke also, dass ihr das lest. Danke für euer Interesse. Ich werde euch nie vergessen. Versprochen.

Eure treue Freundin,
BB

Danksagung

Obwohl Schreiben eine sehr »einsame Angelegenheit« sein kann, fühle ich mich als Schriftstellerin nie »allein«. Und das liegt vermutlich daran, dass ich von einer fantastischen, großzügigen und liebevollen Gruppe von Leuten unterstützt werde. Als Erstes möchte ich Michael und Laura Brody danken. Ich glaube, dass wir uns unsere Eltern auswählen, und ich hätte keine klügere Wahl treffen können. Charlie, danke, dass du auch bei diesem Buch da warst (und somit bei einem weiteren turbulenten »zweiten Akt«). Ich werde aber besser, oder? *Oder?* Du bist mein Fels in der Brandung, mein Versuchskaninchen und mein Plastic Guitar Hero. Ich liebe dich. Danke, Tessa, dass ich so eine rechthaberische, ältere Schwester sein durfte und du meine *gelegentliche* schlechte Laune ertragen hast. Danke auch an George, Vicki, Jennifer und Addison, dass ihr mich mit offenen Armen in eurer Familie aufgenommen habt.

Janine O'Malley, meine wunderbare, liebenswürdige, lustige, talentierte und (vor allem) *sanfte* Lektorin, danke, dass du mich durch ein weiteres Buch geleitet und es während deines Urlaubs gelesen hast! Unsere Mittagessen sind immer das Beste an meinen Aufenthalten in New York. Mein Dank gilt auch allen wunderbaren Menschen bei Farrar Straus Giroux Books for Young Readers und Macmillan Children's Publishing Group, die ganze Reise mit euch war einfach unglaublich.

Ich möchte meinem fantastischen Agententeam, Elizabeth Fisher und allen bei Levine Greenberg für eure grenzenlose Unterstützung und Begeisterung für meine Romane danken, sowie Bill Contardi, dass er meine Romanfiguren der Film- und Fernsehwelt vorgestellt hat.

Des Weiteren danke ich Deepak Chopra, Gotham Chopra, Carolyn Rangel, Felicia Rangel und allen großartigen Leuten im Chopra Center, dass ihr meine Karriere und meine Romane unterstützt habt. Ich habe noch nie eine so gutherzige Familie von großzügigen Seelen getroffen.

Christina Diaz, ich danke dir, dass du mich bei Verstand und mein Leben über Wasser gehalten hast. Ohne dich würde ich mit Sicherheit untergehen. Und weil ich es vor zwei Büchern vergessen habe, muss ich noch Jen Marr danken – du weißt, wofür! Und natürlich wie immer, danke, Alyson Noël, dass du mich auf Arten inspiriert hast, die du dir nicht einmal vorstellen kannst … Ich sage immer noch, ich habe alles vorausgesehen!

Ich danke meinen fantastischen Freunden, die immer und immer wieder bei meinen Signierstunden auftauchen … ohne sich zu beschweren. Ella, Leslie, Lauren, Jacey, Dan, Shalini, Kristin, Allison, Tina, Hilary, Stacey, Dom, Angie, Holly, Mike, Alicia, Brad, Katherine, Jerry, Jessen und Lindsay. Ich habe unglaubliches Glück, dass ihr alle Teil meines Lebens seid.

Ich danke dem fantastischen Personal der Champagne Bakery in West L. A., dass ich mein Büro-außerhalb-des-Büros dort einrichten und stundenlang bleiben durfte, während ich diesen Roman schrieb. Und danke, Mike Bachmann, dem Buchtitel-Meister, dass du den Roman in wenigen Worten zusammengefasst hast.

Ein riesiges Dankeschön (und eine feste Umarmung) geht an Lisa Nevolo, die mir, seit sie in mein Leben getreten ist, nur Gutes beschert hat! Und an Danny Malakhov, Stephanie Friedman, Savanah Outen, Josh Golden, Cathy Golden, Nikki Boyer und Jonathan George.

Holly Karrol Clark, du bist die Produzentin des Jahres! Deine positive Energie ist ansteckend, und wenn du in der Nähe bist, scheint immer alles glatt zu laufen. Jason Fitzpatrick, mein unglaublich talentierter, kreativer und *geduldiger* Kameramann, Cutter und Co-Regisseur. Terra Brody, Mode-Expertin, Stil-Ikone und Kostümbildnerin. Christine Schul, Make-up-Genie und insgesamt fantastische Person. Die fleißige Crew, Steve Proctor und Adrian Ranieri, die Rockstar-Musikproduzenten und Komponisten, Tommy Fields, Matthew Clark, Mike Harold und Ted Perlman sowie die bemerkenswerte und wunderschöne Besetzung: Madisen Nevolo, Jaira Valenti, Savannah Polisar und Deepak Chopra. Euer Talent ist unermesslich.

Ich danke allen wunderbaren Buchverkäuferinnen und -verkäufern, die weiterhin meine Bücher führen und mich in ihre Buchläden einladen, vor allem John Schatzel und Lori Christian.

Und nicht zuletzt ein herzliches und treues Danke an meine Leserinnen und Leser – jedes Alters. Dank euch kann ich meinen Traum tagtäglich ausleben, und dafür bin ich euch ewig dankbar. Ihr lest weiter, und ich schreibe weiter. Einverstanden?

Küssen Finnen besser?

Mara Andeck
WENN DAS LEBEN DICH
NERVT, STREU
GLITZER DRAUF
240 Seiten
ISBN 978-3-414-82432-5

Tess ist genervt: Gerade hat sie noch von den perfekten Sommerferien mit Sonne, Stränden und Jungs geträumt, da machen ihre Eltern ihr einen Strich durch die Rechnung: Sie wollen umziehen und ab sofort mit Opa, Cousin, Onkel und Tante sowie deren vier Nervensägen einen auf Großfamilie machen. Da ist Chaos vorprogrammiert. Tess ist schon dabei, sich auf unschlagbar öde Ferien einzustellen, da bahnt sich plötzlich eine süße Überraschung aus dem Norden an. Vielleicht steht Tess ja doch noch ein glitzernder Sommer bevor

Leicht, witzig und zum Mitschmachten schön

Boje

Für immer und ewig

Jodi Picoult / Samantha van Leer
MEIN HERZ ZWISCHEN DEN ZEILEN
Aus dem amerikanischen Englisch von Katharina Förs, Christa Prummer-Lehmair
288 Seiten
mit zahlreichen Abbildungen
ISBN 978-3-414-82365-6

»Hilf mir!« Delilah kann es nicht fassen, als sie diese Nachricht in ihrem Lieblingsbuch findet. Oliver, der gut aussehende Held der Geschichte, hat diese Worte extra für sie in den Felsen geritzt. Zuerst hält sie sich für verrückt, doch schnell stellen Delilah und Oliver fest, dass sie über die Grenzen der Buchseiten hinweg miteinander sprechen können. Oliver vertraut Delilah an, dass er raus möchte aus seiner Buchwelt. Und das liegt auch an Delilah, die er zu gerne küssen würde ... Delilah ist begeistert von der Idee, hat sie sich doch längst in Oliver verguckt. Aber wie sollen sie es schaffen, die Grenzen zwischen ihren Welten zu überwinden?

Die Fortsetzung des Bestsellers
Mein Herz zwischen den Zeilen

Jodi Picoult / Samantha van Leer
LIEBE OHNE PUNKT UND KOMMA
Band 2
Aus dem amerikanischen Englisch von Christa Prummer-Lehmair, Katharina Förs
mit zahlreichen Abbildungen
ISBN 978-3-414-82446-2

Was wäre, wenn du dich in den Helden deines Lieblingsbuchs verlieben würdest? Und er es tatsächlich schafft, in deine Welt zu gelangen, um bei dir zu bleiben?
Es könnte das perfekte Happy End sein: Delilah und Oliver, der Prinz, der buchstäblich einem Märchen entsprungen ist, können endlich zusammen sein. Doch so einfach ist es leider nicht. Olivers Verschwinden hat die Märchenwelt ins Chaos gestürzt. Das Buch wehrt sich gegen diesen Eingriff und fordert seine eigentliche Geschichte zurück. Doch was wird dann aus Delilah und Oliver? Wird er je bei ihr in der realen Welt leben können, für immer?

Boje